KB059204

"레나 씨, M인가요~?"

"음~ 둘 다 좋은데♥"

"아하하,
 아마 다른 버튼이야."

"그럼! 오늘도 말이야, 둘이서 같이 가지 않는 게 좋겠지~!"

".....아."

The Low Tier Character
"TOMOZAKI-kun"; Level.9
CONTENTS

나즈바야시 하나비

Design Yuko Mucadeya + Caiko Monma
〈musicagographics〉

약캐 토모자키 군
9

야쿠 유우키 지음 | **플라이** 일러스트 | **김정규** 옮김

커버·권두·본문 일러스트 | **플라이**

야쿠 유우키 지음
Yuki Yaku Presents

플라이 일러스트　Illustration
Fly

The Low Tier Character
"TOMOZAKI-kun";
Level.9

Lv.9

캐릭터 소개

토모자키 후미야
고등학교 2학년 약캐?

히나미 아오이
고등학교 2학년. 학교의 퍼펙트 히로인.

나나미 미나미
고등학교 2학년. 무드 메이커.

나츠바야시 하나비
고등학교 2학년. 조그맣다.

이즈미 유즈
고등학교 2학년. 잘 나가는 여자애.

키쿠치 후카
고등학교 2학년. 책을 좋아한다.

미즈사와 타카히로
고등학교 2학년. 미용사 지망.

나카무라 슈지
고등학교 2학년. 반의 보스 격.

타케이
고등학교 2학년. 덩치가 좋다.

나리타 츠구미
고등학교 1학년. 여러모로 프리덤.

콘노 에리카
고등학교 2학년. 반의 여왕.

레나
20세. 술을 좋아한다.

아시가루 씨
어패 프로 게이머.

1 독에 걸린 채로 돌아다니면 언젠가 눈앞이 캄캄해진다

내 행동이 의도치 않게 다른 사람에게 상처를 입혔을 때.

그 상처 입은 사람이 자신에게 소중한 사람일 때.

상대에게도 자신에게도 성실해지려면, 그것에 대해 어떻게 속죄해야만 하는 걸까.

방과 후의 교실에서, 나는 멍하니 서 있는 수밖에 없었다. 몸 한복판쯤에서 내 내장을 조여 대고 있는 건, 짙은 후회가 뒤섞인 죄악감이고. 나는 바로 얼마 전까지 혼자서 살아왔기 때문에, 이런 감정을 경험해본 적이 없었다.

스마트폰 화면에 표시된 레나 씨한테서 온 의미심장한 메시지. 이걸 보고 도서실에서 뛰쳐 나가버린 키쿠치 양. 그렇다면 나는 1초라도 빨리 움직여야 하는데, 시커먼 덩굴 같은 것이 내 사고에 휘감겨서 내 행동을 지연시키고 있다. 그 정체는 알 수가 없었지만, 그건 틀림없이, 내 마음속 깊은 곳에서 자라난 것이다.

선택하고, 행동하고, 실패하고. 좋지 않은 결과를 만들어버린 건 내 책임인데. 그런데, 그것 때문에 상처받은 건 내가 아니고. 그건 지금까지 내가 걸어왔던 스스로 나 자신을 바꿔 가는 여정과는, 근본적인 부분이 달랐다.

아직 모르는 것들이 너무 많아서 어떻게 상대해야 하는지도 모른다. 왜냐하면, 나 말고 다른 사람에게 일어난 마음의 변화에 대해서 내가 책임을 지는 건, 진정한 의미에서 따졌을 때 가능할 리가 없는 일이고—— 하지만, 지금 키쿠치 양이 상처받았다는 것만은, 틀림없는 사실이고.

그렇다면 아마도, 지금부터 할 수 있는 일을 있는 힘껏 하는 것 말고, 다른 선택지는 있을 수가 없다.

"……!"

나는 무의식적으로 깨물고 있던 입술을 벌리고, 가방을 집어 들고 도서실에서 뛰쳐나갔다.

어쨌거나 다리를 움직여서 사고에 휘감기는 덩굴을 벗겨내고, 내가 해야 할 일을 생각했다. 복도에서 같은 방향으로 걸어가고 있던 학생들을 앞지르며, 어디 있는지도 모르는 키쿠치 양과 가까워지고 있기를 기도했다. 현관 신발장에서 신발을 꺼내서 갈아 신고는 옷소매로 식은땀을 닦아냈고, 주머니에서 스마트폰을 꺼냈다.

LINE 앱을 켰더니 제일 위에 표시된 레나한테서 온 메시지. 그것을 시야 한쪽으로 몰아내고, 나는 키쿠치 양과의 대화방에 들어갔다.

『미안, 얘기 좀 하고 싶거든. 지금 어디 있어?』

스마트폰을 집어넣고, 나는 또다시 빠른 걸음으로 학교 안을 정처 없이 돌아다녔다. 키쿠치 양이 봐버린 메시지는 오해를 살 만한 내용이지만, 실제로 무슨 일이 있었던 건 아니다. 상처를 입혔다는 사실은 없어지지 않지만, 말을 이용해서 사실을 공유하는 건 가능하니까. 지금부터 할 수 있는 일은 아마도, 그것밖에 없겠지.

마침내 나는 세키토모 고등학교 교문에 도착했다. 키쿠치 양이 아직 학교 안에 있다면 언젠가 여기로 지나갈 테고, 만약 밖에 있다고 해도, 그 시점에서 가장 빠르게 학교 밖으로 나갈 수 있는 위치다. 그런 이유로 이 자리에서 멈춰 섰지만, 그게 합리적인 생각인지 아닌지조차 모르겠다. 굳이 말하자면 그것이 나를 제일 안심하게 만드는 핑곗거리라는 생각이 들었다.

얼어붙을 것만 같은 1월의 공기. 시골 역에서 언덕길을 10분 정도 걸어 올라가야 나오는 이 학교에도 그 추위가 사정없이 휘몰아쳤다.

여러 무리의 학생들이 내 눈앞으로 지나갔다. 떠들썩한 분위기를 흩날리면서 집으로 돌아가는 그룹도 있고, 커플끼리 사이좋게 내 앞으로 지나가는 사람들도 있었는데, 그런 사람들이 묘하게 내 가슴을 술렁이게 했다. 내가 잘못하지만 않았다면 지금도 저렇게, 키쿠치 양과 둘이서 걷고 있었을까. 저 커플들도 지금의 나처럼, 잘못한 적이 있었을까.

5분을 기다리고, 10분을 기다리고, 하지면 답장은 오지 않았다. 다시 LINE을 켜서 확인해봤지만, 키쿠치 양은 여전히 메시지를 읽지 않았고, 그래서 나는 상황을 더이상 진행할 수가 없었다.

"……그래."

열심히 생각하다가, 마침내 한 가지 생각을 떠올렸다. 이렇게 혼자서는 해결할 수 없다면, 게이머로서 해야 할 일은, 누군가에게 부탁하는 것. 나는 항상 그렇게 해왔다. 내가 이 인생이라는 게임에는 익숙해지기 시작했지만, 연애에 대해서는 아직 초보자. 그렇다면 앞으로 나아가기 위해서 해야 할 일은, 인생이나 연애나 마찬가지겠지.

나는 대화 일람을 넘기면서 상대를 찾았다.

이런 일에는 아마도 히나미보다──.

"으어억?!"

그때, 갑자기 스마트폰에 메시지 도착 알림이 울렸다. 그것은 LINE에 새 메시지가 왔다는 알림이었는데── 하지만 그 상대는 히나미도, 내가 기대했던 키쿠치 양도 아니었다.

"……이즈미?"

화면에 표시된 이름은 이즈미를 뜻하는 『유즈 양』이라는 닉네임. 이즈미와 나는 특별한 일이 있을 때가 아닌 한, 평소에는 거의 연락을 주고받는 일이 없다. 나는 그 의외의 이름을 보고 고개를 갸웃거렸지만, 대화 목록에서 보이는 메시지를 보고서 상황을 대충 파악했다.

『토모자키, 뭐 해?!』

이 타이밍에 도착한 이 메시지, 그리고 이 내용.

그렇다면 아마도, 키쿠치 양한테 무슨 얘기를 들었다는 뜻이겠지. 이것이 일이 해결됐다는 뜻은 아니지만, 키쿠치 양과 연락을 할 수 있을지도 모른다고 생각해보면, 진전될 수 있다는 조짐이기도 했다. 나는 거미줄에라도 매달리는 것 같은 기분으로 그 메시지의 대화방을 열었다. 그런데, 그때.

"흐어억?!"

또 갑자기, 이번에는 화면 전체가 갑자기 바뀌더니, 이즈미의 셀카 사진이 내 스마트폰 가득 표시됐다. 몇 번인가 경험해본 적이 있어서 안다, 이건 그거다. 전화가 왔다는 뜻이다. 몇 번을 겪어도 익숙해지지 않는다니까. 제발 조금 있으면 전화가 올 거라고 미리 알려줬으면 좋겠다. 내가 떨리는 손가락으로 화면의 초록색 버튼을 밀어서 전화를 받았더니,

『여보세요?!』

전화기에서, 약간 화가 난 것 같은 이즈미의 목소리가 들려왔다.

"으, 응. 여보세요."

나는 당혹과 혼란과 놀라움이 뒤섞여서 더더욱 빨라지는 심장 고동을 억누르면서도, 최대한 냉정한 목소리로 말했다.

『어떻게 된 거야?!』

"저기······?"

이즈미한테서 날아온 것은 감정이 있는 그대로 드러난 목소리에 실린, 무지막지하게 막연한 질문이었다. 상황을 봤을 때 키쿠치 양 얘기를 하는 것 같기는 한데, 『어떻게 된 거야』라는 말만 가지고는 뭐라고 대답해야 좋을지 모르겠다.

『저기는 무슨! 빨리 대답해!』

"물어본 거였어······?"

당혹스러운 기분이지만, 아마도 냉정하게 말할 수 있는 상황이 아니라는 뜻이겠지. 일단 대화를 정리하면서 얘기하는 게 좋을 것 같다.

"······키쿠치 양 얘기야?"

『당연하지!』

"당연한 건가···?"

무작정 달려드는 것 같은 대화에 휘둘리면서, 나는 되레 냉정해져 갔다. 이럴 때는 상대가 흥분하면 이쪽은 냉정해지는 법이구나, 그렇구나.

"키쿠치 양한테, 무슨 얘기 들은 거지?"

『당연하지! 뭐야, 딴소리하지 말라고!』

"내가 딴소리를 했나······?"

계속 서로가 미묘하게 어긋나고 있는 것 같지만, 매번 딴죽만 건다고 얘기가 진행될 것 같지는 않았다. 나는 일단 이즈미가 용건을 얘기할 때까지 기다리기로 했다.

『토모자키 너 그렇게 안 봤는데 말이야! 바람피웠다며?!』

"아니, 바람이 아니라……."

나는 애매하게 부정했지만, 무슨 얘기를 어떻게 들었는지 모르다 보니, 어디서부터 어떻게 설명해야 좋을지를 모르겠다. 하지만 상황을 보면 키쿠치 양이 이즈미한테 뭔가 상담했다는 건 틀림없겠지. 그리고 그런 이즈미가 이런 말을 하고 있다는 건—— 키쿠치 양도 비슷한 감정을 품고 있다는 뜻이 되겠지.

"저기. 미안해, 일단, 바람 같은 건 아니야. 하지만, 오해를 살 만한 짓은 했다고 생각하니까, 키쿠치 양이랑 제대로 얘기를 해보고 싶은…… 데 말이야."

최대한 노력해서 차분하게 말했더니, 수화기 너머에 있는 이즈미는 잠시 입을 다물었다.

『……수상해. 남자들은 다 그렇게 말하는 법이거든.』

"그게 무슨 소리야……."

『아무튼! 일단 이리로 와봐!』

"이, 이리로……?"

『아 진짜, 알잖아!』

"아, 아는 덴가……?"

『지금 어딘지 보낼 테니까!』

"그, 그래……."

그런 식으로, 계속 하나씩 빼먹는 것 같은 이즈미의 말에 당황하면서도, 나는 메시지가 들어오기를 기다렸다.

* * *

  그리고 지금, 나는 학교 근처에 있는 패밀리 레스토랑에서, 신발을 벗고 소파 위에 올라가서 무릎을 꿇고 있다. 눈앞에 있는 사람은 이즈미와 또 한 사람── 나카무라다.

"……그렇게 된 일이거든."

  무릎 꿇은 채로 고개를 숙인 채, 그런 내 정수리를 내려다보고 있을 두 사람에게 지금까지 있었던 일에 관해서 설명했다. 완전히 신 앞에서 참회하는 꼴이 된 나는, 눈앞에 있는 두 신의 말을 기다리고 있었다.

"흐응~."

  나카무라는 어딘가 재미없다는 눈으로 날 보고는, 진저에일이 들어 있는 잔을 들어서 쭉 들이켰다. 패밀리 레스토랑의 드링크 바에서 가져온 거니까 달콤한 맛일 텐데, 나카무라가 마시고 있으니까 왠지 씁쓸한 맛처럼 보이네.

  그 옆에 있는 이즈미는 한참동안 진지한 얼굴로 날 쳐다보더니, 알겠다는 것처럼 살짝 한숨을 쉬었다.

"그렇구나, 그렇게 된 거구나."

"예……."

  내가 설명한 건, 어패 오프 모임에 다니기 시작했다는 것. 거기서 레나라는 여자 사람과 만났는데, 이상하게 적극적으로 다가왔다는 점. 내가 그 사람한테 적당히 거리를 두려고 했지만, 어느 정도 말려들고 있는 것 같다는 것.

그리고── 그 LINE 메시지를, 키쿠치 양이 보고 말았다는 것까지.

"그러니까… 뭐랄까, 토모자키답네. 그치?"

이즈미는 눈살을 찌푸리면서 한숨을 쉬고, 동의해달라는 것처럼 나카무라 쪽을 봤다.

"그러게. 너 말이야, 너무 둔하다."

"뭐……."

나는 나카무라의 말을 듣고서 큰 충격을 받았다. 나카무라 하면 둔감, 둔감하면 나카무라, 나조차도 알 수 있었던 이즈미의 알기 쉬운 호의를 계속 무시했던 둔감의 화신한테서 그런 선언을 들었기 때문이다.

"하, 하지만, 나름대로 도리는 지켰다고 생각하는데……."

"그 도리라는 걸, 키쿠치한테는 안 지킨 것 같은데 말이야?"

"으……."

나는 이런 포인트로 나카무라한테 잔소리를 듣고 있다는 사실 때문에 충격을 받았지만, 잘 생각해보니까 나카무라는 이즈미랑 벌써 몇 달이나 사귀고 있잖아. 소문으로 들은 얘기기는 하지만, 지금까지 다른 애들하고도 여러 번 사귀었다고 하니까, 나 같은 녀석이랑 비교하면 몇 레벨은 더 높을 거다. 하지만, 역시 뭔가 받아들일 수가 없다니까.

"그나저나 말이야, 제대로 얘기는 해봤냐? 이런 일은 싸운 뒤에 제대로 얘기를 해야만 해결할 수 있는 거라고."

"……그렇겠지."

나카무라의 경험이 담긴 것 같은 말을 듣고, 나는 완전히 납득하고 말았다. 그 너무너무 무서운 얼굴 때문에 파워 계열이라는 인상이 너무 강하지만, 그런 무서운 얼굴 같은 것과 상관없이, 내용만 가지고 완전히 이해해버리고 말았다.

하지만 실제로, 나카무라 말이 바르다고 봐야겠지. 지금의 내가 할 수 있는 건 대화밖에 없으니까.

"그런데, 너희 둘은 어떻게 이 일을…?"

내가 생각하던 의문을 소리 내서 말했더니, 이즈미가 "아~ 그게 말이지……"라면서 입을 열었다.

"얼마 전에 새해 참배 때 이런저런 얘기 했었잖아? 그 뒤로 후카랑 가끔씩 LINE도 하고 있었거든."

"아."

나는 바로 느낌이 왔다. 사귀기 시작하고서 처음 맞이한 겨울방학. 나와 키쿠치 양이 둘이서 히카와 신사에 갔을 때, 우리는 우연히 이즈미랑 나카무라 커플과 마주쳤다. 거기서 키쿠치 양과 이즈미가 의외로 친하게 얘기를 나누더니, LINE 메시지까지 주고받는 사이가 됐었다.

"이런저런 얘기들을 들어주고 있었거든. 이런 건 잘 모르는데 어떻게 해야 좋을까, 같은 거."

"그, 그랬구나…."

그리고 은근슬쩍 나카무라한테까지 정보를 공유하고 있

는데, 뭐 연인이란 건 그런 거겠지. 나도 누군가가 연애 상담 같은 걸 한다면 키쿠치 양한테 물어볼 것 같으니까.

"그런데 말이야, 토모자키 넌 정말 그게 전부야?"

"뭐가 전부라는 거야?"

의심하는 표정으로 날 쳐다보는 이즈미한테, 그렇게 대답했다.

"그 여자랑 얘기 말고도, 내가 들은 바로는 이런저런 일이 더 있었던 것 같은데."

"……이런저런."

그 말을 되풀이하면서, 나는 최근에 있었던 일들을 떠올렸다. 결정적인 사건은 레나가 보낸 메시지였지만, 생각해보면 자잘하게 엇갈리는 일들이 그 전부터 계속 일어나고 있었다.

"이런저런 예정이 자꾸 겹쳐져서…… 둘이서 있을 시간을 만들지 못했다든지?

그랬더니 이즈미는 '세상에'라는, 반쯤 정답이라고 생각하는 것 같은 절묘한 표정으로 날 쳐다봤다. 왜 나한테 질렸다는 것 같은 분위기지? 이즈미가 도끼눈을 뜨고서 말했다.

"뭐, 아마 그런 거겠지만, 중요한 건 그 내용이겠지."

"……그게 무슨?"

내가 그 의미를 이해하지 못한 채 다음 말을 재촉했더니, 이즈미는 한숨을 쉬었다.

"듣자 하니 다 같이 타마네 집에 놀러 갔다든지, 미미미랑 이런저런 중요해 보이는 얘기를 했다든지."

그리고 이즈미는 질렸다는 말투로, 계속해서 말했다.

"그 오프 모임인가 하는 데는 아오이랑 둘이서 갔다면서."

순간, 내 등에 식은땀이 흘렀다.

목소리만 들어보면 지금까지 열거한 여러 가지 일 중에 하나라는 느낌이었지만, 갑자기 머릿속이 단번에 차가워지는 기분이 들었다. 그래, 그렇겠지.

어지간한 일들은 숨기지 않으려고 했기 때문에, 어패 오프 모임에 갔다는 것도 키쿠치 양한테 얘기했었고, 거기에 히나미랑 같이 갔다는 것도 말했었다. 그것만 가지고 히나미의 숨겨진 얼굴을 알게 될 리는 없겠지만, 그래도 위화감이 들 만한 상황이기는 하겠지.

"그, 그랬었지."

내가 어떻게든 수습한 목소리로 말하며 고개를 끄덕였더니, 이즈미는 나를 나무라는 것처럼,

"너 말이야, 문제가 뭔지는 알겠어?"

내가 히나미와 친하다는 건 이미 알려져 있기 때문인지, 다행히 이즈미는 그 부분은 크게 따지지 않고 다음 이야기로 넘어갔다.

하지만, 지금 그 말을 듣고서 알았다. 상대가 나와 사귀는 키쿠치 양이라고는 해도, 뭐든지 다 말하는 건 좋지 않을지도 모른다. 히나미와 내 숨겨진 관계에 대한 일을, 내

실수로 다른 사람들에게 들키게 해서는 안 되니까.

좀 더 조심하자. 나는 숨을 들이쉬고 마음속에서 고개를 끄덕이고는, 다시 이즈미 쪽을 봤다. 지금 중요한 건 키쿠치 양과의 이야기다.

"키쿠치 양은 내버려 두고, 다른 애들하고만 너무 많이 놀러 다녔다는 거겠지. ……그래서 쓸쓸하게 만들었고."

나는 이즈미의 말을 곱씹으면서 말했더니. 그랬더니 이즈미는 어째선지 하아, 하고 한숨을 쉬었고 나카무라는 눈살을 찌푸렸다.

"바보 아냐. 너 진짜 둔하다."

"뭐……!"

오늘만 두 번이나 나카무라한테 둔하다는 소리를 들었다. 하지만 그 옆에 있는 이즈미도 진심으로 동의한다는 것처럼 고개를 크게 끄덕이고 있는 게, 아무래도 만장일치로 내가 유죄인 것 같다.

"음~ 그보다 말이야, 아마도 조금 틀어졌다고 해야 할, 뭔가 좀 부족한 것 같은? 반대 입장에서 생각해볼래?"

"바, 반대 입장에서?"

이즈미가 고개를 끄덕였고, 테이블 위로 몸을 쭉 내밀고서 내 얼굴을 들여다봤다.

"만약에 집에 갈 때 내리는 역이 후카랑 같다는 이유로…… 그래."

잠깐 위쪽을 쳐다보더니, 이즈미가 날 시험하는 것처럼.

"자주, **타치바나랑** 같이 집에 간다고 하면 어떨 것 같아?"

"———!"

이즈미가 특정 부분을 강조하는 것처럼 말하자, 나는 그 제야 키쿠치 양 시선에서 봤을 때 무슨 일이 일어났는지는 이해했다.

"하아, 이제야 알겠어?"

"……그래."

잘 생각해보니 그러네. 당연한 일이다.

내 기준에서 같이 노는 애들은 어디까지나 친구들이고, 그 이상의 존재는 아니다. 하지만, 그건 어디까지나 내 기준일 뿐이다.

"키쿠치 양한테는, 그냥 다른 친구가 아니라—— 여자, 라고 보였겠지……."

타치바나로 비유하니까 바로 알 수 있었다. 키쿠치 양이 본 내 행동은, 그냥 남자 친구가 친구들과 놀러 가는, 그런 정도가 아니었겠지. 그리고 그것이 내가 의도하지 않은 곳 에서, 키쿠치 양에게 상처를 주고 말았다.

"뭐, 알았으면 됐고. 이제 뒷일은 알아서 해."

"알아서……?"

어떻게든 하려고 해도 키쿠치 양과 연락도 안 되는 상황 인데, 라고 말하려고 한 그때, 두 사람의 시선이 어째선지 내가 아니라 내 뒤쪽을 향하고 있다는 걸 알았다. 게다가 왠지 실실 웃기까지 하고.

내가 무슨 일인지 궁금해하면서 뒤를 돌아봤더니——.

"키, 키쿠치 양……?!"

키쿠치 양이 거기 서 있었다. 키쿠치 양은 난처하다는 얼굴로 날 보고 있는데, 잠깐만 뭐야 이 갑작스런 전개. 어떻게든 잠깐이나마 얘기할 수 없을까 같은 생각을 하기는 했는데, 이렇게 갑자기 마주치게 되니까, 뭘 어떻게 해야 좋을지 도무지 모르겠다.

내가 당황하면서 이즈미와 나카무라 쪽을 봤더니 두 사람은 뭔가 성공했다는 것 같은 표정으로 서로 눈짓을 주고받고 있었다. 이제 알겠다, 둘이서 꾸민 짓이구나.

"토, 토모자키 군……?"

그리고 어째선지, 키쿠치 양도 날 보고 놀라고 있었다. 그렇다면 키쿠치 양도 내가 여기 있다는 걸 모르고 왔다는 뜻이고, 키쿠치 양도 나처럼 당했다는 뜻이 된다.

즉, 이건 이즈미와 나카무라의 계략이었다는 건데, 왠지 만나기 힘든 상황에서 서로가 거기에 있다는 걸 모른 채로 마주치게 되는 상황을 만들었다는…… 어라? 잠깐 지금 장난하냐는 생각이 들 뻔도 했지만, 이거 엄청나게 도와준 거 아닌가?

키쿠치 양과 내가 서로 마주 보면서 곤혹스러워하고 있는데, 갑자기 내 뒤쪽에서 금속이 부딪치는 것 같은 딱딱한 소리가 울렸다. 고개를 돌려보니 이즈미와 나카무라가 테이블 위에 지폐와 동전을 올려놓고서 자리에서 일어날

준비를 하는 모습이 눈에 들어왔다.

"그럼 우리는 먼저 갈게~."

그렇게 말하고, 이즈미는 왠지 거만해 보이는 미소와 함께 손을 흔들면서 페이드아웃했고, 나카무라는 어딘가 즐거워 보이는 미소를 지으면서 내 등을 퍽, 때렸다.

"잘 해봐."

"그, 그래."

그리고 나는 그대로 휩쓸려서, 키쿠치 양과 단둘이 남고 말았다.

* * *

네 명이 앉는 박스형 자리에 둘이 마주 앉아서, 둘 사이에 흐르는 건 침묵뿐.

진저에일과 아이스티가 들어 있던 지금은 텅 빈 잔이 두 개, 그리고 나하고 키쿠치 양이 일단 가져온 찬물 잔이 두 개 있는 테이블을 사이에 두고, 우리는 서로 마주 앉아 있다.

무슨 말을 해야 할까, 뭘 물어봐야 좋을까. 오해를 풀어야 할 상황이라는 건 맞는데, 소심하게 변명이나 늘어놔서 어떻게 될 상황이 아니라는 것도 알고 있다. 이즈미가 해준 얘기에 의하면, 문제는 그 의미심장한 LINE 메시지 하나만이 아니라고 한다. 그렇다면 해결해야 할 문제는, 다른 부분에 있겠지.

하지만 내가 키쿠치 양에게 무슨 말을 하고 어떻게 관계를 바꿔가야 내 잘못에 대해 속죄할 수 있는 걸까. 그리고 나는 어떻게 하고 싶은 걸까. 거기에 대한 답은, 없다.

내가 무슨 말을 해야 좋을지 고민하면서 머릿속에서 정리하던 중에, 나도 모르게 갑자기 튀어나온 말은——

"미안해요!"

키쿠치 양의, 뜬금없는 사과였다.

"…어?"

나는 눈을 껌벅껌벅, 나 자신도 느낄 만큼 빠르게 깜박거렸다.

"잠깐만, 왜 키쿠치 양이……."

그랬더니 어째서일까, 키쿠치 양은 뭔가 떨떠름한 표정으로 고개를 숙여버렸다. 그리고는 슬쩍슬쩍 날 쳐다보면서, 얇은 입술을 벌렸다.

"그게…… 토모자키 군이 LINE으로 무슨 메시지를 했는지는 둘째 치고…… 그걸 멋대로 본 건, 나쁜 짓인 것 같아서……."

"——!"

내 가슴 속에 엄청난 죄악감이 끓어올랐다. 키쿠치 양한테 저런 슬픈 표정을 짓게 해놓고, 그런 주제에 상대가 먼저 사과하게 하다니, 난 대체 무슨 짓을 하는 거야.

"잠깐만, 그게 아니라. 나야말로 미안해."

"아냐, 나도…."

"아니라고, 왜냐하면 내가 먼저 걱정하게 했으니까……."

"하지만……."

그렇게 끝도 없는 이야기가 계속 이어졌다. 게다가 서로가 상대에게 자기야말로 잘못했다고 주장하고 있는 황당한 상황이다.

거기서 생각이 났다. 나카무라와 이즈미도 말했다. 해결하려면, 둘이서 찬찬히 얘기하는 수밖에 없다고.

"알았어."

나는 손바닥을 키쿠치 양쪽으로 내밀어서 그만 말하라고 했다. 키쿠치 양은 깜짝 놀라서 휘둥그레진 눈으로 내 손바닥을 쳐다봤다.

이렇게 돼버린 우리 둘의 관계. 나는 아직 키쿠치 양에 대해서 제대로 이해하지 못했지만, 그래도 다른 사람보다는 깊이 관여해 왔다고 생각한다.

그러니까, 알 수 있다. 우리 둘의 관계성이라면, 해야 할 말은.

"분명히 키쿠치 양이 말한 대로 휴대전화를 멋대로 본 게 잘못일 수도 있어. ……그러니까, 그건 나도 인정할게."

서로 자기가 잘못했다고 우기고 있는 상황에서, 내 입에서 튀어나온 것은 '상대가 잘못했다고 인정한다'라는 엉뚱한 주장이었다. 하지만 아마도, 틀린 말은 아니다.

키쿠치 양은 당황한 것 같았지만, 그러면서도 날 똑바로 바라보고 있다.

"응. 그, 그러니까 내가……."

"하지만……. 거기에 대해선 사과했고, 나도 용서했어. 그러니까 이 얘기는 이제 그만하자."

나는 미소를 지어 보이면서도, 확실하게 말했다.

만약 뭔가 잘못을 했다고 해도, 그걸 확실하게 말하고 사과해서 서로가 이해한다면, 그건 용서해야 하는 거니까. 어쩌면 그건, 내 잘못을 용서받고 싶다는 생각에서 나온 말인지도 모른다.

"아, 알았어요. ……용서해준, 거라면……."

그리고, 키쿠치 양도 그 용서를 받아들여 줬다.

"그러니까, 다음엔 내 차례."

아마 키쿠치 양과 이야기 할 때는 이렇게 말을 이용해서, 확실하게, 하나하나 쌓아가는 것처럼, 가능한 이상적이라고 생각되는 방향으로 향하는 쪽이 좋을 것이다. 그리고 그것이 내 체질에도 맞기 때문에, 우리 둘이 맺어졌다고 생각한다.

"나는 키쿠치 양을 외롭게 만들고, 나만 혼자서 이리저리 놀러 다닌 게 잘못한 것 같다고 생각하는데……."

이렇게 정중하게, 문제에 대해 정면으로 부딪치는 방식이 통한다면, 이번 오해도 조금씩 해결할 수 있겠지.

"혹시 또 뭔가가 있다면…… 뭔가 마음에 안 드는 게 있다든지, 뭔가 생각하는 게 있다면, 얘기해줬으면 싶어."

키쿠치 양은 대체 뭐가 힘들어서, 뭘 해줬으면 싶어서——

그러니까, 내가 뭘 바꾸면 되는 걸까.

물론 내가 알아서 눈치채는 게 제일 좋겠지만, 그런 건 미즈사와 히나미 같은 연애 마스터들이나 하는 짓이다. 나 같은 연애 약캐는, 내 힘만 가지고 답을 찾아내는 건 불가능한 일이다. 그렇다면 말로, 확실하게, 하나하나 손가락으로 짚어가며 확인하는 것처럼, 신중하게 알아내는 방법뿐이다.

"저기…… 저는."

키쿠치 양은 진지한 표정으로 시선을 비스듬히 아래쪽으로 옮겼다. 내가 보기에도 말하기 힘들 것 같다. 왜냐하면, 그것은 상대에게 자신의 알몸을 드러내는 것처럼, 자기 생각을 전부 털어놓는 행위다. 하지만, 그래도 진지하게 생각해주고 있다는 걸, 키쿠치 양의 표정을 통해서 알 수 있었다.

"저는…… 토모자키 군을, 응원하고 있어요."

"응원?"

그런데, 키쿠치 양의 입에서 나온 건 생각도 못 했던 긍정적인 말이었다. 서로가 엇갈려버린 데 대한 얘기를 하고 있었는데, 이게 대체 무슨 뜻일까. 나는 그다음에 무슨 말이 나올지도 모르는 채, 말없이 키쿠치 양이 계속 말하기를 기다렸다.

"오프 모임에 가고, 하나비 양네 가게에 놀러 간 것도…… 아주 조금, 쓸쓸하기는 하지만, 토모자키 군의 장래에 대한 일이라든지, 자신의 목표를 생각하기 위해서 하는 일이라는 건 알고 있으니까요. ……그게 아니라도, 토모자키 군이 자기 세계를 긍정적으로 넓혀가는 건, 저한테도 기쁜 일이에요."

"……고마워."

생각을 그대로 전하는 말은, 그러면서도 날 존중해줬고.

"그래서 저는, 그걸 방해하고 싶지 않고, 응원하고 싶다고, 생각하고 있어요. ……그, 그러니까…… 여자 친구, 로서."

"으, 응."

쑥스러워하면서, 그러면서도 거짓이 느껴지지 않는 톤으로 전하는 그 말. 나는 키쿠치 양의 말에 귀를 사로잡혔다.

"토모자키 군의 세상은 틀림없이, 제가 사는 불꽃 사람의 호수보다 넓고. 그러니까 틀림없이, 제가 아닌 사람과 지내는 것도, 토모자키 군한테는 소중한 일이고."

"……불꽃 사람."

그 말만을, 작은 소리로 되풀이했다.

같이 연극 극본을 쓰던 때. 포포루에 대해서, 그리고 키쿠치 양의 가치관에 관해서 얘기했을 때, 핵심이 됐던 존재.

──정해진 환경에서만 살아갈 수 있는, 닫힌 종족이다.

"그러니까…… 제 고집 때문에, 토모자키 군의 세상을 부수고 싶지는 않아요."

키쿠치 양은 그 하얀 손가락 끝으로, 테이블 위에 있는 잔의 테두리를 빙글, 하고 쓰다듬었다. 맺혀 있던 이슬이

뭉쳐서 생긴 물방울이 못생긴 흔적을 남기면서 테이블 위로 떨어졌고, 테이블 표면을 적셨다.

"토모자키 군은 불꽃 사람이 아니라…… 포포루니까. 토모자키 군이 자기 길을 위해서 세상을 넓혀가는 건, 정말 멋진 일이니까."

키쿠치 양은 중간에 눈을 슬쩍 돌리면서 말했고, 촉촉하게 젖은 눈으로 다시 나를 바라봤다. 절박한 기백이 담겨 있는 그 검은 눈동자는 살며시, 불안정하게 흔들리고 있었다.

"저랑 토모자키 군은, 그러니까…… 그게, 사귀고, 있지만… 그래도 완전히 똑같은 인생을 살아가고 있는 게 아니라는 점은, 저도 알고 있다고 생각해요. 그래서 그걸 존중하고 있다는 것도, 알고 있고요."

분한 기분과 쓸쓸한 기분, 여러 가지가 뒤섞인 것 같은 목소리는, 그래도 곧장 내 귀에 들어왔다.

"하지만……."

그리고 키쿠치 양은 고개를 숙이고, 뭔가를 확인하려는 것처럼 입술을 핥았다.

"아주 조금── 쓸쓸해졌어요."

말하면서, 어딘가 자조하는 것처럼 웃었다.

나는 키쿠치 양의 표정이 너무나 가슴 아팠고, 구멍을

뻥 뚫어버릴 것만 같은 묵직한 뭔가가, 아랫배에 묵직하게 가라앉았다.

"미안, 그럴 줄 알았으면, 키쿠치 양한테도 얘기해야 했는데."

하지만 키쿠치 양은, 천천히 미소를 지으며 고개를 저었다.

"아니에요. 그건 아마도, 아니라고 생각해요."

"아니라고?"

내가 물었더니 키쿠치 양은 고개를 끄덕였다.

"왜냐하면, 토모자키 군이 가르쳐줬으니까."

그리고, 나한테 상냥하게 미소를 지어 보였다.

"무리하지 않고, 따로 살아도 된다고. ──불꽃 사람이 있는 호수에서, 친구를 찾으면 된다고."

그 말을 듣고서 정신이 번쩍 들었다.

"……그렇구나."

그건, 내가 했던 말.

자신이 달라져야만 할 것 같다고 고민하던 키쿠치 양에게, 내가 제안했던 하나의 답.

학교라는 커뮤니티가 자기에게 안 맞는다면, 무리하면서까지 그 안에서 살아갈 필요는 없다. 그것이 인간이 살아가기 위한 유일한 길은 아니니까.

그래서 나는 SNS에서 취미가 맞는 세상을 찾아보라고 제시했고, 그 방법을 가르쳐줬다. 그렇게 계기를 얻은 키쿠치 양은 『작가 지망』이라는 길을 선택했고, 지금은 그 길을 향해서 나아가고 있다.

혼자만의 세상을 깊이 파고드는 것이 키쿠치 양에게 편한 일이라면, 자신의 형태를 바꿔가면서까지 다른 이를 받아들일 필요는, 없다.

"……분명히 나는, 지금도 그렇게 생각하고 있어. 자신을 바꾸는 것만이, 정답은 아니야."

그래서 나는, 축제 뒤풀이 때도 키쿠치 양을 억지로 노래방에 데려가려고 하지 않았고, 그 뒤에 있었던 반 애들 모임에도 키쿠치 양을 부르지 않았다. 억지로 호수 밖으로 끌어내는 짓은 하고 싶지 않았기 때문이다.

키쿠치 양은 오른손으로 자기 왼손을 붙잡고, 진정시키려는 것처럼 쓰다듬으면서 말했다.

"호수 안에서, 세상을 넓혀가는 토모자키 군을 지켜보는 건, 저한테는 너무나 자연스러운 일이고……."

떨리는 것처럼 움직이는 입술에서 흘러나오는 목소리는, 역시나 어딘가 쓸쓸하게 들렸다.

"저는 불꽃 사람이고, 토모자키 군은 포포루라는 걸 알고서…… 저는 이 관계를 받아들였어요."

그리고 키쿠치 양은 기분이 고양된 것처럼 꽉, 쓰다듬고 있던 손을 쥐었다.

"──하지만 그거랑 별개로, 저 멀리서 즐거워하는 토모자키 군을 보고, 질투하는 기분이 들기도 했어요."

질투. 그 말을 듣고, 가슴 언저리에 서늘한 감각이 스치고 지나가는 기분이 들었다.

"의심하는 건 아닌데 불안하고, 믿기 위한 뭔가가 필요해지고… 그래야 한다고 생각하는 이상에서, 감정이 점점 멀어져가는 게."

키쿠치 양의 고백을 들으면서, 내 머릿속에서는 문화제 때 도서실에서 주고받은 말들이 떠오르고 있었다.

"그건……."

내가 말을 하려고 했더니, 키쿠치 양이 고개를 끄덕였다.

"역시, 이상과 감정이에요."

"……."

존재해 마땅한 형태가 되어야 한다는 이상과 자신의 마음속에서 솟아나는 감정.

즉── 모순이다.

인간은 틀림없이 옳다고 생각하는 논리만으로, 충동적으로 떠미는 감정만으로 사는 게 아니라, 그 양쪽을 모두 지닌 채 살고 있다. 그래서 마음속에서 이상과 감정이 모순되고, 그 모순이 괴로움으로 변하기도 한다.

나는 거기서 『모순된 채로 양쪽을 모두 추구하면 된다』는 말로 의미를 부여했고, 같은 길을 정반대의 순서로 걸어온 동료라는, 사귀어야 하는 이유를 찾아냈고── 그리고, 내 의지로 키쿠치 양을 선택했다.

하지만, 이번 경우에는 어떨까.

"분명히 토모자키 군은 불꽃 사람인 저를 선택해줬지만……
그렇다고 제가 호수 밖으로 나갈 수 있는 건 아니니까요."

만약, 모순된 관계에 말로 이유를 대고 결합한 그 이음
매에서, 뭔가가 흘러나오기 시작했다면.

"자신이 호수에서 나갈 수 없을 뿐이라면, 그 세상을 받
아들이기만 하면 돼요. 자신이 살아갈 수 있는 세상에서,
자신의 감정에 맞는 말을 찾으면 해결돼요."

만약, 자기 혼자만이 아니라, **다른 사람과의 관계성 속
에서 모순이 발생했다면.**

그때는 어떤 걸 바꾸고 어떤 걸 유지해야만 하는 걸까.

웬일로 차분하지 못해 보이는 키쿠치 양은, 잔에 있는
투명한 물을 빨대로 빙글빙글 휘저으면서, 겁먹은 것처럼
말을 흘렸다.

"하지만."

출구가 없는데도 계속 소용돌이치는 물의 흐름은, 마침
내 배터리가 다 떨어진 장난감처럼, 정체되고 말았다.

"호수에서 나갈 수 없는 불꽃 사람과 맺어진 상대가, 모
든 종족과 사이좋게 지낼 수 있는 포포루였다면. ——불
꽃 사람은, 포포루는, 어떻게 해야 좋을까요?"

그것은 마치, 나와 키쿠치 양의 관계를 단적으로 표현한
것 같은 말이었고.

생각의 흔적이 엿보이는, 나와 키쿠치 양 사이에 놓여 있는 문제에 대한 의문. 틀림없이, 생각보다 해결하기 어려운 문제다.

나는, 필사적으로 생각했다.

지금 내가 해야 할 말, 바꿔야 할 포인트.

키쿠치 양은 어딘가 쓸쓸해 보이는 눈으로 날 보고 있는데, 거기에는 지난 몇 달 동안 쌓아온, 다양한 예감과 불안이 뒤엉켜 있겠지.

"키쿠치 양."

나는 일부러 믿음직한 목소리를 내서 말했다.

그것이 스킬로 만들어낸 목소리 톤이라고 해도, 내 마음을 전하기 위해서는 그게 필요하니까.

이즈미와 나카무라한테 혼나고, 그리고 지금 여기서, 키쿠치 양의 생각을 들었고.

그 마음을 전부 이해했다고 할 수는 없지만, 그래도 내 나름대로 열심히 상상할 수는 있었다.

지금 여기서 중요한 건, 틀림없이 **감정**이다.

"쓸쓸하게 만들어서, 미안해."

그리고 똑바로, 키쿠치 양의 눈을 봤다.

"불안하게 만들고, 제대로 설명도 안 해서, 미안해."

나는 연애 같은 건 전혀 경험해본 적이 없어서, 이럴 때 무슨 말을 해야 좋을지는 모른다. 하지만, 지금 눈앞에서 슬퍼하고 있는 건 불꽃 사람도 크리스도 아닌, 키쿠치 양이다. 그렇다면 내가 소중하게 여겨야 할 것은, 당연히 그 사람밖에 없다.

나는 항상 내가 생각한 것들을 있는 그대로 솔직하게 전하는 게 특기였다. 그렇다면 소중한 누군가를 소중하게 여기기 위해서, 지금 내가 보여줄 수 있는 것은, 역시 그 솔직한 나 자신뿐이다.

"⋯⋯예."

키쿠치 양은 그 말을 진지하게 받아들이고, 고개를 끄덕였다.

"안심해줬으면 싶어. 그러니까⋯⋯."

그리고 나는 키쿠치 양의 불안을 전부 없애주기 위해서라도, 내 생각을, 나 자신의 말로――

"내가 좋아하는 사람은, 키쿠치 양뿐이니까."

말을 마쳤을 때, 잠시 시간이 멈췄다.

"저, 저기⋯! 그, 그, 그게⋯!"

누가 들어도 당황했다는 걸 알 수 있는 목소리. 푸식~하는 소리가 들려올 정도로 새빨개진 얼굴이, 바로 내 눈 앞에 있다.

"고, 고맙습니⋯ 다."

그 얼굴은 거의 열원(熱源)이 되어 있었고, 어느샌가 그 온도가 내 볼에도 옮겨져 왔다. 어쩌면 나도 처음부터, 그랬던 건지도 모른다.

"으, 응……."

그렇게 생겨난 두 사람의 열은, 조금 전까지의 차갑게 식은 것만 같은, 정체된 것 같은 공기를 천천히 밀어냈다.

최소한 발밑까지 다가와 있던 붕괴의 예감 같은 것은, 더는 존재하지 않았다.

솔직한 감정에 의해서 태어난 두 사람의 고동. 이것을 어떻게 해야 좋을지, 연애 초보자인 나로서는 알 수가 없지만, 지금 이 순간만은 따뜻함이 계속 이어지고 있다.

* * *

그리고 나는 키쿠치 양네 집에서 제일 가까운 역인 키타아사카역까지 와 있다.

"저기…… 일부러 바래다줘서, 고맙습니다."

내가 패밀리 레스토랑에서 창피한 소리를 해 버린 뒤에. 한참동안 둘이서 이야기를 나눈 우리는 두 사람 사이에 생긴 골을 메울 방법을 찾았고, 최근에 계속 엇갈렸던 만큼, 같이 보내는 시간을 최대한 늘려보자고 했다.

그렇게 돼서 나는, 밖이 많이 어두워지기도 했으니까, 내가 생각하는 연애의 이미지 속에 흔히 있는 '바래다주기'라는 것을 실천해보자고 제안했다. 솔직히 이런 것도 한번 안 했던 게 문제였는지도 모른다.

전철에서 내린 우리가 개찰구 앞까지 갔을 때, 갑자기 키쿠치 양이 멈춰섰다.

"그, 그럼 여기서……."

"……뭐?"

"저기, 역까지 같이 와주셨으니까……."

조심스레 말하는 키쿠치 양은, 왠지 우물쭈물하면서 고개를 숙이고 있다. 흐음.

하지만, 나는 여기서 끝낼 생각이 아니다.

"기왕에 여기까지 왔으니까, 집 앞까지 데려다줄게. 저기…… 키쿠치 양이 싫지 않다면, 말이지만……."

"시, 싫은 건 아니에요!"

키쿠치 양이 고개를 번쩍 들면서 말하고는, 다시 서서히 고개를 숙였다.

"싫은 건 아니고…… 오히려 기쁘지만……."

거기서 키쿠치 양의 말꼬리가 점점 기어들어 갔다.

그리고, 풀죽은 표정으로 고개를 끄덕이고, 그리고는 조심스레 날 슬쩍 쳐다봤다. 하지만, 키쿠치 양이 무슨 생각을 하고 있는지는, 대충 알 수 있었다. 왜냐하면 그건, 나도 마찬가지니까.

"……미안해서?"

"그게…… 예, 맞아요."

그렇다. 지금까지 혼자 살아왔던 시간이 많았기 때문에——일방적으로 무언가를 받는 데 저항을 느끼는 것이다. 남에게 뭔가를 받는다는 것은, 상대에게 폐를 끼치는 행위니까.

"그 정도야 괜찮아. 저기…… 그러니까."

그래서 나는 다시 한번, 내가 어떻게 생각하는지, 생각하는 것을 있는 그대로 말하기로 했는데— 하지만, 말하기도 전에 그 내용 때문에 쑥스러워졌다.

왜냐하면 그것은 너무나 바보 같다고 할까, 너무나 직설적이라고 할까.

그것이 소위 말하는 '연애'가 테마인 이야기의 한 장면 같아서, 너무나 창피했다.

"……그러니까?"

그다음을 기다리는 키쿠치 양의 눈빛에는 왠지 기대하는 심정이 가득한 게, 어쩌면 뭔가를 눈치챈 건지도 모른다.

"그게……."

"응."

재촉하는 것처럼 대답하는 키쿠치 양. 뭐지, 왜 내가 쫓기는 것 같은 기분이 드는 거지.

계속 뜸만 들여 봤자 소용없다. 나는 에잇, 하고 결심하고, 내 생각을 그대로 말했다.

"내가! 내가 조금이라도 오랫동안, 키쿠치 양이랑…… 같이 있고 싶어서."

"……! 고, 고맙습니다……."

그리고 우리는 또다시 새빨간 열원이 돼버렸다. 아까 패밀리 레스토랑에서 창피한 소리를 했으면서, 이번에는 집 근처에 있는 역에서 이 꼴이라니. 대체 뭐 하는 거냐고, 우리는.

"그, 그럼…… 저희 집 앞까지…… 같이 가요."

"으, 응."

그렇게 해서 우리 둘은 개찰구를 나와, 밤길을 걸어가기 시작했다.

* * *

1월 하순. 해가 지자 온몸이 얼어붙을 것 같은 겨울 추위가 불쑥 튀어나왔지만, 그래도 춥다고 느껴지지 않는 건, 틀림없이 옆에 누군가가 있기 때문이다.

별도 거의 보이지 않는 사이타마의 밤하늘. 몇 개가 겨우 보이는 별들이, 오늘 이 순간만은 애절하고 아름답게 빛나고 있다.

밤바람을 맞은 뺨이 차가워지는 걸 느끼며, 키타아사카의 인도를 걸어갔다. 수많은 진심을 밝힌 뒤의 침묵은 온화하고, 불편한 기분이 들지 않았다. 괜한 걱정을 할 필요도 없이, 그래도 둘이서 걷고 있다는 사실이 느껴지는 이 분위기는, 나한테는 너무나 소중한 것이다.

"토모자키 군은…… 어째서 절 선택하셨나요?"

비밀 이야기를 하는 것처럼 조용히 톡, 떨어트린 것 같은 질문. 나는 그것을 조심스레 주워 올리는 것처럼, 열심히 목소리 톤을 조절했다.

"어째서…… 냐니?"

"그게…… 토모자키 군 주위에는, 매력적인 여자애들이 잔뜩 있는데, 어째서 저였나 싶어서."

"그러니까, 그건…….."

나는 잠시 생각하고, 마침내 하나의 대답에 도착했다.

그것은, 그때 도서실에서 이야기했던 것이었다.

"가면과 진심…… 이상과 감정. 그런 모순 속에서 완전히 반대 방향으로 고민하고, 하지만 생각해보면 똑같은 것이었고……. 그게 기적처럼 느껴졌고, 특별하다는 생각이 들었기 때문에…… 려나."

그랬더니 키쿠치 양은 어딘가 불만이라는 것처럼 날 쳐다보고, 입술을 삐죽 내밀었다.

"그건, 이 관계가 특별한 이유잖아요?"

"어, 그건 좀 이상한가?"

나는 히나미가 누군가를 선택하라는 말을 듣고 그중에서 한 사람을 결정했을 때. 그 사람과 사귀는 이유를 찾았었다. 그리고 그러는 중에 키쿠치 양에게 마음이 끌렸고, 연극이 끝난 뒤에 그 마음을 전했다.

그것이 그대로, 선택한 이유가 되는 건 아니라는 얘긴가.

"이상하지는 않지만, 그러니까…….."

키쿠치 양은 부끄러운 건지 살짝 고개를 숙이고, 양쪽 손끝을 맞대고서 꼬물꼬물 움직였다.

"토모자키 군 자신이, 어째서 저를 선택해준 이유라고 할까…… 어째서, 조, 좋아한다고, 생각해준 건지…… 그게 알고 싶어서."

"나, 나 자신이?"

그랬더니 키쿠치 양은 당황한 것처럼 살짝, 두 번, 고개를 끄덕였다.

"아마도, 이유와 감정은, 다르다고 생각해서……."

그 말을 듣고서 이해했다.

내가 도달한 이유는 어디까지나 두 사람의 관계를 특별하게 만들기 위해서 지어 붙인 말이었고, 한마디로 이상을 만들기 위한 이유였다. 내 마음이 키쿠치 양에게 끌린 이유가 아니라.

하지만, 그건 대체 뭐냐는 말을 들으니까, 쉽게 설명할 수가 없었다.

"뭐랄까…… 같이 연극 각본을 만들었고, 그러다가……."

자동차가 거의 다니지 않는 넓은 도로는 강 위로 접어들었고, 물의 냉기까지 머금고 불어오는 바람이 두 사람의 머리카락을 흔들었다. 하늘도 수면도 밤의 색으로 물들어 있고, 그것은 마치 불꽃놀이가 끝난 뒤의 정숙, 토다바시에서 봤던 경치와 비슷했다.

"이야기 속에서 키쿠치 양이 어떤 사람인지 보였는데……

난 그게 너무나, 매력적이었고, 그러니까…… 지켜주고 싶다는, 그런, 감정도 생겼거든."

나는 둘이서 지낸 소중한 시간을 떠올리면서.

"그 속에서, 키쿠치 양의 진지한 모습이라든지, 자신의 어려운 문제를 뛰어넘었을 때의 긍정적인 모습이라든지, 그런 게 너무 눈부시게 보였다고나 할까……."

"으, 응……."

그것이 진심이었기 때문에, 말을 하면 할수록 쑥스러워졌고, 아마도 그것이 진심이라는 게 전해졌기 때문에, 키쿠치 양도 얼굴이 점점 빨개져 갔다.

"원래 사고방식이 비슷하기 때문이기도 했지만…… 그렇기 때문에 키쿠치 양의 고민을 이해할 수 있었고, 그걸 뛰어넘으면서, 공감이라고 할까, 두근두근 같은 게 느껴졌고……."

"고, 고맙습니다……."

둘이서 또, 얼굴이 새빨개져 갔다. 가로등도 거의 없는 주택가. 커다란 강 위에 걸려 있는 다리에는 시간만이 천천히 흘러갈 뿐이고, 그런 시간 속에서, 우리 둘만이 너무나 조급했다.

"그래서 어느샌가…… 그, 뭐냐, 소중하다고 할까…… 조, 좋아한다고, 생각하게 됐어……."

"──!"

그 말을 들은 키쿠치 양은 펑, 하고 폭발한 것처럼 눈이 휘둥그레졌고, 그 자리에서 멈춰 서고 말았다.

"저, 저는!"

갑자기 목소리 볼륨에 버그라도 발생한 것처럼, 키쿠치 양이 길 한복판에서 큰 소리로 말했다. 그리고 자기 목소리에 놀라서, 어깨를 꼭 움츠렸다.

"저, 저는……. 언제나 앞을 향해 나아가고, 자기 세상을 넓혀가는 토모자키 군을 계속, 존경했고……."

고개를 살짝 숙이고, 머리카락 틈새로 엿보는 것 같은 자세로.

하지만, 그 목소리는 똑바로 뻗어 나왔고.

"토모자키 군이 내밀어준 손을 잡은 것도…… 그런 이유 때문이었고……."

그다음에 찾아온 침묵은, 시원한 강물 흐르는 소리가 메워줬다.

"그래서 저는, 토모자키 군이 자기 세상을 넓혀가는 걸…… 포포루로 있는 걸, 그만두지 않았으면 싶어요."

그렇게 밝혀준 마음을 알고서, 나는 또 쑥스러워졌다.

그것은 틀림없이, 내가 나로서 존재하는 것을 긍정해주는 말이다.

"응… 고, 고마워."

나는 숨을 고르면서, 조금 떨어져 있던 키쿠치 양 옆으로 갔다. 서로가 입을 다문 채, 처음으로 내 심장이 엄청나게 빨리 뛰고 있다는 걸 알아차렸는데, 키쿠치 양도 나랑 같았으면 좋겠다고, 그런 생각을 했다. 부웅, 하는 소리와 함께 전조등 빛이 지나갔는데, 그 차를 운전하던 사람은, 이런 창피한 이야기를 하고 있다는 걸 알지도 못하겠지.

나란히 걸어서 다리를 건넜다. 거기서 세 번째 정도 되는 단독주택이, 키쿠치 양네 집인 것 같다.

"이렇게…… 집까지 바래다주셔서, 정말 고맙습니다."

커튼 너머로 따뜻한 빛이 흘러나오는 집 앞에서. 여전히 열기를 머금고 있는 목소리가 내 귀에 전해졌다.

"아냐. 나야말로 지금까지, 여러 가지를 알아차리지 못해서 미안해."

"……아니에요. 저야말로."

그렇게 또 서로 자기가 잘못했다고 사과했지만, 키쿠치 양도 그걸 알아차렸는지, 눈이 마주치자 피식, 하고 웃었다.

"……그럼, 잘 자."

"네. 잘 자요."

키쿠치 양은 나한테 등을 돌리고 현관문을 향해 걸어갔다. 문을 열고서 다시 이쪽을 보더니 문이 닫히기 전에 살짝 손을 흔들어줬다.

나는 쑥스러워하면서도 손을 흔들었고 탁, 소리를 내며 닫히는 문을 바라봤다.

혼자 덩그러니 남겨진 낯선 동네. 하지만 나는 쓸쓸하다는 게 대체 뭐냐는 기분으로, 역을 향해 걸어갔다.

                    ＊ ＊ ＊

　그날 밤.

　나는 반쯤 분노에 가까운 파워로, 스마트폰에 문자를 입
력했다.

　화면에 표시된 문자는, 이런 내용이었다.

『갑자기 그런 내용으로 메시지 보내지 마.』

　받는 사람은 당연히 레나고, 갑자기 왜 화를 내고 난리
냐고 생각할지도 모르겠지만, 잘 생각해보면 갑자기 야한
이야기를 꺼낸 것도 레나고, 『갑자기 야한 얘기 해서 미안
해』라는 내용을 보낸 것도 레나니까, 나한테도 화를 낼 권
리 정도는 있겠지.

　나는 콱, 하고 화면을 깨트릴 기세로 LINE의 보내기 버
튼을 누르고는, 스마트폰을 수리검이라도 던지는 것처럼
슉, 하고 이불 위로 던져버렸다. 날아가는 궤도가 너무나
날카로운 것이, 지금이 사극에 나오는 시대였다면 저 이불
은 평범한 이불이 아니라 적 닌자고, 내가 던진 수리검이
그 적 닌자를 쓰러트리는 장면이었겠지.

　그리고 얼마 지나지 않아서 스마트폰에서 진동이 울렸다.

　"……음."

　내가 살금살금 스마트폰을 집으러 가서 화면을 확인했

더니, 보낸 사람은 레나였다.

『그래, 미안해. 학교에 있는 시간이었나? 혹시 누가 봤어?』

"흐음……."

그 너무나 자유로운 영혼인 레나니까, 그건 내가 알 바 아니라고 대답할 줄 알았는데, 생각지도 못한 솔직한 사과를 보고는 내 안에서 끓어오르던 닌자의 피가 진정됐다. 마음속에서 뿌릴 준비를 하고 있던 암기를 조용히 집어넣고, 나는 냉정하게 화면을 봤다.

"뭐… 이만하면 됐겠지."

그렇게 해서 나는, 지금부터 이런저런 이야기를 하는 것도 뭔가 아니라는 생각에, 『그랬어! 뭐, 앞으로 또 그러지만 않으면 괜찮아!』라는 내용으로 보냈다. 만약 또 답장이 온다고 해도, 내가 절대 대답을 안 하고 끝내버리면 되겠지.

하지만, 이렇게 생각도 못 한 곳에서 서로가 엇갈리고, 누군가에게 상처를 준다. 그건 아마도 나 혼자서는 처리할 수 없는 운과 관련된 요소가 잔뜩 들어 있는 게임. 그렇다면 그런 요소를 조금이라도 줄이기 위해서라도 한 걸음 한 걸음, 함정이 있는지 잘 확인하면서 앞으로 나아가야만 하겠지. 인간관계는 어렵다고 할까, 부조리한 부분도 있는지도 모른다.

그런 생각을 하면서, 나는 침대에 누운 채로 천장만 바라봤다.

* * *

다음 날 아침.

"오, 아침부터 뜨거운데."

둘이서 같이 걸어가고 있던 나와 키쿠치 양을, 중간에 만난 미즈사와가 놀렸다.

재미있다는 것처럼 싱글싱글 웃고 있는 미즈사와를 흘끗 보고, 나는 하아, 하고 한숨을 쉬었다.

"하필이면 제일 귀찮은 녀석한테 걸렸네……."

진심으로 푸념을 했더니, 미즈사와는 유쾌하게 웃었다.

"하하하. 뭐야 너희들, 같이 학교 가기로 한 거야."

"그, 그렇지 뭐."

그랬다. 어제 키쿠치 양을 집까지 바래다준 뒤에. 둘만의 시간을 늘리기 위해서 할 수 있는 일을 하자고, 내가 키쿠치 양에게 LINE으로 그렇게 연락했고, 오늘 아침에 둘이서 같이 학교에 가기로 했다. 참고로 히나미한테도 LINE으로 보고해서, 오늘 회의는 안 하기로 했다.

그리고 학교에서 가까운 역에서부터 둘이서 같이 걸어가다가, 바로 미즈사와한테 들키고 말았다.

"흐응……. 뭐, 행복해 보이니까 다행이네."

"쓸데없는 소리 하지 말고."

나는 장난스레 말했고, 키쿠치 양은 내 뒤에 숨어서 미즈사와를 흘긋흘긋 보고 있다. 그걸 알아차린 미즈사와가 키쿠치 양과 눈을 마주치고서 싱긋, 상냥하게 미소를 지었다.

"안녕."

"아, 안녕하세요……."

너무나 익숙한 언동을 보고서, 지금 뭐 하자는 거냐고 말하고 싶어졌지만, 잘 생각해보니까 그냥 인사만 했을 뿐이다. 알리바이가 성립됐기 때문에, 나는 어쩔 수 없이 그 사실을 받아들였다.

그나저나 이렇게 모여 있는 건 꽤나 이색적이라고 할까, 희귀한 멤버 구성이나. 아침에 일부러 모여서 같이 학교에 가는 일은 거의 없다 보니, 셋이서 같이 가는 우리는 은근히 눈에 띄었다. 연극 각본과 감독으로 사귀기 시작한 커플이라는 소문이 은근히 퍼졌는지, 실제로 같은 학년 사람들이 은근슬쩍 우리를 쳐다보는 게 느껴졌다.

그걸 느꼈는지, 미즈사와가 우리한테서 슬쩍, 한 걸음 떨어지더니,

"그럼, 훼방꾼은 이쯤에서——."

"뭐야~?! 자기들끼리만 같이 가고!"

미즈사와가 말하는 중에, 갑자기 들려온 힘이 넘치면서 불만도 넘치는 목소리. 고개를 돌려보니, 뒤쪽에서 이즈미

가 빠른 걸음으로 다가오고 있었다. 그리고 그대로 떨어지려고 하던 미즈사와 내 사이로, 이즈미가 딱 들어왔다. 괜히 더 눈에 띌 것 같다는 생각도 들었지만, 인원이 이렇게까지 늘어났으면 신경 쓸 필요도 없으려나.

"웬일로 같이 학교에 가네! 뭐야? 작전 회의?"

"무슨 작전인데?"

내가 한마디 했더니 이즈미는 아하하~ 하고 힘없이 웃었다. 그리고는 나와 키쿠치 양을 슬쩍 쳐다봤다.

"오! 화…, 가 아니라, 사이가 좋아 보여서 다행이다~ 응, 응!"

"뭐, 덕분에, 라고 해야겠지."

일단 무슨 이야기인지 모를 가능성이 큰 미즈사와 있다는 걸 생각해서인지, 이즈미는 우리가 싸운 이야기는 언급하지 않고서 이야기를 진행해줬다. 아마도 화해했다고 말하려다가 긴급 회피로 피했겠지. 리얼충 스킬 분위기 파악이라는, 그런 걸까.

"사이가 좋단, 말이지……."

그런 우리를, 미즈사와가 살짝 수상하다는 눈으로 보고 있다. 지금 그 미묘한 위화감을 눈치챈 걸까, 아니면 뭔가 다른 생각이 있는 걸까. 어쨌거나 기왕에 이즈미가 열심히 노력해주고 있으니까 거기에 맞춰야겠다는 생각으로 뭔가 말을 하려고 한 그 순간, 이즈미가 갑자기 생각났다는 것처럼 나와 키쿠치 양을 쳐다봤다.

"아, 근데, 토모자키랑 후카 너희 말이야!"

"응?"

"아, 예!"

내 대답과 거의 동시에, 키쿠치 양의 힘이 너무 들어간 대답이 들려왔다. 미즈사와 이즈미라는 리얼충한테 둘러싸인 상황에서 갑자기 자기 이름이 나오니까 긴장했다는 건 이해한다. 나도 그랬으니까.

"마침 잘 됐다! 부탁이 하나 있는데 괜찮을까?!"

"부탁?"

리얼충들한테 많이 익숙해졌다고는 해도, 나한테 뭔가를 부탁하다니, 별일이네. 게다가 키쿠치 양까지 세트라니, 대체 무슨 내용인지 상상도 못 하겠다.

"왜, 이번에 송별회 있잖아? 내가 그거 실행위원을 맡고 있거든."

"헤에, 그렇구나."

송별회. 소위 말하는 '3학년 송별회'라는 그거다. 졸업생 송별회라고도 하지 아마.

1, 2학년 재학생들이 앞으로 졸업할 3학년들에게 공연을 보여주면서 배웅한다. 세키토모 고등학교 송별회는 졸업식 같은 다른 행사와 비교하면 비교적 자유로운 편이고, 동아리나 위원회 같은 곳에서 레크레이션 느낌의 연극을 공연한다. 그러다 보니 앉은 순서가 명목상으로는 출석번호 순서라고 되어 있기는 하지만, 너무 어지럽히지 않는

범위 안에서라면 마음대로 자리를 바꿀 수도 있다.

물론 작년의 나한테는 그 자유가 최대의 걸림돌이었고, 거기서 도망치기 위해서라도 줄지어 놓여 있는 접이식 의자의 제일 구석 자리에 처음부터 앉아 있는, 그런 완벽한 포지션을 차지해서 어떻게든 넘겼었다── 그런데 그 송별회가 대체 어쨌다는 거지?

"토모자키, 너 몰라? 기념품 증정 말이야."

"……기념품?"

말 자체의 의미는 알겠지만, 그걸 굳이 지금 여기서 얘기하는 의미를 모르겠다. 뭔가 엄청나게 비싼 물건이라도 선물하는 건가도 싶었지만, 그건 아니겠지.

"하하하. 후미야 너, 작년에는 거의 다른 사람이랑 상관하지 않았었지."

"그, 그게 어쨌다는 건데?"

"토모자키 너 진짜 모르는구나?"

그리고 이즈미는 갑자기 반짝반짝 빛나는 눈으로, 힘차게 말했다.

"──운명의 구형 학교 배지!"

완전히 단 한 번도 못 들어본 말인데, 미즈사와도 고개를 끄덕이는 데다가 키쿠치 양까지 '아, 그건가' 같은 표정을 짓고 있는 걸 보면, 나만 이상할 가능성이 큰 것 같다.

"저기…… 키쿠치 양, 뭔지 알아?"

혹시 몰라서 확인해보니, 키쿠치 양은 약간 조심스레, 날 아주 신경 써주는 것 같은 표정으로 고개를 끄덕였다.

"아, 예…… 아주 조금, 들어본 적이."

"흐음."

완전히 날 걱정해주고 있다. 즉, 내가 완전히 그림자처럼 살아왔던 기간인 2학년 5월 이전에, 모르는 사람이 이상한 사람이 될 정도로 널리 알려진 일이라는 얘기겠지. 됐어.

"……그게 뭐 하는 거야?"

"그러니까 말이야!"

내가 그대로 키쿠치 양한테 물어보려고 했더니, 이즈미가 자기한테 맡기라는 것처럼 팍, 하고 끼어들었다. 이름을 보면 뭔가 연애적인 일인 것 같은데, 그래서 직접 말하고 싶은 거겠지.

"왜, 우리 학교에, 지금은 안 쓰는 옛날 건물 있잖아? 이과 준비실이라든지 제2 피복실이라든지 있는 거기!"

"으…… 응. 그건 알지."

생각지도 못한 타이밍에 너무나 익숙한 장소의 이름이 나와서 놀랐지만, 그래도 맞장구를 쳐주면서 넘겼다.

"거기가, 10년 전까지는 그냥 일반적으로 썼다는 것 같은데, 거기서 지금 건물로 옮길 때 교복도 배지도, 아예 학교 이름까지 전부 바꼈다는 것 같더라고."

"아…… 나도 들어본 것 같다. 얼마 전까지는 다른 학교였다는, 그런 얘기."

아무래도 10년쯤 전에 큰 개혁이 있었다고 하는데, 성적을 따져보면 도저히 입시 명문이라고 할 수 없었던 수준에서, 학교 이름부터 교복, 건물, 그리고 배지에 들어가는 로고까지 흔한 벚꽃에서 펜을 모티프로 삼은 것으로 바꾸는 등등 철저하게, 모든 면에서 면학에 힘을 쓰는 방향으로 바꾼 결과, 10년도 안 되는 기간에 사이타마현에서도 세 손가락 안에 들어가는 수준의 입시 명문고가 되었다……같은 에피소드를 학교 설명회 때 들었던 것 같다.

"그래서 말이야, 송별회에서 2학년이 졸업생한테 기념품을 증정하는데, 남녀 대표가 각각 방패랑 꽃다발을 증정하거든── 그때, 사실은 선생님 몰래, 3학년도 2학년 남녀 두 사람한테 어떤 물건을 주게 돼 있어."

"……호오."

그 얘기는, 한마디로.

"그게 지금 학교 배지로 바뀌기 전의 구형 배지. ──운명의 구형 학교 배지라는 얘기지."

미즈사와가 옆에서 은근슬쩍, 엄청나게 의기양양한 얼굴로 말했다.

"아~ 뭐야! 그거 제일 중요한 부분인데!"

"하하하, 나도 알거든. 그래서 말해봤어."

"너무해~!"

"칭찬 고마워."

여전한 템포로 아무렇지도 않게 그런 이야기를 주고받는 두 사람. 나도 리얼충들의 대화에 많이 익숙해지기는 했지만, 이런 초고속 모드 같은 데 말려들면, 아직 적응을 못 해서 그런지 도저히 버틸 수가 없다니까.

그나저나 무슨 얘기인지는 대충 파악했다.

"즉…… 지금은 사용하지 않는 10년 전의 학교 배지를, 3학년 송별회를 하는 그 순간에만 물려준다는, 그런 얘기구나."

내가 말했더니 이즈미가 고개를 끄덕이고,

"그걸 받은 두 사람은, 졸업할 때까지 그 배지가 행운을 가져다주고… 졸업한 다음에도, 다른 사람들하고 비교할 수 없는 특별한 관계가 된다는, 그런 얘기가 전해져!"

"……그렇구나."

내가 고개를 끄덕이면서도, 그 이야기 속에 들어 있던 한 부분에, 아주 조금 마음이 걸렸다.

키쿠치 양과 이야기할 때도 나왔던, 두 사람의 관계를 표현하는 것 같은 그 말.

"실제로, 올해 3학년 두 사람도 같은 대학에 가서 둘이 같이 살기로 했다나 봐."

"아, 맞아! 결혼 확정이라는 얘기도 있었지!"

미즈사와가 책가방을 고쳐 메면서 말하자, 이즈미가 신이 나서 손가락으로 가리키며 말했다.

그것은 학교마다 흔히 있는 독자적인 전통이라고 생각할 수도 있지만, 그것이 10년 전에 안 쓰게 된 배지, 그리고 똑같은 물건을 매년 선생님 몰래 물려주고 있다는 것까지 생각해보면, 뭔가 의미가 있어 보이는 일이라는 것까지도 알 것 같다. 그리고 거기에서 의미를 느끼는 사람들이 많으므로, 두 사람의 관계에 변화를 가져오는 것이겠지.

생각하면서 내 왼쪽 옆을 봤더니—— 키쿠치 양이 뭔가를 누르는 것처럼 오른손 손바닥을 가슴에 대고서, 얇은 입술을 벌리고 있는 모습이 눈에 들어왔다.

키쿠치 양은 하얀 입김과 함께 말을 흘렸다.

"정말, 로맨틱한 전통이네요."

"아하하. 그러게, 무슨 이야기에 나오는 것 같아."

내가 상냥하게 말했더니 키쿠치 양은 입술을 모으고서 미소를 지으며, 천천히 고개를 끄덕였다. 뭔가 시선이 느껴져서 오른쪽을 봤더니, 그런 나와 키쿠치 양을 이즈미와 미즈사와가 실실 웃으면서 보고 있었다. 이 자식들이.

——그리고, 나는 거기서 깨달았다.

"잠깐만……. 그러니까, 우리한테 부탁할 일이라는 게."

그러자 이즈미가 "맞아!"라고, 쾌활하게 말했다.

"그거 물려받는 역할, 토모자키랑 후카가 해줬으면 싶어서!"

"우, 우리가……?!"

키쿠치 양이 깜짝 놀라서 말하며, 얼굴이 빨개졌다. 그것은 아마도 기뻐서 그런 것이겠지만, 그 눈동자가 왠지 아주 조금, 불안 때문에 흔들리는 것처럼 보이기도 했다.

그것은 단순하게 사람들 앞에 나서는 것에 대한 부담 때문일까, 아니면, 다른 이유가 있는 걸까.

"우리한테 얘기해준 건 정말 영광이긴 한데…… 그런데 왜 우리야?"

더 유명한 교내 공인 커플 같은 사람들도 있을 것 같고, 이즈미한테는 우리가 엇갈렸던 일에 관해서도 얘기했었다. 그걸 알면서도 우리가 해도 되는 건지, 그런 불안이 느껴졌다.

그랬더니 이즈미는 '그건 말이야!'라면서, 신나게 말하기 시작했다.

"왜, 너희 둘은 문화제에서 그 연극을 만든 공인 커플이니까, 이런 역할에 딱 어울릴 것 같거든! 우리 학교 다른 사람들한테도 꽤 알려져 있기도 하고, 엄청나게 특별한 느낌이잖아?!"

"특별…… 말이지."

이번에도 정말 기쁜 말이지만, 역시 내 머릿속에서 떠다니고 있는 생각은 어제까지 키쿠치 양과 엇갈렸던 일이었다. 분명히 응어리는 많이 풀어졌다. 하지만 원인을 전부 해결했다고 말하기에는, 아직 자신이 없다.

지금까지 예전 학교 배지를 물려받은 남녀들이 특별한 관계가 됐다면── 아니, 그보다 본인들이 특별하다고 생각할 수 있는 관계가 됐다면. 그때 느꼈던 모순. 우리도 어깨를 나란히 할 수 있는 관계가 될 수 있다고, 가슴을 펴고 자신 있게 말할 수 있을까.

"……조금 망설이기는 했는데, 오늘 같이 오는 걸 보고서 그래, 라고 생각했지!"

이즈미는 중간까지는 작은 목소리로, 그렇게 말했다.

"아…… 그런 얘기구나."

"아하하! 그리고 왜, 너희는 계속 잘 됐으면 싶거든!"

엇갈렸던 우리를 보고서 이즈미 나름대로 신경을 써줬다는, 그런 뜻이겠지.

"그건, 고마워. 하지만, 음…."

내가 고민하고 있는데, 미즈사와가 시원스레 말했다.

"후미야는 별로 안 내키나 보네? 싫다면 내가 받는다?"

"뭐?! 히로 너 여자 친구 생겼어?!"

"아니, 아직은 없지만, 그날까지 있는 힘껏 아오이를 공략할 거야."

"엄청난 폭탄 발언인데?!"

부추기는 것처럼, 미즈사와가 말했다. 농담처럼 말하기는 했지만, 이 녀석은 정말로 행동할 수도 있으니까. 나는 다시 키쿠치 양 쪽을 봤는데, 내가 자꾸 대답을 안 하는 탓인지, 키쿠치 양은 불안한 기색이 아까보다 더 짙어진 눈으로 날 보고 있었다.

……하지만, 응. 그래야겠지.

"알았어, 할게."

"!"

"……키쿠치 양도, 괜찮지?"

내가 물었더니, 키쿠치 양은 "아, 예" 하고, 물 흐르는 것처럼 대답했다.

"정말 고마워! 그럼 그렇게 알고, 부탁할게!"

이즈미의 말을 듣고 나는 미소를 지어 보였다. 슬쩍 옆을 봤더니 키쿠치 양은 고개를 숙이고 있었지만, 그 머리카락 틈새로 보이는 붉게 물들어 있는 볼이 날 안심하게 해줬다.

여기서 고민해봤자 소용없다. 어제 기껏, 다시 한번 내마음을 전해서 두 사람의 관계를 다시 붙잡아놨는데, 이런 사소한 일로 또 불안하게 만드는 건 그야말로 남자 친구 실격이겠지. 그리고 이즈미가 일부러 신경을 써줬고 말이야.

──그런데 거기서. 나는 한 가지 사실이 생각났다.

"……어라? 그런데 그거, 이즈미랑 나카무라가 해도 되는 거 아닌가?"

얼핏 들었을 때는 커플이라면 모두 참가하고 싶어 하는 이벤트라고 생각했었다. 그렇다면, 안 그래도 연애와 관련된 이벤트를 좋아하는 것 같은 이즈미라면, 오히려 자기가 열심히 참가하려고 할 텐데.

그랬더니 이즈미는 복잡한 표정으로 입술을 삐죽 내밀

었다.

"뭐, 분명히 나도 슈지랑 같이 그걸 받고서, 졸업할 때까지 같이 가는 거야, 같은 걸 하고는 싶은데……."

이즈미는 자기 교복에 있는 배지 다는 구멍을, 손가락으로 만졌다.

"……그렇게 작은 걸, 슈지가 1년 동안이나 잊어버리지도 않고 가지고 있을 리가 없을 것 같거든."

"아, 물리적인 문제였구나."

마지막 순간에서 나온 전혀 로맨틱하지 않은 한 마디에, 나는 얼빠진 기분이 들었다.

* * *

그날 쉬는 시간.

"저기."

조금 전에 끝난 수업의 교과서를 집어넣고 있던 나한테 능글맞게 다가와서 말을 건 사람은, 미즈사와였다.

미즈사와는 입꼬리를 슬쩍 끌어올리고 있는데, 이 녀석이 이런 표정으로 말을 걸 때는 보통 날 놀리러 올 때다. 거기에 도움을 받은 적도 많기는 하지만, 타이밍을 봤을 때 이번에는 아니겠지. 아마도 키쿠치 양이랑 같이 학교에 온 일이나, 아까 얘기했던 예전 배지 일을 가지고 놀리러 왔겠지.

"뭔데……."

나는 피곤하다는 투로 말했다. 지쳤다는 느낌이 어렴풋이 전해질 정도의 느낌으로. 제발 알아차려라, 내 기분을 알아차려라.

"후미야 너 말이야."

하지만 미즈사와는 내 그런 표정 따위는 상관도 하지 않고, 평소처럼 한쪽 눈썹을 쭈욱 치켜들었다.

그리고 잠깐 쉬었다가── 이런 소리를 했다.

"아까 그 배지 얘기, 정말로 해도 되겠어?"

"되겠냐니…… 뭐가?"

생각지도 못한 질문에 당혹스러워졌다. 그랬더니 미즈사와는 표정도 바꾸지 않고,

"아니 왜, 키쿠치 양이랑 싸운 게 아닌가~ 싶어서."

"어…… 왜?"

놀라서, 그렇게 묻고 말았다.

왜냐하면 미즈사와는 오늘 아침에 나랑 키쿠치 양이 사이 좋게 등교하는 모습은 물론이고, 운명의 예전 배지를 물려받겠다고 약속하는 것까지 다 봤다. 그래서 나는 봤지롱~ 나는 봤지롱~ 하면서 놀릴 줄 알았는데, 오히려 정반대의 질문을 던졌다.

……그렇다면, 뭔가 다른 꿍꿍이가 있는 게 틀림없다.

"누구한테 들었어?"

내 머릿속에는 바로 나카무라 얼굴이 떠올랐다. 이즈미

는 아까 열심히 숨겨 줬으니까 그럴 가능성은 거의 없겠지만, 리얼충 그룹의 정보 핫라인은, 한 사람한테 비밀을 말하면 『믿을 수 있는 애한테만 말할게』라는 조건을 달아서 한 사람당 한 명~두 명 정도한테 이야기를 하고, 최종적으로 모두에게 알려지는 법이니까.

"아~니? 아무것도 못 들었어."

"그래? 그럼 대체 왜?"

"오. 역시 내 말이 맞았나 보네?"

"윽…… 치사하게."

약간의 말실수를 통해서 간단히 내 속내를 간파했다. 이건 내가 속내를 감추는 게 너무 서툴러서 그렇다고 할 수도 있겠지만, 이럴 때 미즈사와한테는 무슨 말을 해도 다 들키고, 숨기면 되레 안 좋은 결과만 불러온다는 걸 지금까지 실컷 겪었기 때문에, 나는 그냥 얌전히 대답하기로 했다.

"아~ 진짜, 그래 맞아 싸우기는 했어. 그런데 어떻게 알았어?"

그랬더니 미즈사와는 잠깐 교실을 쓱 둘러봤다. 근처에 이 이야기를 듣는 사람이 있는지 확인한 걸까, 아니면 키쿠치 양이 있는지 찾아본 걸까. 어쨌든 문제가 없었는지, 미즈사와는 다시 빙긋 웃으면서 입을 열었다.

"지금까지 따로 다니던 너희가 갑자기 같이 오는 걸 보고, 왠지 그럴 것 같다~ 싶었거든."

또 생각지도 못한 말에 나는 당황했다.

"……뭐야 그게? 같이 학교에 다니기 시작하는 건, 오히려 사이가 좋아서 하는 게 아닌가?"

그랬더니 미즈사와는 크큭큭 하고 웃고는, 손가락을 하나 세워서 흔들어 보였다. 얄미운 표정이랑 너무 잘 어울리고 멋있어 보이기도 했지만, 내가 당하는 처지다 보니까 이 자식이… 라는 생각이 들었다.

그리고 미즈사와는, 엄청나게 의기양양한 표정으로 말했다.

"잘 들어라, 후미야? 사귀는 애들이 갑자기 그런 '형식'에 얽매이기 시작하는 건, 뭔가 잘 안 되는 걸 어떻게든 메워보려고 한다는 증거야."

"윽……."

"오, 정곡을 찔렀나 본데?"

여전히 아무렇지도 않은 말투지만, 정신을 차려보니 진심에 가까운 부분까지 파고들어 왔다. 그대로 미즈사와는, 손가락으로 내 가슴께를 슬~쩍 가리켰다.

"아마도, 혼자 외롭게 해서 미안해, 둘이 보내는 시간을 늘리고 싶으니까 앞으로는 학교에 같이 가자, 같은 거겠지."

"너, 진짜로 어디서 들은 거 아냐?"

가방이나 어디에 몰래카메라나 소형 마이크가 달린 건 아닌가 하는 생각이 들 정도 수준으로 정확한 말을 듣고, 나는 전율했다.

"아, 진짜. 맞습니다 맞아요, 미즈사와 님은 정말 못 당하겠네요."

"하하하. 그렇지?"

나름대로 받아치려고 던진 빈정대는 말도 흡수당해버리고, 이젠 손도 발도 못 쓴다고 해야 할 상황이 돼버렸다.

"그래서, 뭐가 어떻게 된 건데? 자세히 말해봐."

"……뭐, 그렇다면 어쩔 수 없지."

그리고 나는 교실 구석으로 자리를 옮겨서, 미즈사와한테 지금까지 있었던 일을 말하기로 했다.

"──그건 싸우는 게 당연하다고 봐야겠네."

이즈미나 나카무라한테 했던 것과 똑같은 얘기를 했더니, 미즈사와는 지극히 가벼운 말투로 그렇게 말했다.

"뭐, 흔히 있는 일이라고 할까."

"아, 아니…… 난 진지한데 말이야……."

내가 그 인식 차이에 떨고 있었더니, 미즈사와는 가볍게 하하하 하고 웃고는 "알아, 나도 다 안다고"라면서 날 말렸다. 그리고 평소처럼 한쪽 눈썹을 치켜들고, 여유 있는 표정으로 날 쳐다봤다.

"그렇긴 한데, 일단 들어봐."

"그, 그래."

자신만만한 말투 때문에, 나도 모르게 휩쓸리고 말았다.

미즈사와는 날 똑바로 보면서 말하고 있고, 쉬는 시간에

교실 구석에서 이야기하는 것뿐인데, 그 자세 때문인지 목소리 톤 때문인지, 따로 떨어진 공간에서 단둘이서만 말하고 있는 것 같은 착각이 들었다. 그렇구나, 이 녀석은 항상 이렇게 여자들을 꼬드겼구나.

"먼저, 키쿠치 양이랑 사귀고 있으면서 다른 여자들이랑 놀러 다닌 후미야도 잘못했지?"

"다, 다른 여자라니……."

"하하하. 하지만, 잘못된 짓은 안 했지?"

"그렇긴 한데….."

분명히, 틀린 말이 아니기는 한데, 말투가 말이야.

"그렇긴 한데, 가 아니라. 여자들은 그런 '형식'을 중요하게 여긴다고."

"형식……."

내가 작은 소리로 그 말을 따라 했더니, 미즈사와는 말없이 빙긋 웃으면서 고개를 끄덕였다. 그다음은 알아서 생각해보라는 걸까. 너, 무슨 좋은 지도자라도 되냐.

"마음보다 행동이라든지, 그런……?"

"음~ 비슷하지만 조금 다르겠지. 솔직히 말이야, 후미야 너도 직감적으로는 알고 있을 텐데?"

"뭐?"

생각지도 못한 말에, 곤혹스러워졌다.

"솔직히 너, 화해하겠다고 『집에 바래다주기』라든지 『아침에 둘이서 학교에 가기』 같은, 그런 커플 같은 행동을 하기로 했잖아?"

"……아."

무슨 말인지 이해하고 그런 소리를 냈더니, 미즈사와가 유난히 거만한 표정을 지었다.

"알겠어?"

"한마디로 내가 지금, 연애로서의 '형식'을 챙기고 있다는 얘기인가…?"

재촉하는 것 같은 미즈사와의 말을 듣고, 지금 알아차린 것에 대해 말했다. 뭐지 이 패배한 것 같은 기분은. 아니, 진 건 맞는데.

"그런 얘기야."

날 간단하게 답까지 이끌어주고, 미즈사와는 어린애처럼 웃었다.

하긴, 듣고 보니 쓸쓸하게 만들었던 만큼 그런 『커플 같은 행동』을 하는 게 일종의 속죄가 될 것 같다는 생각을 했었다. 그것도 형식이라면 형식이겠지.

미즈사와는 아주 만족했다는 것처럼 웃고, 신나게 다음 말을 꺼냈다.

"여자와 연애를 할 때는, 가끔씩 형식이라는 달콤~한 사탕을 주는 게 원칙이야. 그래서 네가 하는 건 어떤 의미에서는 정답이지."

"사탕이라니……. 그거, 꽤 못된 생각 아닌가?"

내가 반론했더니 미즈사와가 또 손가락을 흔들어 보였

다. 이 사람, 지금 즐기고 있는 거 아냐.

"그리고, 네가 지금 하는 것도 이거잖아?"

"……그런 것 같기는 한데."

아침에 같이 등교하는 것도, 생각하기에 따라서는 '형식'이니까.

내가 고개를 끄덕였더니 미즈사와는 그래, 그래, 하면서 즐겁게 웃었다.

분명히 구조를 따져보면 맞는 얘기다. 쓸쓸하게 만드는 짓을 해버렸고, 그걸 다른 형식으로 메우고, 벌어졌던 거리를 다시 좁힌다. 그게 사탕이라고 할까, 형식적인 행동이라는 건 직감적으로 이해할 수 있었다.

내가 생각에 잠겨 있었더니 미즈사와는 슥, 하고 웃음을 거두고, 내 눈을 똑바로 바라봤다.

"하지만, 그건 말이야. ──맞는 행동이긴 하지만 후미야답지는 않단 말이지."

그것은 나한테 보이지 않는 날 보고 있는 것 같았고.

그래서 나는 미즈사와의 말을 조금 더 듣고 싶어졌다.

"……무슨 뜻이야?"

"음~ 뭐라고 해야 할까."

그리고 미즈사와는 집게손가락으로 귀밑을 슬쩍 긁고, 다시 한번 교실을 슥 둘러봤다.

수십 명의 학생. 아마도 거기 있는 사람 하나하나가 자기 나름대로의 생각을 가지고 있거나, 또는 다른 사람의 생각에 휩쓸리거나, 때로는 의견을 바꾸기도 하면서 사는 좁은 세상.

즐겁기 위해서 대화를 하는 걸까, 아니면 대화를 위해서 대화를 하는 걸까. 어느 쪽이건 간에 가면을 쓰고 있는 건지 맨얼굴로 솔직한 감정을 보여주고 있는 건지도 모를, 완전히 익숙해져 버린 평소와 똑같은 광경이다.

"형식이라는 건 어디까지나 표면을 수습하기 위한 것뿐이고, 본질은 아니잖아."

고발하는 데 가까운 톤으로 던진 말. 여전히 속내를 읽을 수 없는 미소를 짓고 있지만, 그 눈빛만은 너무나 진지했다.

그리고 조용히 컨트롤 하는 것처럼 웃음을 지우더니, 시선을 교실에서 창문 쪽으로 옮겼다. 거기에는 차가운 바람을 머금은 하늘이 조용히 펼쳐져 있었고, 다음에 부는 바람이 어느 쪽으로 갈지는, 그 누구도 모를 것이다.

"그건…… 나도, 알겠는데."

"그렇지."

생각난 것은, 여름방학. 미즈사와가 히나미에게 했던 말.

표면과 본질. 플레이어 관점과 캐릭터 관점.

미즈사와 자신이 가면을 써버린 자신과 싸우고 있다는 걸 알고 있기 때문인지, 아니면 누구보다도 표면적인 가면에 고집하고 있는 사람이라는 걸 알고 있기 때문일까. 어쨌거나 나는 그 말을 이해했고── 미즈사와도, 그 사실에 대해 생각하고 있다는 것 같은 기분이 들었다.

"그래서 나는, 바람둥이 남자처럼 일단 형식적으로 수습하면 된다든지, 그런 생각은 안 하게 됐어. ……조금씩이기는, 하지만."

열기가 담긴 투로 말했다.

"그런데 후미야가 하는 건, 어떤 의미에서 보면 지금 상황만 수습하려는 것 같다고 할까. 솔직히, 아무리 나중에 사랑을 준다고 해도, 후미야는 오프 모임에 가고 친구들이랑 놀러 다니는 남자인데, 키쿠치 양이 그런 여자가 아니라는 사실은 변함이 없으니까."

"……그렇겠지."

나는 고개를 끄덕이고, 어제 있었던 일을 떠올렸다.

두 사람의 관계는 포포루와 불꽃 사람이라고, 키쿠치 양이 말했었다.

"그런 부분에 대해 결벽할 줄 알았던 후미야가, 그렇게 하는 건 좀 이상하다~ 싶었거든. 후미야라면 『그럼 오프 모임에 안 갈게』라고, 그렇게 말할 줄 알았어."

미즈사와는 그 자리에서 생각을 정리하려는 것처럼, 평소보다 천천히 말을 자아냈다. 그건 뭐라고 할까, 평소의 미즈사와보다 속내를 더 드러낸 것 같은 톤이었고.

서로의 반응을 보면서 점점 깊이 들어가는 대화는, 나한테는 너무나 기분 좋은 것이었다.

"아. 그렇다고 그게 올바른 해결법이라고 생각하는 건 아니거든? 하지만, 후미야라면 그럴 것 같다~ 싶어서."

"그러게……."

듣고 보니 나도, 이번에 내가 선택한 해결법이 나답지 않다고 할까, 어딘가 『연애』라는 것의 이미지에 너무 의존했을 뿐이고 근본적으로 해결한 건 아니라는 생각이 들기도 했다.

그런데도 나는, 근본적인 것부터 바꿀 방법이 아니라 형식을 선택해버렸다.

어째서 나는, 이번에만 그런 선택을 했을까.

한참 동안 나 자신에게 질문하는 사이에 조금씩, 말이 나오는 게 느껴졌다.

"아마도…… 나한테 오프 모임은 내 장래와 관계된 일이고, 친하게 지내는 다른 애들과 보내는 시간도, 전부 즐거운 시간이었고…… 앞으로 친해질 것 같은 사람과 같이 노는 것도, 내 인생을 넓혀나가기 위해서, 하고 싶은 일이야."

내 입에서 나오는 것은, 너무나 있는 그대로의 감정이었다.

"하하하. 뭐야 그게. 초등학생 작문이야?"

놀리는 것처럼 말하는 미즈사와에게, 나는 필사적으로 반항했다.

"시, 시끄러. 솔직한 감정이라는 건 말이야, 보통 초등학생 작문처럼 되는 법이라고."

그랬더니 미즈사와는 큰 소리로 웃고, 재미있다는 것처럼 내 어깨를 두드렸다.

"하하하하! 그럴지도 모르겠네."

그리고는 크크크, 하고 여운을 남겼다. 저기, 내가 그렇게 이상한 소릴 했나?

"아~ 됐으니까! 한마디로 나는 그렇게 생각한 결과로, 연애는 연애로서 생각하기로 했어, 아마도."

그랬더니 미즈사와는 천천히 그 웃음을 지우고, 납득했다는 것처럼, 그렇구나, 라고 작은 소리로 중얼거렸다.

"응. 아마도, 지금 네가 한 말이 전부겠지."

미즈사와는 여전히 자기 혼자 다 알았다는 것처럼 말하면서 뜸을 들였다.

"……무슨 소리야?"

"후미야는 말이야. 연애를 적당히 어떻게 해보려고 하는 게 아니라──."

그리고, 또다시 쓸쓸하게 웃으면서, 이렇게 말했다.

"장래도, 친구도, 연애도…… 전부 똑같이 생각하고 있는 거야."

나는 입을 벌린 채, 할 말을 잃었다.

왜냐하면 그 말이, 명확하게 정곡을 찔렀기 때문에.

"분명히 나는…… 대전 모임도, 원래 친했던 친구들과 보내는 시간도, 앞으로 넓혀나갈 인생에 대해서도…… 키쿠치 양과 보내는 시간과 똑같이, 우선하고 싶다고, 생각해."

어쩌면, 연애만 소중하게 여기라고 말하는 사람이 있을 수도 있고, 장래가 제일 중요하다고 말하는 사람도 있을지도 모른다. 하지만 나는 그런 것들에, 순서를 매기지 않았다.

"그렇겠지."

미즈사와는 고개를 끄덕였지만, 나는 어떻게 생각해야 좋을지를 몰라서 고민하고 말았다.

"……그건, 안 좋은 일일까?"

답을 구하는 것처럼 물었더니, 미즈사와는 한쪽 눈썹을 쭉 치켜세우며, 가벼운 투로.

"글쎄. 솔직히 그런 일에, 좋고 나쁘고가 어디 있겠어~."

"그, 그럼 이걸로——."

"뭐, 그래도."

긍정하려고 했더니, 미즈사와는 시원한 표정으로 두 손 손바닥을 위쪽을 향해 펼쳐 보였다. 그리고 거기에 있는 뭔가를 잡는 것 같은 동작을 하면서, 빙긋 웃었다.

"후미야의 시간은 한계가 있으니까, 전부 선택할 수는 없겠지."

"……."

그것은 너무나 맞는 말이었고, 동시에, 내가 하려고 해 버렸던 일이고.

"정말로 진지하게 생각한다면, 선택하고 싶은 걸 골라야만 해. 그리고, 넌 그걸 내버려 두고 있고."

"뭐, 뭐야……."

나는 그 말에 반론도 못 했고, 미즈사와는 분위기를 이어가려는 것처럼 손가락으로 날 가리켰다.

"그리고, 지금 그 손에서 키쿠치 양이 떨어져 버릴 뻔했다는 거야."

"윽……."

그건 아마도, 핵심인 것 같았다.

내 세상을 넓히고, 여러 가지 것들과 마주하고. 그랬더니 어패에서 숨겨진 캐릭터나 스테이지가 나오는 것처럼, 지금까지는 선택할 수 없었던 여러 가지 일들을 선택할 수 있게 됐고.

하지만 그것들은 언젠가 내 한계를 넘어버릴 테니까, 구석으로 몰아둔 것부터 순서대로, 내 손 밖으로 떨어져 버린다. 이번 경우에는 키쿠치 양이 그것이었고.

나는 미즈사와를 따라서 손바닥을 펼치고, 그 손바닥을 빤히 쳐다봤다.

"……너무 많이 고르면, 언젠가는 뭔가를 놓칠 수밖에 없게 된다는 얘기구나."

그랬더니, 미즈사와가 고개를 끄덕였다.

그리고 또 이 자리에서 뭔가를 생각하는 것처럼 잠깐 쉬었다가 천천히, 입을 열었다.

"그건 말이야. 네 표현으로 말하자면── 성실하지 않다는, 그런 생각 들지 않아?"

그 순간에는, 나는 그 말의 의미를, 바로 이해하지 못했다.

"……자기가 선택했으면서 전부 감당하지 못하는 건, 무책임하다는, 그런 얘기야?"

"아니, 그런 얘기가 아니고."

미즈사와는 바로 대답했다.

"응?"

"이건 키쿠치 양한테만 해당하는 얘기는 아닌데."

미즈사와는 시선을 위쪽으로 향하고서 그 자리에서 말을 만들어가는 것처럼, 뜨겁게 말했다. 나는 그런 생생한 표정을 가만히 보고 있었다.

"너무 많이 선택하고, 그것 때문에 뭔가가 자연스레 떨어지는 건──."

그리고 미즈사와는, 위쪽으로 향했던 손을 비스듬하게 기울이고, 떠올렸던 뭔가를 떨어트리려는 것 같은 동작을 하고는.

"선택할 때는 자기가 했으면서, **버리는 건 자기가 선택하지 않고 되는대로 맡겨둔다**는, 그런 얘기겠지."

그 말은, 내 안에 숨어 있던 불성실을 정확하게 건드렸다.

"……분명히 난, 그런 생각은 해본 적도 없어."

"그렇겠지. 나도 지금 생각났으니까."

"야."

미즈사와는 상쾌하게 웃었다. 그 웃는 얼굴은, 천진난만한 소년 같았고.

"무언가를 버리려면, 그것도 직접 고르라는……, 그런 얘긴가……."

"그래, 맞아. 뭐…… 계속 전부 끌어안고 있는 것만이 성실한 건 아니라는, 그런 얘기가 되겠지."

"……그렇구나."

그 말은 분명히, 내 마음 깊숙한 곳을 찔렀다.

"너, 그거 알아? 유즈가 운명의 배지를 너희들한테 맡기려고 생각한 의미."

"……무슨 소리야?"

그랬더니 미즈사와는 하아, 하고 한숨을 쉬고,

"유즈는 말이야. 너희라면 1년 뒤에도 사귀고 있을 거라고, 믿고 있어."

"아……."

분명히 그건, 나도 어렴풋이 생각하고 있었다.

졸업생 커플이, 재학생 커플에게 물려주는 배지.

그것은—— **다음 해에도 똑같은 두 사람이 물려주는 데** 의미가 있는 것이다.

"그러니까 후미야, 만약 그럴 자신이 없다면, 거절하는 것도 용기 있는 행동이야."

"……잘, 생각해볼게."

나는 숨을 들이쉬고, 주먹을 꽉 쥐었다.

그리고 다시 한번, 내가 지금 품고 있는 것들을 생각해 봤다.

인생 공략, 많은 친구 관계, 연애, 어패── 그리고.

일일이 따지면 끝이 없을 그것 중에 일부는, 지금 당장 어떻게 되는 건 아니라도, 언젠가는 감당하지 못하고 떨어 져 나가는 날이 온다.

"선택한다는 건, 버린다는 것과 같은 의미구나……."

내가 진지하게 중얼거렸더니, 미즈사와는 날 빤히 보면 서 마음을 간질이는 것 같은 말투로.

"뭘 혼자 멋있는 척하고 난리야?"

"야."

기껏 진지한 얘기가 나왔다 싶었더니, 이 타이밍에서 놀 리지 말라고. 정말이지, 여전히 귀찮은 녀석이라니까.

바람 같으면서도 기탄없는 의견을 말해주는 미즈사와. 나는 놀림을 받으면서도, 어느샌가 머릿속이 후련해졌다 는 기분을 느끼고 있었다.

"형식과 그렇지 않은 부분. 논리인가 감정인가… 라는 얘기구나."

나는 나 자신에게 들으라는 것처럼 중얼거렸다.

그건 틀림없이, 지금까지와 마찬가지.

인생에서 뭔가 고민에 부딪혔을 때, 자신의 행동에서 모순을 발견했을 때. 내 눈앞을 가로막는 것은, 항상 그 두 가지였다.

그리고 아마—— 이번에도 마찬가지겠지.

내가 생각하고, 답을 찾아내야 할 부분은 아마도, 거기에 있다.

"……조언해줘서 고마워, 도움이 됐어."

솔직하게 말했더니, 미즈사와는 또 의기양양하게 눈썹을 치켜세웠다.

"무슨 말씀을~."

그리고 미즈사와는 기대 있던 벽에서 가볍게 몸을 떼고, 힘을 뺀 것 같은 동작으로 스마트폰을 조작하기 시작했다.

그것은 중요한 이야기를 마친 뒤의 휴식, 다시 돌아온 일상에서의 대화의 시작—— 이어야 했다.

"그런데 너, 이렇게 되기 전에, 누구한테 얘기도 안 해 봤냐?"

하지만 그때, 아무렇지도 않은 톤으로 물은 그 말.

"아니, 하기는 했는데."

말하면서, 내 머릿속에는 히나미 얼굴이 떠올라 있었고.

"했단 말이지, 그럼 이상하네."

"이상하다니, 뭐가?"

내가 물었더니, 미즈사와는 여전히 가벼운 투로 말했다.

"그게…… 이번 문제는 연애 문제 중에서는 초보 중의 초보적인 거니까, 물어봤다면 누가 됐든지, 이대로 가면 위험하다고 생각했을 것 같거든."

"……."

불온한 예감일까, 불길한 감정일까. 나 혼자서는 알 수 없는 형태를 갖추지 않은 안개 같은 것이, 가슴 언저리에서 퍼져나가는 기분이 들었다.

이번 일에 대해 질문했을 때, 히나미는『특별한 문제는 없으니까 그대로 계속해』라고 대답했다. 하지만, 미즈사와가 말한『초보 중의 초보』가 그 녀석 눈에는 보이지 않았다는 게, 아무리 생각해도 부자연스러웠다.

"그렇다면, 왜 그냥 내버려 뒀을까?"

미즈사와의 말이, 내가 생각한 위화감의 정체일 것 같다는 기분이 들었다.

"왜…… 일까."

내가 대답했더니 미즈사와는 잠깐 침묵했고, 의아하다는 얼굴로 날 봤다. 내가 어떤 표정을 짓고 있는지는 모른다. 하지만, 아무래도 평소와 똑같은 표정은 아닌 것 같다.

"뭐…… 그걸 누구한테 물어봤는지, 그런 건 굳이 물어보지 않겠는데."

그리고 미즈사와는, 날카로운 칼날 같은 눈빛으로, 내 연약한 부분을 휘저어버렸다.

"――물어볼 사람, 잘 골라야 한다?"

2 동료의 소중함을 알아차리는 건 이탈한 다음일 때가 많다

그날 수업이 다 끝나고. 제2 피복실.

"운명의 배지, 네가 맡기로 했다면서?"

히나미는 의외로 과제와 상관없는 질문을 했다.

"여전히 그런 얘기는 금세 주워듣네….."

그래도 조금 의외였던 건, 이 녀석이 굳이 그 얘기를 꺼냈다는 점이다. 솔직히 히나미라면 그런 건 미신이니까 그런 얘기를 믿는 사람이 바보라든지, 그런 얘기를 할 것 같았는데.

"학생회도 관계가 있는 얘기니까. 그나저나 너, 그런 로맨틱한 얘기를 믿는 성격이었어?"

"뭐, 어쩌다 보니까. 10년이나 이어져 온 전통이라는 얘기를 들으니까 좀 두근거리기도 했고, 키쿠치 양도 하겠다고 했거든."

말하면서도, 나는 오늘 아침에 미즈사와가 했던 말이 생각났다.

엇갈려버린 키쿠치 양과의 관계. 나는 히나미에게 이 사실을, 확인해야만 했다.

"……저기 말이야. 하나, 물어봐도 될까."

"뭐야, 새삼스레."

어떤 의미에서, 이건 질문이라기보다는 확인에 가까웠다.

"키쿠치 양이랑 내 관계가 위태로웠다는 것…… 히나미 너는 몰랐던 거야?"

신중하게 물었더니, 히나미는 잠시 입을 다물었다가, 퉁명스레.

"……질문의 의도를, 잘 모르겠는데."

"그러니까, 말 그대로야. 내가, 히나미한테 몇 번인가 상황을 보고했었잖아. 그때, 그런 생각 안 했나 싶어서."

미즈사와가 했던 말. 그러면서 들었던 의문.

그것은 들여다봐서는 안 되는 구멍 너머를 확인하는 행위 같은 기분이 들었고. 그러면서도 확인해야만 한다는 기분도 들어서. 나는 히나미한테 그걸 물어봤다.

"솔직하게, 말해줬으면 싶어."

"……하아."

깊은 곳까지 건드릴 각오로 던진 질문. 하지만, 어째선지 히나미는 못 말린다는 것처럼 한숨을 쉬었고, 시시한 뭔가를 보는 것처럼 눈살을 찌푸리고 있다.

그리고는 당연하다는 것처럼, 이렇게 말했다.

"당연히 눈치챘지. 이대로 가면 틀림없이 틀어지겠구나, 하고."

"……!"

아무렇지도 않게 나온 그 말에, 나도 모르게 감정이 끓어오르고 말았다.

틀어진 책임을 히나미한테 떠넘기고 싶은 건 아니다. 하지만 화가 나는 것 같은, 또는 슬픈 것 같은 감정이 치밀어 올라왔고. 그러면서도 어딘가, 역시 그럴 거라고 각오했던 부분도 있었다.

"그럼 대체 왜, 말을 안 해준 거야?"

구멍 너머를 비춰보는 것처럼 말을 던져봤지만, 그다음에 돌아올 답은 왠지, 알 것만 같았다. 히나미는 어딘가 귀찮아 보이기까지 하는 표정으로, 담담하게 설명하기 시작했다.

"사귀기 시작하기는 했지만, 그걸로 끝나는 건 아니잖아? 어차피 언젠가는 싸울 때가 올 테고."

그것은 평소와 마찬가지로, 옳은 말만 쌓아가는 히나미 아오이였고.

"그렇다고, 일부러 그 계기를 방치하는 건……."

나는 희망에 매달려보려는 것처럼 끼어들었지만, 히나미는 낯빛 하나 달라지지 않고서 계속 설명했다.

"거기서부터 틀어져서 헤어지는 게 제일 피해야 할 결과겠지. 그렇다면 처음에 하는 싸움은 어떤 의미에서는 연습이야. 원인이 확실하고 해결하기 쉽고, 그러면서도 실제로는 오해인, 아무 짓도 안 한 패턴인 쪽이 좋겠지? 그렇다면 간단한 거로 일찌감치 연습해 두는 쪽이 효율이 높을 것 같아서, 그냥 가만히 있었어."

평소처럼 합리적으로, 이치에 맞는 논리들을 늘어놓는 히나미. 이렇게 듣고 있으면 그 말에 악의는 없고, 거기에 존재하는 건 목적으로 가는 최단 거리의 논리뿐이다.

"사실, 둘이서 얘기하면 간단히 해결될 문제고, 그 덕분에 하고 싶은 말을 할 수 있는 관계로 이어질 거라고 생각하지 않아? 그리고 유즈가 배지 물려받는 것도 부탁했잖아? 최근 며칠 사이에, 여러모로 진전됐고."

분명히 그 뒤로 나와 키쿠치 양은 서로 속내를 얘기할 수 있게 됐고, 우리 사이를 걱정해준 이즈미가 운명의 배지를 받는 로맨틱한 연애 이벤트까지 준비해줬다.

눈앞에서 일어난 『현상』만 본다면 진전했다고 할 수도 있겠지.

"무슨 말인지는 알겠어……. 하지만."

거기에는 『감정』에 대한 배려가, 너무나 없다.

이 녀석 안에 있는 건 언제나 옳은 것뿐이다.

"그런 짓은, 두 번 다시 하지 말아줘."

초조함에 가까운 감정 때문에, 목소리가 아주 조금 떨렸다. 하지만 그것은, 관계가 틀어진 것 때문에 화가 난 게 아니라.

히나미가 **역시 그랬다는** 게 너무나 답답하고, 슬펐기 때문이다.

"너 말이야. 여자 친구를 만든다는 건 어디까지나 중간 정도 목표거든? 거기서부터 더, 더 큰 목표를 효율적으로 공략하려면……."

"히나미."

반사적으로, 말을 자르고 말았다.

"⋯⋯미안, 이제 그만해줘."

이 대화가 계속되는 걸, 견딜 수가 없었다.

왜냐하면 그건, 그 여름방학 때. 키타요노역에서 느꼈던 결별에 가까운 분위기였기 때문에.

"⋯⋯무슨 뜻이야."

히나미는 차가운 눈으로 날 보고 있다.

"네 가치관을 부정하는 건 아니야."

하지만 이번에는, 거절이나 혐오보다── 자위(自衛)에 가까웠다.

"그럼, 뭔데."

그렇다. 부정하는 게 아니다. 왜냐하면 나는 그 키타요노역에서 결별한 뒤에. 히나미의 그런 차갑고 완고한 부분까지 전부 포함해서 상대하고, 관여하기로 결심했고, 그런 히나미한테 『인생을 즐기는 방법』을 가르쳐주겠다고 선언한 것도 내 의지였다.

그래서 히나미가, 나와 키쿠치 양의 관계에도 그 차가운 올바른 것을 적용해버리는 것 자체는 어쩔 수 없다고까지 생각한다. 그게 지금 히나미의 가치관이라는 건 납득하고 있다.

하지만.

"더 들으면, 난 네 방식을, 사고방식을, 정말로 싫어하게 될 것 같아. 그러니까⋯⋯ 지금은 그만 듣고 싶어."

생각한 것을 그대로 전했다.

히나미가 그런 사고방식을 가진 사람이라는 건 알고 있다. 논리적인 부분에서는 분명히, 이해하고 있다.

그리고 그 사고방식이 항상, 어떤 방향에서 보면 일정하게 옳다는 것도, 몇 번이나 직접 체험하면서 실감했다.

——하지만.

"네 방식이 『옳다』는 걸 알고 있어도, 감정적으로, 싫어하게 될 것 같아."

나는, 토하는 것처럼 말했다.

나는 이 녀석에 대해 알고 싶다. 정말로 이해하고 싶다. 하지만, 이대로 차가운 올바름을 계속 듣는다면. 내 소중한 사람에 대한 행동에, 그것이 계속 적용된다면.

틀림없이, 마음이 다가가기 전에, 이해는 고사하고 혐오하게 돼버릴 것 같다.

사람은, 이론만으로 존재하는 게 아니다.

"그러니까, 내 감정을 지키기 위해서, 네 얘기를 그만 듣고 싶어."

최소한, 이번 키쿠치 양 일 때문에, 마음이 예민해진 지금은.

"……그래."

히나미는 역시나, 표정 하나 달라지지 않고 대답했다. 나는 마음을 통째로 뒤집어서 안쪽을 다 보여줄 정도의 각오로 마음을 전했지만, 히나미가 그 말을 어떻게 받아들였는지는 전혀 모르겠다.

그것은 언밸런스한 것 같은 일인데, 잘 생각해보면 지금까지 계속, 그래왔었는지도 모른다.

"저기, 히나미."

나는, 한 걸음 더 파고들려는 것처럼 말했다.

그것은 결코, 거절을 의미하는 건 아니지만.

어쩌면 지금은, 우선시해야 할 일은 아닌 것 같았기 때문에.

"여기서 하는 회의, 일단 없애는 게 어떨까?"

그 말을 듣고, 히나미는 아주 잠깐 눈이 휘둥그레졌다.

"...어째서?"

히나미치고는 보기 드물게, 내 의도를 확인하는 질문. 나는 내 말에 거짓이 섞이지 않도록, 내 마음을 전했다.

"아까 말했던, 더 들으면 싫어질 것 같아서 무섭다는 게 하나. 그리고 또 하나는——."

머릿속에 떠오른 것은, 소중한 연인이 슬퍼하던 얼굴.

"키쿠치 양이랑 같이 있는 시간을, 늘리고 싶어."

생각해보면 나는, 아침에도 수업이 끝난 뒤에도 이 녀석과 회의를 했고, 쉬는 날에는 같이 오프 모임에 갔고—— 어쩌면 키쿠치 양과 보낸 시간보다 더 많은 시간을 히나미와 같이 보내버린 것 같다.

물론 같이 보낸 시간의 양이 그 사람과 맺은 관계의 깊이로 직결되는 건 아니라고 생각하지만, 그래도 한 여자와 사귀고 있다면. 키쿠치 양을 소중하게 여기고 싶다면.

또는 10년 동안 전해져 내려온 배지의 전통을, 우리가 물려받을 각오가 있다면.

그것은 미즈사와와 얘기했던, 뭔가를 버린다는, 그 정도 각오는 아니었지만. 이거야말로 '형식'일지도 모르지만.

적어도 우선순위를 정하는 정도의 선택은, 필요하다고 생각했다.

그 말은 히나미는 잠시 말이 없었고, 아주 조금, 딱 한 번만, 끄덕였다.

"알았어."

그 표정은 역시나 강철처럼 딱딱해서, 히나미가 어떤 감정을 감추려고 하는지, 애당초 감정 자체가 움직이고 있는지조차, 짐작할 수가 없었다.

감정도, 내면을 보여주는 말조차, 아무것도 보여주지 않는다.

"그럼, 앞으로 회의는 부정기적으로. 이미 내준 과제를 어떻게 할지는 알아서 하고, 여기 오는 건 서로 얘기할 게 있을 때만 하자. 그러면 되겠지?"

거침없는 말에, 나는 말 없이 고개를 끄덕였다.

"그래. 그럼, 또 무슨 일 있으면 연락해."

일말의 아쉬움도 느껴지지 않는, 히나미의 목소리. 저항 없이 제안을 받아들여 준 데 대해서 아쉽다는 기분도 들지만, 그건 어디까지나 나 혼자 생각일 뿐이고.

"그래. 그럼…… 또."

그리고 바로 멀어져가는 히나미의 뒷모습을 지켜보고 있었더니, 내 입으로 말했는데도, 어째선지 히나미 쪽에서 날 떠나가 버린다는 기분이 들었고.

이제는 마음이 편할 정도로 익숙해졌다고 생각했던, 낡은 학교 건물의 분위기.

그것이 지금 이 순간만은, 너무나 적막하게 느껴졌다.

* * *

다홍색으로 물든 하늘이, 하교하는 학생들을 비추고 있다.

일곱 명이 같이 역으로 걸어가는 우리에게 휘감기는, 바람이 실어온 메마른 풀과 흙냄새는 평소와 다를 게 없다.

아까 봤던 강철 같은 표정이 거짓말이라도 되는 것처럼, 히나미는 내 대각선 앞쪽에서 타마랑 같이 타케이를 놀리면서 웃고 있다. 그리고 조금 더 앞쪽에서는, 오늘 쉬는 시간에는 나랑 서로 속내를 털어놓고 얘기했던 미즈사와가, 최근의 여자관계에 대해서 가벼운 투로 말했고, 그걸 들은 타치바나와 미미미가 놀리고 있다.

거기에는 보면 볼수록 형식이 넘쳐나고 있었고, 본질적인 것이나 진짜 감정 같은 것들을 드러내는 사람은 한 사람도 없는 것처럼 보였고.

이제는 나도 무의식적으로 할 수 있게 된 리얼충적인 맞장구와 웃는 얼굴로 분위기를 맞춰주면서, 나 혼자만 덩그러니 동떨어진 것 같은 기분을 맛보고 있었다.

무의식적으로 이 공간에 익숙해지면 익숙해질수록, 내가 어딘가 먼 곳으로 쓸려가 버릴 것만 같다는 기분이 들었다.

"헤이! 뚝돌이, 패스!"

갑자기 들려온 아직도 이해를 못 한 별명과 함께, 책가방이 날아왔다. 난 거기까지는 재빨리 눈으로 봤지만, 어째서일까, 몸은 움직이지 않았다.

"아야!"

얼굴로 받아냈더니, 가방은 그대로 바닥에 떨어졌다. 그 광경을 목격한 하교 멤버들은 하나같이 큰 소리로 웃었지만, 거기에 대체 어느 정도의 진심이 들어 있는 걸까. 나는 서툴게 표정 근육을 끌어 올리고는, 미안해, 라고 밝은 목소리로 말하면서 바닥에 떨어진 가방을 주웠다. 아무래도 가방 주인은 타치바나인 것 같다.

"나이스 얼굴 캐치!"

신나게 말하는 타케이 목소리. 평소 같으면 그냥 짜증만 났을 텐데, 이렇게 이 상황을 진심으로 즐기고 있다는 게 전해지는 표정과 목소리가, 왠지 날 안심하게 해줬다.

"나이스는 무슨!"

내가 밝은 톤으로 딴죽을 걸었더니, 다른 애들이 웃었다. 이런 식으로 리얼충 행세를 할 정도로, 지금의 나는 많이 익숙해졌다. 그렇기 때문에, 이 시간이 공허하게 느껴졌고.

타치바나한테 가방을 돌려주고 앞쪽을 봤다. 표정근도 많이 강해져서, 웃는 표정을 짓는다고 근육통이 일어나는 일은 없어졌지만, 계속 이렇게 웃으면 어딘가 다른 곳이 아파질 것 같다는 기분이 들었다.

"뭐야~ 그만하지 그래?"

"다음은 타케이다, 에잇."

가깝지만 먼 어딘가에서 들려오는 목소리. 나는 하늘도 땅도 애닌 애매한 곳을 멍하니 쳐다보면서, 어렴풋한 기분으로 친구들 사이에 섞여서, 웃는 얼굴과 목소리 톤을 지어냈다. 그렇게 하면 할수록, 세상의 해상도가 낮아지는 게 느껴졌다.

"——브레인!"

그때 갑자기 내 귀에 들려온 것은, 푸른 하늘처럼 맑고 선명한, 한없이 밝은 목소리.

"……어."

"브레인은, 여전히 엄청 둔하지?"

놀리는 것처럼, 장난스레. 그러면서도 어딘가, 상냥한 톤으로.

고개를 돌려보니 미미미가 눈썹을 열심히 움직이면서, 가방에 맞은 코를 문지르는 내 얼굴을 들여다보고 있었다.

"……시, 시끄러!"

나는 미미미의 기습공격에 딴죽으로 반격했다. 반복 훈련을 거듭한 행동은 어느새 조건반사가 돼버렸고, 내가 정말로 그렇게 하고 싶은지 아닌지와 상관없이, 몸이 움직인다. 격투 게임에서는 중요한 요소지만, 인생에서는, 마치 다른 플레이어가 나를 조작하고 있다는 것 같은 감각도 느껴져서.

미미미는 이히히, 하고 웃으면서, 굽히고 있던 몸을 영차, 하고 일으켰다.

"아하하! 아무리 봐도 정신이 딴 데 가 계신 느낌이시네요!"

"어. 그, 그런가?"

평소처럼 반응했다고 생각했던 만큼, 깜짝 놀라고 말았다. 뭔가 문제가 있었던 걸까.

"맞아~ 같이 만담했던 난 알 수 있어! 반응이 한 템포 느려!"

"…하하하, 그거 큰일이네."

나는 씁쓸하게 웃으면서도 왠지 기뻤다. 이렇게 사소한 변화도 알아차려 주는 사람이 있다. 그건 틀림없이, 행복한 일이겠지.

"왜 그래? 후카랑 싸우기라도 했어? 아니면 배가 고픈거야~?"

농담과 함께 파고드는 말에, 당황했다.

"그러니까… 뭐."

"뭐?"

"뭐 그게… 어~."

"확실하게 하란 말이야————!"

그리고 평소처럼 미미미에 의한 미미미 손바닥이 내 어깨를 향해 날아왔다. 너무 평소대로라서 피할 수도 있었지만, 아마도 미미미가 말했던 것처럼, 확실하게 하기 위해서는 맞아주는 게 좋을 것 같아서, 나는 기꺼이 그 공격을 받아주기로 했다.

하지만, 한 가지 예상 밖의 일이. 그 손의 각도는 평소처럼 지면을 향해 수직 방향이 아니라 수평. 손바닥이 아니라 손날 부분이 내 어깨에 맞은, 즉 미미미 손바닥이 아니라 미미미 촙이었다.

"아야아아아아아?!"

생각했던 것보다 다섯 배가 넘는 아픔에, 나는 생각했던 것보다 열 배 정도의 목소리를 냈다. 물론 다른 애들도 같이 있었기 때문에, 다른 애들도 전부 날 쳐다봤다. 하지마, 보지 말아줘. 미미미는 아하~ 하고 웃고 있다.

"오오! 정신이 들었나보네!"

"너무 세잖아!"

그랬더니 미미미는 아핫~ 하고, 너무나 환하게 웃었다.

"좋~았어! 평소의 브레인 판죽으로 돌아왔네!"

미미미는 내 불만을 판죽이라고 받아들이고는 으하하, 하고 유쾌하게 웃었다. 미미미가 너무 미미미해서 큰일입니다.

"정말이지……."

나는 완전히 질려서 한숨을 쉬면서, 동시에 재미있다는

기분도 들었다. 이렇게 갑자기 페이스를 주도하는 건 항상 있는 일이지만, 거기에 말려들면 강제로 힘이 나게 만들어 주는 게 미미미라니까.

"그래서, 대체 뭔가요~? 싸웠다고 하셨죠~?"

"아, 진짜. 아, 예, 그랬습니다."

"확실하게 해서 다행이네."

내가 될 대로 되라는 것처럼 말했더니 미미미는 가슴을 활짝 펴고서 에헴, 을 한 뒤에 으히히, 하고 만족스럽게 웃었다.

"어떻게 알았어?"

"응? 그야 브레인, 사랑의 고민이 넘쳐납니다~ 라는 얼굴이었잖아."

"정말로…."

"그리고 오늘 타카히로랑 뭔가 의미심장한 얘기도 했었잖아?"

"보, 보셨군요…."

분명히 교실 구석에서 엄청난 비밀 대화를 하는 느낌으로 얘기를 했으니까…. 뭐 이번에는 사랑의 고민만이 아니라, 히나미를 포함한 다른 사람들의 관계에 대한 폭넓은 고민도 있기는 했지만.

"그래서, 어떻습니까~ 토모자키 선수! 누나한테 얘기해 보세요!"

그렇게 말하면서, 미미미는 그 이상하게 생긴 스트랩을

내 입에 들이댔다. 색이 다른 똑같은 물건이 여전히 내 가방에도 달려 있고—— 거기에는 키쿠치 양과 같이 산, 커플 부적도 달려 있다.

나는 그것 때문에 따끔한 죄악감 같은 것을 느끼면서도,

"그러니까……. 한번 싸웠다고 할까, 둘이 좀 틀어졌고, 그 뒤에 일단, 그걸 메워보려고 나름대로 열심히 하고는 있는데…… 원인은 해결되지 않은 것 같아서."

말을 찾으면서 얘기하는 내 말을, 미미미는 흠흠, 하면서 들어줬다.

"그러니까…… 운명의 구형 배지라고 있잖아?"

"아~ 맞아맞아! 슬슬 그런 시기네!"

미미미는 바로 느낌이 왔다는 것처럼 말했다. 역시 나만 몰랐나 보네.

"그걸 받는 역할을, 나랑 키쿠치 양한테 부탁하고 싶다고, 이즈미가 그랬거든……."

"뭐?! 그걸 브레인이?! 치, 치사해!"

아, 역시 치사하다는 소리가 나오는 거구나. 정말 나 같은 게 받아도 되는지 불안해지네.

"하지만, 싸운 이유를 제대로 해결하지도 못한 상태에서, 그런 걸 받아들여도 되는 건가, 싶어."

"그렇구나……. 그런데, 그 원인이라는 게 뭐야?"

이렇게 물어보니까 말로 표현하기는 조금 어렵구나, 라고 생각하면서도, 나는 거기에 관해 설명했다.

"그러니까…… 나랑 키쿠치 양은, 정반대인 구석이 있잖아."

머릿속에 떠오른 건 포포루와 불꽃 사람 이야기다.

"정반대……."

미미미는 잠시 생각하고, 알겠다는 것처럼 고개를 끄덕였다.

"아! 그렇구나! 브레인은 다른 애들이랑 사이좋게 지내고 싶지만, 키쿠치 양은 다르다는 얘기지?!"

"오…… 정답."

"좋았어! 80점 따냈다!"

"뭔진 모르겠지만 갑자기 80점은 너무 많은 거 아냐?"

미미미는 영문 모를 큰 점수를 얻었는데, 뭐 얘기하는 데는 지장이 없으니까 그냥 넘어가자. 오히려 일단 말은 통한 것 같으니까.

"그런데…… 어떻게 바로 알았네?"

"어, 그런가~?"

"그게, 나랑 키쿠치 양은, 좀 인도어적인 구석이 있고… 얼핏 보면, 정반대라는 느낌이 안 들잖아."

그랬더니 미미미는 흐흥, 하고 콧방귀를 뀌었다.

"뭐, 그만큼 내가 사람 보는 눈이 있다는 뜻이지!"

"하하하, 그러십니까."

말하면서도 조금 기뻐졌다.

왜냐하면, 그런 내 한 걸음 안쪽에 있는 부분을 봐줬고,

그래서 미미미는 나한테 자기 마음을 전했으니까.

"음~ 분명히 생각하면 할수록, 엄청나게 정반대네?"

"생각할수록?"

내가 깜짝 놀라서 대답했더니,

"브레인은 자기 세상을 넓혀가고 있고, 키쿠치 양은······ 다른 사람의 세상을 관찰하고 있다는, 그런 느낌이 들어."

"······오오."

그 말을 듣고, 나도 모르게 감탄했다. 세상을 넓혀가는 사람과, 세상을 관찰하는 사람.

막연하게 정반대라고 표현하기는 했지만, 그렇게 생각해보면──.

"정말, 엄청나게 정반대네."

"그렇지?!"

미미미는 신이 나서 말하더니 음~, 하고 고민했다.

"그렇다면, 그거 때문에?"

"뭐······ 간단히 말하자면 그렇지."

그랬더니 미미미는 턱 언저리를 집게손가락으로 톡톡 두드리면서, 입술을 삐죽 내밀었다.

"근데 말이야······ 그거, 상성이 좋다고 할 수도 있는 거 잖아? 연인이 서로에게 없는 걸 가지고 있다는 얘기니까. 구형 배지를 받아야 할 두 사람! 이라는 느낌이 들어."

"뭐, 그렇긴 한데······."

사실은, 나도 그렇게 생각하고 있었다.

가면과 진심. 이상과 감정.

그걸 전혀 다른 방향에서 고민하고, 반대의 말을 부여해서 해결했던 나와 키쿠치 양.

그렇기 때문에, 그것이 키쿠치 양과 나여야만 한다는 『특별한 이유』가 된다고 생각했고, 실제로 그 도서실에서 서로의 마음을 주고받은 순간은, 특별하다고 생각한다.

하지만, 상황이나 감정이, 그걸 바꿔버리는 일도 있으니까.

"그게 오히려, 질투나 엇갈림을 만들어낸다는, 건가……."

"질투…… 말이지."

미미미는 살짝 놀란 것처럼, 그러면서도 너무 깊이 파고들지 않는 정도의 온도감으로, 조용히 말했다. 나는 키쿠치 양의 내면에 대해서 너무 많이 말한 건 아닌지 걱정이 돼서, 아주 조금 다른 얘기로 돌리려는 것처럼, 말했다.

"아~ 그러니까. ……직접적인 원인은 말이야, 내가 어패 오프 모임에 가기도 하고, 키쿠치 양이 없는 데서 너무 많이 놀러 다닌 것 때문인데…."

미미미는 눈살을 찌푸리고, 뭔가 의미심장한 톤으로 소리를 흘렸다.

"아……."

"하지만 나는 오프 모임에 가고 싶고, 다른 것도 하고 싶고…… 그럴 때마다 키쿠치 양한테 상처를 준다면, 말로 감정을 전한다고 해결되는 게 아닐 것 같거든……."

"뭐, 그렇겠지. 그건 그냥, 쓸쓸하게 만든 다음에 기분을 풀어주는 것뿐이니까."

"으……."

아픈 곳을 찔려서, 나도 모르게 풀이 죽었다. 미즈사와 한테도 비슷한 얘기를 들었지.

나도 모르게 톡, 하고 차버린 돌멩이가, 나한테서 도망치려는 것처럼 도랑으로 떨어져 버렸다. 나는 고개를 숙이고 하아, 하고 숨을 내쉬면서, 어떻게 해야 좋을지 머리를 긁었다.

"흠흠, 그러니까, 정반대라서 상성이 좋다고 생각했더니, 그게 오히려 엇갈리게 만들었다는, 그런 말씀이시군요?"

"그렇습니다…."

미미미는 탐정 같은 말투로 진상을 밝혀나갔고, 진범인 나는 솔직하게 자백했다.

"하지만 키쿠치 양 마음도, 이해가 됩니다. 여자는 불안해하기 쉬운 생물이니까요……."

흑흑하고 우는 것 같은 동작을 한 뒤에, 미미미는 몸을 스프링처럼 뿅~ 하고 폈다.

"뭐, 남녀 연애의 영원한 테마라는 그거네!"

"여, 역시 그런 건가……."

그 말을 들으니까 어렵다고 할까, 그걸 이런 연애 레벨1밖에 안 되는 내가 해결할 수 있을까, 같은 기분이 들었다. 하지만 키쿠치 양이 슬퍼하게 만들지 않기 위해서는 해결해야 할 문제겠지.

"흐음~ ……타마 선수는 어떻게 생각하십니까?!"

그리고, 미미미가 갑자기 뒤에서 걷고 있던 타마한테 말을 던졌다. 타마는 아까부터 계속 히나미랑 같이 타케이를 가지고 놀고 있었고, 타케이는 소리까지 질러대며 좋아하고 있다. 하지만, 미미미가 말을 걸었더니 타마는 바로 이쪽으로 걸어왔고, 타케이는 눈물을 글썽이면서 타마의 등을 보고 있다. 타마한테서도 얘기를 들을 수 있고, 타케이의 마수에서 타마를 지켜줄 수도 있다. 일거양득이네.

"어떻게 생각하냐니, 뭐가?"

타마가 솔직한 투로 말했더니, 미미미는 타마의 팔을 끌어안으면서,

"성격이 정반대인 나랑 타마가, 어째서 계속 같이 있을 수 있는 걸까, 라는 얘기입니다!"

나는 깜짝 놀라면서 미미미의 질문을 듣고 있었는데, 잠깐 생각해보니까 그렇구나, 싶었다.

"아! 분명히 그거…… 듣고 싶네."

생각해보면 나와 키쿠치 양도 정반대라고 할 수 있지만─ 그것과 마찬가지로, 미미미와 타마도 인간으로서의 속성 같은 부분이 정반대다.

스스로에게 자신을 갖지 못하고, 그러면서도 누구보다 재주 좋게 다른 사람한테 맞춰 줄 수 있는 사람과.

자신에게 근거 없는 자신이 있고, 그러면서도 다른 사람을 대하는 게 서툰 사람.

타마는 콘노 에리카와의 일 덕분에 스킬을 익히면서 존재 방식이 크게 달라졌지만, 그래도 근본적인 부분은 달라지지 않았으니까. 두 사람이 서툰 부분을 서로 메워주고 있는 관계라는 점에는 변함이 없다.

그런데도, 두 사람은 다른 부분에서 매일같이 밀월관계를 이어가고 있다…… 고 말하면 어폐가 있겠지만, 모든 사람이 인정하는 두 사람이라는 관계를 유지하고 있다고 할 수 있겠지.

마찬가지로 정반대의 관계를 지닌 나와, 두 사람은 뭐가 다른 걸까.

타마는 음~ 하고 솔직한 목소리를 흘리면서, 마침내 아무렇지도 않게 말했다.

"밈미가 귀찮게 굴어서 그런 게 아닐까?"

"크하!"

미미미는 타마의 인정사정없는 언어의 총알에 심장을 꿰뚫렸다. 안녕 미미미, 뒷일은 나한테 맡겨.

"큭…… 살았다."

하지만 미미미는 강한 여자애였기 때문에, 심장 하나 가지고는 끄떡도 안 하는 것 같다. 비틀거리던 몸을 바로잡고, 씩씩하게 말했다.

"이럴 수가…… 나나는 내가 귀찮게 굴지 않으면 나힌데서 멀어지겠구나…."

"음~ 꼭 그런 건 아니지만."

타마는 소박한 투로 말했다.

"하지만, 여러 가지 계기는, 밈미가 주니까."

"타마…… 너무 좋아."

"그래, 그래."

단 한 마디에 미미미의 표정은 반전, 반짝반짝 빛나는 눈으로 타마를 보기 시작했고, 타마는 그걸 무시하고 있다.

"……하지만 분명 타마랑 미미미는, 서로를 커버해주고 있다는 느낌이네."

옆에 있던 내가 말했더니, 미미미가 기뻐하면서 손가락으로 날 가리켰다.

"그렇지?! 즉, 그건 타마가 나한테 주는 무상의 사랑!"

"귀찮아."

"크헉?!"

이번에는 타마가 몸통을 싹둑 베어버렸지만, 미미미는 기뻐하고 있다. 사랑의 형태는 다양하구나.

"그런데, 왜 그런 얘길 하는데?"

"아, 그렇지! 좋았어, 브레인 부탁해!"

"아… 그러니까."

평소처럼 미미미가 나한테 떠넘겨버렸지만, 생각해보니 너무나 당연한 질문이었네. 솔직히 그걸 듣지도 않고 지금까지 얘기해준 게 너무 솔직하다고 해야겠지. 그래서 나는 타마한테 내 상황을, 간략하게 설명하기로 했다.

"──그렇게 된 거야."

"그런 얘기구나. 음…….."

내 얘기를 들은 타마는, 엄청나게 진지한 표정으로 생각하기 시작했다. 거짓이 없는 사람이고, 실제로 100%의 힘을 써서 고민해줄 것 같다. 정말 좋은 아이라니까.

마침내 상황이 정리됐는지, 타마가 이렇게 말했다.

"우리랑 토모자키네가 다른 건…… 내가 질투를 안 한다는, 그런 점이 아닐까?"

이게 또, 퍽, 하고 무자비한 한마디라서.

"뭐야 타마! 그게 무슨 소리야!"

미미미가 자세한 설명을 요구했지만, 당사자인 나는 대충 이해하고 있었다.

"하긴…… 키쿠치 양은, 미미미랑 타마로 따지자면, 타마 쪽이 되니까."

"응."

타마는 간결하게 고개를 끄덕였다. 응, 말고는 아무 말도 안 하는 게 타마답다는 느낌이다. 그것만으로도 확실한 대답이 된 덕분에 미미미도 그걸 이해했는지, 머리 위에 반짝, 하고 전구 불을 켜고서 눈도 반짝반짝 빛냈다.

"아, 그렇구나! 타마가 키쿠치 양처럼 자기 세상을 가졌고, 반대로 내가 여러 사람과 사이좋게 지내는 쪽이니까, 라는 뜻이지?"

미미미의 말에 내가 고개를 끄덕였다.

"응, 그래."

"즉, 난 브레인이었고?!"

"아니지만."

"어라?! 브레인까지 그러기야?!"

그리고 미미미가 떡, 하고 눈과 입을 크게 벌렸다. 그런 미미미의 리액션을 보고, 나와 타마는 서로 얼굴을 마주 보면서 킥킥 웃었다.

"분명히 타마가 브레인처럼 다른 애들이랑만 놀러 다니면, 질투할지도 모르겠다!"

"그렇지?"

그 말을 간단히 받아들인 타마는, 역시나 그릇이 엄청나게 크고 너무나 솔직하다.

그리고 타마는, 미미미 쪽을 슬쩍 보면서.

"그렇게 말이야, 아마도 사람과 사람은, 기대는 사람과 혼자서 서 있는 사람이 있고…… 혼자서 서 있는 사람이 이런저런 곳에 가버리면, 기대는 사람은 질투하는 게 아닐까 싶어."

"아…… 그렇구나."

그건 그야말로, 서로를 지탱해주는 판자나 막대 같은 이미지로 생각해보면 이해할 수 있는 이야기였다.

"이쪽은 기대고 있는데 그 상대가 여기저기 돌아다니면, 쓰러져 버리니까."

"응, 맞아."

그랬더니 미미미도 이해한 것처럼,

"오~ 그렇구나! 타마 똑똑해! 대단해!"

"나도 알아."

"알고 있었어?!"

그리고 미미미가 또다시 쿵~ 하고 충격을 받았다. 타마의 넘기는 스킬이 강해져서 정말 다행입니다.

타마는 자신과 미미미를 번갈아 가며 손가락으로 가리키고서 계속 말했다.

"하지만, 우리는 반대잖아?"

"……아~."

미미미는 이해했다는 것처럼, 아주 조금 반성하는 것 같은 소리를 냈지만, 나는 그 말의 의미를 바로 이해하지 못했다.

"무슨 얘기야?"

"그러니까…… 왜, 내가 타마한테 기대기도 하지만……."

그런 얘기를, 조금 말하기 힘들다는 것처럼 하면서,

"내가 돌아다니면서, 타마를 막 떠밀어대면서 여기저기 데리고 다닌다는 느낌이잖아."

"아…… 그런 얘기구나."

나도 알아차렸다. 이 두 사람의 관계. 틀림없이 강하게 서 있는 건 타마 쪽이고, 하지만, 그런 타마에게 세상을 넓히는 계기를 주는 건 미미미고.

분명히 그건, 균형 잡힌 관계 같았다.

"토모자키네 경우에는 그게 반대잖아."

"그러게! 우리는 말이야, 타마는 강하지만 자기 세상에서만 살아가고, 나는 연약하고 귀여운 세상에서 제일가는 미소녀지만 내 발로 세상을 넓혀가고 있잖아?"

"뭐, 이 얘기는 그냥 건드리지 말자."

미미미는 으으윽, 하고 도끼눈을 뜨고 쳐다보면서도 할 말은 계속했다.

"그런데 말이야, 브레인네 경우에는 키쿠치 양이 약하고 혼자만의 세상에서 살아가는데──."

그리고, 허무하게 웃으면서 나를 봤다.

"──브레인은 혼자서 서 있는 데다, 스스로 세상을 넓혀가고 있어."

그리고 미미미는, 쓸쓸하게 웃었다.

그것은 어딘가, 절실한 감정이 담겨 있는 말이었고.

"그래서 그것 때문에── 질투하게 되는 기분, 나도 이해가 되네."

나는 그렇게까지 의식하지 못했지만, 듣고 보니 이해가 되는 말들뿐이고.

거기에 타마가 자연스레 결론을 내려는 것처럼, 이런 말을 했다.

"그래서, 좀 균형이 안 좋은지도 모르겠네?"

"균형…."

말이, 묘하게 이해가 되는 기분이 들었다.

키쿠치 양과 얘기할 때도 느꼈던 위화감.

서로가 반대의 일로 고민하고. 반대의 말을 부여해서 해결했고.

그것이 마치 기적처럼 여겨졌기 때문에, 거기에 『특별한 이유』라는 이름을 붙였지만── 그건 완전히 똑같은 이유였고, 모순이라고도 언밸런스라고도 할 수 있고.

만약 그것이 종족 차이에 의한 것이라면, 우리는.

미미미는 음~ 하고 살짝 위쪽을 보며 말했다.

"분명히 키쿠치 양이, 토모자키 말고 다른 애랑 노는 건 거의 못 봤어."

"…그렇긴 하지."

나는 정말이라고 생각하면서 고개를 끄덕였다.

히나미에게 인생을 공략하는 방법을 배우면서 세상을 보는 방식을 바꾸고 내 세상을 넓혀가고 있는 나와, 자기가 좋아하는 것과 마주하며 원래 살고 있던 호수에서 자신을 찾고 있는 키쿠치 양.

그건 역시, 포포루와 불꽃 사람의 관계에 가까웠다.

"나도 원래는 어패만 하는 호수 출신이지만…… 거기에서 밖으로 나왔지."

"호수?"

타마가 깜짝 놀라서 날 쳐다봤다.

"아, 아무것도 아냐."

나는 당황해서 그 말을 취소했다.

평소에 생각하던 대로 불꽃 사람에 비유해서 말해버렸는데, 이해할 리가 없겠지. 타마는 "흐응~" 하고, 크게 신경 쓰지도 않고 이야기를 계속해줬다. 이런 부분에서 물고 늘어지지 않아서 정말 고맙다.

"그럼 말이야, 확실하게 괜찮다고 말해주는 수밖에 없겠지?"

타마가 말했더니 미미미도 밝은 얼굴로 고개를 끄덕였다.

"아, 그러게! 여자는 말로 표현해주길 바라는 생물이니까."

"말……."

그것은 미즈사와가 말했던 것과도 비슷했다.

즉 실제로도 그런 경향이 있다는 얘기일 텐데, 정말 그것만 가지고도 괜찮은 걸까. 나는 역시, 어딘가 위화감이 들었다.

두 사람의 제안을 듣고, 나는 조금 생각했다.

"일단, 그건 내 나름대로 얘기한 건데 말이야……."

말하면서, 어떻게 된 건가 싶어서 고개를 갸웃거렸다.

"그렇구나~?"

"뭐라고 하셨나요~?!"

두 사람의 말을 듣고, 정신이 들었다. 큰일 났다. 쓸데없는 소리를 해버렸다.

"아~ 그러니까! 아냐, 아무것도 아냐."

당황해서 취소했지만, 이미 때는 늦었다.

"저기 브레인~? 우리가 상담해주고 있는데, 그걸 말해주지 않으면 뭐라고 대답할 수가 없거든~."

그랬더니 타마도 재미있다는 것처럼 웃고, 짓궂은 표정으로 날 쳐다봤다.

"그래 맞아. 토모자키, 확실하게 말해야지."

"타, 타마까지……."

이럴 수가. 밝게 행동하는 스킬을 악행에 사용하는 타마 따위, 난 보고 싶지 않아.

하지만, 실실 웃고 있는 두 사람은 날 조준한 채로 놓아주질 않았다.

"으……."

"자, 브레인! 타임 이즈 머니!"

"그렇거든~?"

"…아, 알았어."

그리고 궁지에 몰린 나는, 솔직하게 말할 수밖에 없었다.

"그러니까—— 내가 좋아하는 건 키쿠치 양뿐이니까, 라고."

그 말을 듣고 타마는 아하하, 하고 신나게 웃었고, 미미미는 내 어깨를 찰싹 때렸다.

＊ ＊ ＊

창피한 꼴을 당하고 몇십 분 뒤. 나는 미미미랑 같이 키타요노역에 있었다.

다른 애들과 헤어져 전철에서 내리고 둘이서 개찰구를 통과했을 때, 미미미가 뭔가 불편하다는 것처럼 살짝 아래쪽을 보고 있었다.

"……왜 그래?"

조금 전까지 감돌던 즐거운 분위기와 전혀 다른, 미미미는 어색하다는 것처럼 어딘가 딱딱해 보이는 미소를 지으면서 날 쳐다봤다.

"아니 왜, 키쿠치 양, 말이야! 오프 모임이나 친구들이랑 노는 그런 거, 질투했던 거잖아?"

"그랬지."

내가 고개를 끄덕였더니, 미미미는 딱 한 번 입을 꾹 다물었다. 그리고는 결심했다는 것처럼, 그러면서도 밝은 목소리로.

"그럼 말이야! 오늘도 둘이서 같이 가는 건 안 하는 게 좋을 것 같네요!"

"…아."

그렇다. 사실은 나도 거기에 대해, 어떻게 해야 좋을지 고민하고 있었다.

키쿠치 양한테 상처를 준 이유 중에 하나는 틀림없이, 나와 미미미가 가끔씩 역에서부터 같이 집에 가는 것이었고. 그것은 딱히 키쿠치 양과 사귀기 전부터 해오던 일이지만, 그래도 역시 형식적으로는, 연인이 있는 사람이라면 피해야 할 행동이라고 할 수도 있다.

솔직히 나는, 내가 정신만 똑바로 차리면 문제없다고 생각하고, 미미미와의 시간도 소중한 것 중의 하나였다. 하지만.

미미미와는, 그냥 친구로만 지낼 수가 없다.

"역시 그렇, 겠지……. 그러니까……."

그랬더니 미미미는 빙긋 웃었다.

"뭘 사과하고 있어! 아니면, 나랑 같이 배지를 받을 각오라도 돼 있는 거야~?! 기껏 여자 친구가 생겼으니까, 그쪽을 소중하게 여기라고!"

"……응. 하지만, 미안해."

"그~러~니~까~! 괜찮아, 괜찮다고~! 솔직히 나야말로 그 원인 중의 하나가 된 것 같아서 미안하다고 생각하거든!"

"아니, 그건……."

언젠가 키쿠치 양과도 했었던 끝없는 사과가 다시 시작됐고, 어째선지 상실감 같은 것이 내 가슴을 찔러댔다.

"좋았어, 그럼 난 먼저 갈게!"

"……그래."

"브레인, 쓸쓸하다고 울면 안 된다?"

그렇게 말하면서, 미미미는 빙글, 나한테 등을 돌렸다.

"시, 시끄러, 미미미 너야말로."

내가 똑같은 말로 받아쳤더니 미미미는 순간적으로 움찔, 하고 어깨가 떨렸다. 그리고는 뒤를 돌아보고, 말했다.

"후후후, 이런 건 원래, 남는 쪽이 쓸쓸한 거야."

"뭐야 그게, 치, 치사해."

"안녕~! 학교에서 봐!"

그리고는 슝~ 하고, 미미미는 가버렸다. 다홍색 태양을 역광으로 받으면서 나한테 등을 돌리고 있는 미미미의 뒷모습이 순식간에 작아져 버리고 말았다.

그것은 어딘가, 소중한 것을 조금씩 놓아버리는 것 같은 감각이기도 했고.

"……이래도, 되는 걸까."

이때 느꼈던 쓸쓸함은 분명히, 나 혼자만 어딘가에 남겨져 버린 것 같은, 그런 복잡한 감정이었다.

　　　　* * *

다음 날 아침.

"사실은…… 인터넷에 소설을 올려볼까 하는데."

"헤에!"

아침, 도서실. 어제처럼 둘이서 있는 시간을 늘리기 위해서 같이 학교에 왔고, 그 뒤에 여기로 온 우리 둘. 결의가 담긴 목소리로 말하는 키쿠치 양에게, 나는 밝은 목소리로 맞장구를 쳤다.

"그쪽이, 다른 사람들한테 보여주는 데 익숙해질 것 같기도, 해서."

"응, 그렇구나."

듣기만 해도 괜찮다고 생각되는 보고였다. 그런 쪽에 대해서 잘 아는 건 아니지만, 자신이 쓴 작품을 누구나가 읽을 수 있는 형태로 공개하는 것은, 경험이라는 의미까지 생각해보면 결코 마이너스가 되지는 않을 것이다. 새해 첫날에 다음 작품은 신인상에 투고할 거라고 했으니까, 그것을 위한 첫걸음이라고 보면 아주 훌륭하다는 생각이 들었다.

이야기하면서 내 머릿속에 떠오른 것은, 어제 미미미랑 타마와 같이 얘기했던 '언밸런스'에 대한 것. 하지만 지금은 그것보다, 키쿠치 양의 말을 듣고 싶었다.

"정말 좋을 것 같아. 어떤 걸 올릴 거야?"

"그러니까, 설명하기가 힘든데……."

키쿠치 양은 머릿속을 더듬는 것처럼, 몽상이라도 하는 것처럼, 시선을 위쪽으로 옮겼다. 소설에 대해 생각하고 있는 것 같은 그 표정은 너무나 부드러운 게, 생각한다는 자체를 정말로 즐기고 있다는 게 느껴졌다.

아침의 도서실은 책 하나하나가 소리와 빛을 흡수하는 것 같은 조용한 분위기가 감돌고, 그러면서도 어둡다기보다는 희미한 빛이 춤추고 있는 것 같은 인상이고.

그 분위기는 역시나, 키쿠치 양에게 잘 어울렸다.

"연극에서 했던 『내가 모르는 하늘을 나는 법』과 『포포루』의 테마를 합친 것 같은 이야기로 해보고, 싶은데."

"오오!"

물론 그것만 가지고 이야기의 전모를 파악한 건 아니다. 하지만 키쿠치 양이, 자기가 좋아하는 소설과 자기가 진심으로 쓴 각본을 합친 작품을 만들려고 한다는 자체가, 나로서는 너무나 기대됐고.

"정말, 좋을 것 같아!"

"후후. ……고마워요."

그런 모호한 말에도, 키쿠치 양은 고맙다고 말해줬다. 아주 조금의 불편한 느낌도 없는, 편안한 공간이다.

"『나는 법』을 쓴 뒤에, 그 작품에서 다 풀어내지 못한 게 있다는 걸, 알았어요. 그래서 이번 이야기에서는, 그걸 쓰고 싶어서."

"다 풀어내지 못한 것?"

그랬더니 어째선지, 키쿠치 양은 살짝 쓸쓸하게 웃었다.

"예……. 『나는 법』은, 크리스를 위한 이야기가 돼버렸잖아요."

"응…… 그랬지."

나는 연극 공연을 생각하면서 말했다.

그 이야기는 크리스를 위한── 바꿔서 말하자면 키쿠치 양을 위한 이야기였다.

"정원에 갇혀 있던 소녀가… 마침내, 자기 의지로 정원에 틀어박혀 있었다는 걸 알아차렸고. 자신과 세상 중에서 선택하고, 정원 밖으로 날아오르기 위한 방법을 선택하는…… 그런 이야기가 됐다고 생각해요."

나는 또 고개를 끄덕였다.

크리스는 자기가 좋아하는 꽃장식 장인이 되는 길을 선택했고, 그리고, 키쿠치 양도——.

"자신이 만들고 싶은 걸 만들어서, 세상과의 관계도 만들게 됐지."

내가 일부러 구체적으로 언급하지 않고 현실과 겹쳐지도록 말했더니, 키쿠치 양은 가슴에 손을 대고 미소 짓고는 정중하게 고개를 끄덕였다.

"그때의 저는, ……아마도 그걸 그려야만 했어요. 그래서 지금, 진심으로 소설가가 되는 길을 선택하게 됐고…… 덕분에 이렇게, 토모자키 군과……."

"으, 응. ……연인이, 됐지."

"……!"

내가 용기를 내서 그다음을 이어받았더니, 요정에서 인간이 됐다고 생각했던 키쿠치 양이, 맹렬한 불길의 주문을 발동했다. 참고로 나도 어패에서 말하는 파이어 브레스를 내뿜고 있었다. 아마도, 웬만하면 도서실에서는 안 하는 게 좋겠다.

"그, 그러니까…… 저기……!"

"……응."

그리고 두 사람의 불과 불이 더해지고 증폭하면서 상급 주문으로 변화해버렸다. 키쿠치 양은 그대로, 한동안 말을 이어가지 못했다.

"그게……."

마침내 키쿠치 양은 말을 잔뜩 모아서, 이런 얘기를 했다.

"……뭐였죠?"

"뭐야."

너무 뜨거워진 탓인지, 키쿠치 양이 바보가 돼버렸다. 나는 씁쓸하게 웃으면서 말했다.

"크리스를 그렸던 『나는 법』에서는 다 풀어내지 못했던 것, 얘기잖아?"

"아, 그랬죠…."

두 사람은 서로 마주 보며 쿡쿡 웃었다.

그리고 나는 그렇게 말하면서, 알게 된 것 같은 기분이 들었다.

그 작품은 크리스의 이야기가 됐다.

그래서, 아직 다 풀어내지 못한 게 있다.

──그 얘기는.

"크리스 말고 다른 캐릭터들의 이야기를, 다 풀어내지 못했다는, 그런 얘기야?"

"…예."

아마도 그건, 구체적으로 어떤 한 사람을 가리키는 것

이고.

"그렇구나. …**취재**까지 했었으니까."

키쿠치 양이 고개를 끄덕였다.

그렇다. 나와 키쿠치 양은 그 작품을 만들 때.

캐릭터를 깊이 그리기 위해서 **어떤 인물**을 취재했고, 거기에 진실이 없다고 생각한 우리들은, 그 인물의 중학교 시절 같은 반 친구까지 만나서 이야기를 들었다.

그것은 모두, 어떤 한 인물의 내면을 그리기 위해서였다.

"……아르시아의 이야기를, 다 풀어내지 못했다는 뜻이지."

그것은── 바꿔서 말하자면, 히나미 아오이의 이야기다.

키쿠치 양이 중간까지만 그렸던 히나미의 어둠. 그것은 히나미의 동기와 가치관에 빛을 비추는 것 같은 예리함이 담겨 있었고, 히나미의 다른 모습을 알고 있는 나한테는 아주 흥미로운 것이었다.

"예……. 건드리기 힘든 부분도 많지만……."

키쿠치 양은 왠지 말하기 힘들다는 것처럼 시선을 이리 저리 돌렸다. 분명히 히나미의 과거와 내면은 아직 블랙박스가 많아서. 까딱 잘못하면 건드려서는 안 되는 부분까지 건드려버릴 것 같은 기분이 들었다. ……그야말로 우연히 듣고 말았던, 여동생 이야기라든지.

"저기, 이다음은 글에서……."

"응, 알았어. 그렇게 하자."

소설을 쓰는 사람으로서의 고집일까, 키쿠치 양은 주제

에 대해서 더는 말하지 않으려고 했다.

키쿠치 양은 평소에는 자기주장을 안 하는 타입이지만, 가끔씩 장인 기질을 발휘할 때가 있었다. 연극 때도 아슬아슬할 때까지 각본을 수정하고, 배경에 색을 입히는 연출까지 생각하고. 몇 번인가, 키쿠치 양의 그런 크리에이터로서의 일면을 봤다.

그리고 그럴 때의 키쿠치 양은, 나 같은 건 생각도 못 할 정도로 엄청난 일을 떠올리기도 하니까, 그냥 맡겨두는 게 좋다.

"응원할게."

"고맙습니다. 아직, 일진일퇴지만 말이죠."

즐겁다는 것처럼 웃다가 갑자기, 키쿠치 양이 진지한 표정을 지었다.

"토모자키 군은…… 프로 게이머가 목표라고 했죠?"

날 배려하는 것 같은 톤으로 날아온 그 질문.

순간 어째서일까 하는 생각도 들었지만, 나는 바로 답에 도달했다.

아무래도 일반적으로 봤을 때 프로 게이머라는 직업은 비현실적으로 보이기도 하고, 악의를 품고 생각하면 황당무계하게 보일 수도 있는 선택이다. 언급하는 자체가 터부처럼 보인다고 할까, 거리감을 잡기가 힘들겠지.

"응. 맞아."

그래서 나는 자신 있게, 확실하게 고개를 끄덕였다.

"프로 게이머가, 되고 싶어."

그리고 빙긋, 웃어 보였다.

그것은 아무리 생각해봐도 가시밭길이지만, 이미 활약하는 사람들도 있고 거기까지 가기 위한 길도 어렴풋이나마 보이기 시작했다.

가시밭길이지만, 결코 갈 수 없는 길은 아니다.

"그건, 정말 어렵죠?"

"응. 하지만, 나한테 그럴 능력이 있다고 생각해…… 아니, 그건 좀 아닌가……."

키쿠치 양이 고개를 갸웃거리는 모습을 보며, 나는 내 안에 있는 자신감의 이유를 찾아봤다.

나는 아직, 지금의 내가 그대로 프로 게이머로서 통할 거라고 생각하지는 않는다. 아시가루 씨에게 들은 이야기만 해도, 구체적인 요소로서는 부족한 부분이 많다고 생각했고, 실제로 나는 아시가루 씨한테 3선승제 시합에서 져버렸다.

그래서, 자신감의 이유는 그게 아니라.

"만약에 모자란다고 해도, 지금부터 그걸 몸에 익힐 수 있을 것 같다는── 그런 느낌이라고 할까."

그랬더니 키쿠치 양은 잠시 내 얼굴을 빤히 쳐다본 뒤에, 안심했다는 것처럼 웃었다.

"왠지…… 토모자키 군이라는, 느낌이에요."

"그게 무슨 뜻이야? 칭찬이야?"

"후후, 무슨 뜻일까요."

그렇게 말하면서 키쿠치 양은, 고개를 옆으로 돌렸다.

"하지만, 칭찬한 건 맞아요."

그리고 슬쩍, 곁눈질로 날 보면서 웃었다.

"고, 고마워."

그 옆얼굴은 장난을 즐기는 소녀처럼 매력적이고.

"그래도, 그냥 무작정 하겠다는 건 아니고——."

그리고 나는 키쿠치 양에게 이끌린 것처럼, 내 이야기를 더 해줬다.

내가 결정한 이상과 현실의 이야기—— 즉, 프로 게이머를 목표로 삼으면서도 대학에는 갈 생각이고, 그러기 위해서 공부도 어패도 확실하게 해두고 싶다는 이야기. 그리고 그냥 강해지기만 하면 되는 게 아니라, 그것으로 먹고살기 위한 홍보 등의 전략도 생각하고 싶다는 등의 이야기를 했다.

"대단해요…… 왠지, 듣기만 해도 가슴이 두근거려요."

키쿠치 양은 마치 자기 일이라도 되는 것처럼 기뻐했고, 볼이 뜨겁게 달아올랐다.

그리고 나를 긍정하고 감싸주는 것 같은, 관대한 목소리로.

"정말 어렵고, 힘들 것 같지만…… 토모자키 군이라면, 괜찮을 것 같아요."

"……고마워."

내가 쑥스러워하면서 말했더니, 키쿠치 양은 내 얼굴을

빤히 쳐다봤고, 마침내 피식 웃었다.

"왜 그래?"

그랬더니 키쿠치 양은 어딘가 기쁘다는 것처럼 몇 번인가 고개를 끄덕이고,

"이야기하는 토모자키 군이—— 왠지 정말, 기뻐 보여서."

——기뻐 보인다.

나는 그 한 마디에. 키쿠치 양의 아름다운 웃는 얼굴에. 숨이 막히고 말았다.

"……응"

아주 심플한 말이지만, 아마도, 너무나 중요한 일이고.

그래서 나는, 그것을 텅 비어 있는 그 녀석에게 가르쳐 주고 싶다고 생각했다.

"저도, 응원할게요."

은방울을 굴리는 것 같은 목소리로 말하고, 마침내 키쿠치 양은 아주 조금 걱정된다는 것처럼 내 얼굴을 봤다.

"저기…… 그럼 오프 모임에는, 앞으로도."

"아…… 그러니까."

나는 거기서 조금 난처해지고 말았다.

분명히 오프 모임에는 가고 싶다. 하지만 지금 키쿠치 양이 생각하는 건 틀림없이, 이번에 틀어졌던 일의 원인 중의 하나인 레나겠지.

어제 방과 후에 했던 이야기를 떠올렸다.

미즈사와는 말했다. 뭔가를 선택하려면 뭔가를 버려야

만 한다고.

미미미는 말했다. 우리 둘은 밸런스가 좋지 않다고.

"응……. 가고 싶다고, 생각은 해."

내가 말했더니, 키쿠치 양은 역시나 망설이는 것처럼 눈동자를 이리저리 움직였다.

"그렇, 군요."

"그러니까…… 프로 게이머가 되기로 결심했다는 걸, 신세 진 분한테 보고하고 싶고… 많이, 그쪽 세상의 얘기도 듣고 싶거든."

그랬더니 키쿠치 양은, 말꼬리를 흐리면서.

"다, 다음은 언제…."

"……이번 주 토요일. 대전 모임에 초대받았는데, 가볼까 생각 중이야."

그 말에 알기 쉽게, 키쿠치 양의 몸이 움찔했다. 내 마음속에서 죄악감이 되살아났다.

"저기, 거기에, 그 LINE 보냈던 사람은……."

LINE 보냈던 사람이라는 건 틀림없이, 레나 얘기겠지.

"글쎄…… 아마도, 있겠지."

"그, 그렇구나……."

키쿠치 양은 불안하다는 듯이 고개를 숙이고 말았다. 입술을 깨무는 모습이 너무나 덧없고, 약해 보인다.

"……역시, 불안해?"

"그, 그게……."

키쿠치 양은 명확하게 말하지는 않았지만, 거의 고개를 끄덕인 거나 마찬가지였고. 내 가슴 속에는 따끔, 하고 가시가 박혔다.

마침내 키쿠치 양의 시선이, 레나가 아닌 곳으로 향했다.

"대전 모임…… 처음에만 그런 게 아니라, 매번, 히나미 양이랑 같이 간 거죠?"

"어……."

조금씩 다가오는 질문에, 나는 경계심을 강화하고 말았다.

왜냐하면 그건, 까딱 잘못하면 히나미한테도 폐를 끼치는 영역이다.

내가 대전 모임에 자주 가는 건 프로 게이머가 되기로 결정했기 때문이고, 무엇보다 온라인 1위가 될 때까지 열심히 했기 때문에, 라고 이해해줬겠지.

하지만, 거기에 매번 히나미가 같이 있다는 건, 설명하기 힘든 위화감이다.

"……맞아."

고개를 끄덕였지만, 난처했다.

히나미가 어패에 빠져 있다는 얘기 정도는 키쿠치 양한테도 했었고, 거기까지라면 경기로서 성립되는 건 물론이고 대중성도 있는 파티게임이니까, 라는 말로 아슬아슬하게 설명할 수 있다. 그래서 처음에 한번, 흥미 위주로 따라갔다면 그렇게까지 이상한 일은 아니다.

하지만 현역 프로 게이머와 그게 되려고 하는 온라인 랭킹 1위의 고등학생. 그리고 그럭저럭 실력이 있는 실황 중계자 콤비와 의문의 어른 여성. 그런 특이한 멤버들 속에 몇 번이나 끼고 그 자리에 익숙해지고 있다고까지 하면, 아무래도 위화감이 들겠지.

분명 히나미는 아무하고나 친해질 수 있고, 뭐든지 할 수 있는 사람이지만── 그건 조금 흥미 위주로, 라는 얘기만 가지고는 설명할 수 없다.

전국 2위의 NO NAME이라는 데까지 밝힐 필요는 없겠지만, 그것에 가까운 무언가가 드러나는 것도, 히나미는 원하지 않을 테니까.

"저기…… 그게……."

하지만.

다음에 키쿠치 양한테서 날아온 말은 또, 내 예상에서 아주 조금 벗어난 것이었다.

"토모자키 군한테, 히나미 양은 특별한 사람인가요……?"

그것은 어딘가 질투 섞인 표정과 목소리로.

던져온 '특별'이라는 말. 그것은 연극 각본만이 아니라 부탁받은 '구형 배지' 얘기까지 고려하고 던진 것 같은, 그런 느낌이 드는 질문이었다.

"……특별하다니?"

내가 자세히 말해달라고 물었더니, 키쿠치 양은 걱정하

는 표정으로 날 보면서, 이렇게 말했다.

"……토모자키 군이 저를 선택해줬다는, 그건 알고 있지만……."

그리고, 키쿠치 양은 조금 말하기 힘들다는 것처럼.

"토모자키 군에게, 정말로, 열쇠와 열쇠 구멍 같은 존재는, 히나미 양이라고 생각하니까…."

"그거, 전에도……."

"……예."

연극 때도 말했던, 키쿠치 양의 '세상의 이상형' 이야기.

불안정한 목소리로 전한 그 말에는, 자신을 위협하는 예감 같은 것이 느껴졌다.

내가 만든 인간관계나 행동이, 또다시 의도치 않게 키쿠치 양에게 상처를 줬다는 것을 알고, 내 마음속에서 또다시 죄악감이 고개를 쳐들었다.

"점점…… 불안해졌어요. 정말로, 저희 관계가 특별하다고 할 수 있는지. ……정말로, 저랑 토모자키 군이, 배지를 받아도 되는 건지."

"……."

그건 내가 미미미와 타마, 미즈사와네랑 했던 이야기와도 비슷했고.

이즈미가 배지를 물려받아 달라고 부탁했을 때, 키쿠치 양의 눈동자를 살짝 흔들리게 했던 것 같은 불안정. 그것이 떠오르고 말했다.

"정반대였다는 우연이, 정말로 특별한 이유가 될 수 있는지, 그건 그냥 정반대였을 뿐이 아닌지…… 무서워져서."

나는 나와 키쿠치 양이 같은 타이밍에서 그 의문에 도달했다는 데서 불길한 기분을 느꼈다.

"역시 특별한 관계는——."

키쿠치 양은 살짝, 교복 옷깃을 건드렸다.

"10년 동안 이어져 온 이야기를 물려받아야 할 사람은——토모자키 군과 히나미 양이, 아닐까요."

또다시 묻는 그 말을 듣고, 생각했다.

나한테 히나미는 같은 반 친구이기 이전에 인생의 스승이고, 어패에서 서로 경쟁하는 NO NAME이고.

그리고 내가 개인적으로 관여해서, 인생의 즐거움을 가르쳐주고 싶다고 생각하는, 소중한 친구다.

분명히 특별하다고 할 수도 있지만, 그 특별은 키쿠치 양이 모르는 것이고. 아무래도 여기에는, 설명하기에는 힘든 크나큰 벽이 있다.

"……미안해."

그리고 나는, 한 가지 생각에 도달했다.

분명히 그건, 나와 그 녀석만의 관계이기 때문에, 그 영역을 넘는 행동은 용납되지 않는다. 나를 위해서 상대에게 피해를 주는 행동은 해선 안 된다. 하지만.

확실하게, 허가를 받을 수만 있다면.

"제대로 설명해줄 테니까…… 며칠만, 기다려줄 수 있

을까?"

　만약 그럴 수만 있다면.

　나와 히나미의 '특별'한 관계에 대해——처음으로 다른
사람에게 말할 수 있을지도 모른다고 생각했다.

　"……알았어요."

　그 얼굴에는 역시나, 망설임과 신용이 뒤섞여 있다.

　"그러니까, 대전 모임에는 가도 될까?"

　나는 다시 한번 정면으로, 물었다. 그랬더니.

　"그게……."

　키쿠치 양은 고민하는 것처럼 고개를 숙였다.

　그런데, 그때.

　말하면서, 내 감정이, 나 자신도 모르게 돼버리는 걸 느
꼈다.

　만약——.

　만약 여기서 키쿠치 양이 '그래도 안 갔으면 좋겠다'라고
말한다면, 난 어떻게 해야 할까?

　한참 동안 아무 말이 없다고.

　키쿠치 양은 당황한 것처럼 입을 열었다.

"아, 아뇨! 그러니까…… 토모자키 군의 장래와 관련된 일을, 방해하고 싶지는 않으니까……."

그 말투와 표정에서.

키쿠치 양이 망설임을 떨쳐내지 못했다는 걸, 나도 알 수 있었다.

틀림없이 무리해서, 자기 기분을 억누르고 있다는 게, 너무나 뻔히 보였다. 왜냐하면 그 눈동자는 촉촉했고, 어디를 봐야 좋을지 몰랐고. 책상 위에 있는 손끝은, 힘없이 떨리고 있었으니까.

그건 보기만 해도 너무나 불안정했고, 건드리지 않는 게 부자연스러울 정도라서.

바로 지금, 키쿠치 양한테 상처를 줬다는 게, 뼈저리게 느껴졌다.

──그런데.

"……응, 고마워."

그 한마디를, 받아들이고 말았다.

왜냐하면── 나한테는, 그럴 자신이 없었다.

만약에 지금, 정말로 가지 말아 달라고 애원했다면.

겨우 찾아낸 내 '하고 싶은 일'로 가는 소중한 길을, 소중한 사람이 거절해버렸다면.

그걸── 받아들이지 못할 것 같다는 생각이 들었다.

그런 감정이 내 안에 있다는 것 때문에 놀랐고, 그러면서도 그것과 어떻게 마주해야 좋을지는, 지금의 나로서는 아직 알 수가 없고.

"……미안해."

사과하는 것처럼, 속죄하는 것처럼. 키쿠치 양한테 들리지 않을 정도의 목소리로 중얼거렸다.

그 목소리는 틀림없이 키쿠치 양한테 전해졌겠지만, 그 의미는 달성하지 못했겠지.

우리의 언밸런스가—— 특별한 관계인지, 아니면 모순된 관계인지.

그 질문에 대한 답이, 조금씩 선명해져 가고 있다는 기분이 들었다.

3 공격도 회복도 가능한 용사는 혼자서 모험을 하게 된다

토요일. 어패 대전 모임 날 아침.

나는 아침 식사를 하면서, 내 방 컴퓨터 앞에 앉아 있었다.

화면에 표시된 것은 무기질적인 워드 소프트. 입력하고 있는 문자는 이런 내용이다.

작은 목표 : 아시가루 씨에게 대전 형식의 3선승제에서 이긴다.

중간 정도 목표 : S 티어 이상의 대형 대회에서 우승한다.

큰 목표 : 대회 종합 전적 랭킹에서 세계 1위가 된다.

이것은 내가 프로 게이머가 되기로 했을 때 정했던 어패에서의 목표고, 방식은 히나미의 인생 공략과 같은 형식이다. 이건 그 방식을 답습한다기보다, 원래 내가 비슷한 형태로 목표를 세우고 어패 실력을 연마해왔기 때문에, 그것을 계속 이어가는 거라고 하는 쪽이 맞겠지. 그러니까—지금부터가, 내 새로운 오전이다. 마우스를 조작해서 탭을 하나 더 열었다.

거기에 적혀 있는 내용은, 이런 문자들이다.

작은 목표 : 키쿠치 양과의 관계에서 특별한 이유를 찾
              아내고, 둘이서 구형 배지를 받는다.
중간 정도 목표 :
큰 목표 : 인생에서 '캐릭터'가 돼서 즐겁게 살아간다.

그것은 히나미와의 공략을 쉬는 내가, **나 자신에게 과제
로 제시한 인생의 목표**였다.

히나미에게 회의나 인생 공략을 쉬겠다고 말하기는 했
지만, 그건 어디까지나 히나미가 생각하는 '리얼충'이 되기
위한 공략을 쉬고 싶다는 얘기일 뿐이다. 오히려 나는 지
금까지 nanashi로서, 일단 시작한 게임에는 진심으로 마
주해왔고, 나는 이 인생이라는 게임을 명작 게임이라고 생
각하게 됐다. 그렇다면, 그걸 그만둘 이유는 없다.

"음…."

아직 비어 있는 중간 정도 목표. 나는 진지하게 고민했
다. 히나미는 중간 정도 목표가 제일 중요하다고 했는데,
분명히 이건 난이도가 높다. 무엇보다 그걸 결정하는 지침
이 되는 큰 목표가 너무 대략적이라는 게 문제인지도 모른
다. 하지만, 진심이라는 건 역시, 초등학생 수준처럼 보이
는 법이니까.

──하지만, 그렇게 생각했더니.

큰 목표. 내가 '즐겁게 살아간다'라고 설정한, 말하자면

인생의 콘셉트.

"히나미한테 그건…… '리얼충이 된다'는, 그런 거였지."

그건 강한 걸까, 아니면 약한 걸까.

그런 생각을 하고 있는데 갑자기 내 마음속에, 언젠가 복도에서 떠올렸던 의문이 되살아났다.

그건 히나미가 콘노 에리카에게 '제재'를 내렸을 때 느꼈던 감정인데.

나는 최근에 약 반년 정도 되는 기간 동안, 여러 가지를 경험했다. 하지만, 내 안에서 '이걸 하고 싶다'라고 말로 표현해서 생각한 적은, 거의 없었다.

그렇다면 나한테 가장 중요한 목표는, 틀림없이 그게 아닐까.

──그런 생각을 했다.

중간 정도 목표 : 히나미 아오이에 대해, 안다.

그리고 나는, 목표를 적은 노트북 컴퓨터를 덮었다.

　　　　* * *

조금 일찍 집에서 나온 나는, 대전 모임에 가기 위해 키타요노역에서 사이쿄선 전철을 탔다.

타고 있는 전철은 도쿄 방면 행. 평소에는 거의 오오미야 방면으로 가는 전철에 탔기 때문에 이쪽으로 가는 건 약간 모험하는 기분이라고 할까, 외출한다~ 는 감각이라서 약간 신이 난다. 항상 사이타마현민을 지켜주는 코바톤한테 배신자라고 말살당할 것 같다는 기분도 조금 들었지만, 아마도 코바톤은 사이타마현 밖으로 나오지 못할 테니까, 우키마후나토역*까지만 가면 도망칠 수 있겠지.

그런 생각을 하고 있던, 그때.

주머니에 넣어둔 스마트폰에서 진동이 울렸다.

"응?"

꺼내 봤더니, 화면에는 새로운 LINE 메시지가 들어왔다는 알림창이 표시돼 있었다.

"……으아."

내가 이런 반응을 보인 건, 굳이 말할 필요도 없이 보낸 사람이—— 레나였기 때문에.

키쿠치 양과 화해한 날 밤에 불만을 전한 이후로 처음 온 레나가 보낸 메시지. 참고로 그날 내가 마지막으로 보낸, 뭐라고 하건 대화를 끝내버릴 생각으로 보냈던 『그랬어! 뭐, 앞으로 또 그러지만 않으면 괜찮아!』라는 메시지에 대한 답장은 없었다. 기분이 나쁜 건 아니지만, 그래도 뭔가 아니라는 생각이 들기는 했다.

"뭐지……?"

---

*이 역에서부터 사이타마가 아니라 도쿄라고 생각하면 된다. 예를 들자면 수도권 전철 4호선의 남태령역 같은 위치

레나가 보낸 메시지는 두 개였고, 화면을 터치해봤더니 알림창에 『이미지를 수신했습니다.』『나 이거 샀다』라는 내용만 표시돼 있다. 알림 창에서는 사진을 볼 수 없기 때문에, 무슨 사진을 보낸 건지는 알 수가 없다.

나는 그걸 읽어야 할지 망설였지만, 아시가루 씨말로는, 오늘 모임에는 레나도 온다고 했으니까…. 그렇다면 그전까지는 봐야 할 테고, 만약 안 본 채로 현장에서 '저기~ 내가 보낸 LINE 봤어?'라는 소리라도 하면 일이 귀찮아질 것 같으니까.

그래서, 나는 전철 자리에 앉으면서 레나와의 대화 창을 열었다. ──그랬더니.

"⋯⋯?!"

나는 소리를 지를 뻔했지만 간신히 참았다. 내 화면에 표시된 건 말도 안 되는 광경.

레나가 보낸 사진은 속옷 위에 앞섶을 크게 벌린 투명하게 비치는 느낌의 파자마를 입고, 거울에 비친 자기 모습을 찍은 사진이었다.

평소에도 몸에 딱 붙는 니트를 입었기 때문에 알고는 있었지만, 강조될 부분은 강조되고 들어갈 부분은 잘록하게 들어간 고혹적인 곡선이 드러나 있다. 그냥 속옷 차림이 아니라 속옷이 어렴풋이 가려져 있는 덕분에 내가 몰래 엿보는 것 같은, 묘하게 이상한 기분이 들게 만든다. 선명한 남색이 내 눈을 끌었고, 거기서 색향(色香)까지 느껴진다.

이게 본인이 직접 보낸 사진이라는 점도, 묘하게 배덕감을 자극했다.

나는 재빨리 대화창을 닫고, 의심받지 않을 정도의 속도로 고개를 돌려서 주위의 시선을 확인했다. 딱히 지금 그 화면을 본 사람도, 내 소리 죽인 목소리를 수상하다고 생각한 사람도 없는 것 같지만, 순식간에 온몸의 스위치를 전환해버릴 정도로 강력한 사진이었다.

——대, 대체 뭐 하자는 거야?

나는 어떻게 해야 할지 고민했지만, 답장을 보내려고 해도 문자를 입력하고 있는 동안에는 계속 그 사진이 화면이 표시돼 있어야 하고, 그렇게 되면 시야 한쪽에서 덮쳐오는 지속 대미지 때문에 내 이성 포인트가 계속 깎여 나갈 게 틀림없다. 쉬는 날 도쿄 쪽으로 가는 열차다 보니 그럭저럭 사람이 많으므로, 전철 안에서 그 메시지를 입력하는 건 난이도가 꽤나 높을 것 같다.

나는 일단 냉정해지기 위해서 눈을 감았다. 하지만 그랬더니, 눈앞에 조금 전에 봤던 사진의 모습이 떠올랐다.

"……윽."

정신집중에 완전히 실패, 오히려 얼굴이 아까보다 더 뜨거워진 나는 얌전히 눈을 떴다. 그랬더니 눈앞에 50대 정도로 보이는 아저씨가 서 있었는데, 그 코끝을 응시하면서 정신을 딴 데로 돌려서, 간신히 마음을 진정시킬 수 있었다. 어쩌다 순간적으로 눈이 마주친 아저씨가 이상하다는

표정을 지었지만, 지금은 그런 걸 신경 쓸 때가 아니다.

"⋯⋯좋았어."

마음을 진정시킨 나는 그 메시지에 반응하는 걸 포기해 버리고, 대전 모임과 **그 전에 있는 볼일**에만 집중하기로 했다. 괜찮아, 어패에 집중하면 어떻게든 될 거야.

하지만⋯ 모임 장소에 있을 텐데 말이야, 레나. 사진만 봐도 이런데, 실제로 무슨 짓을 해오면 대체 어떻게 해야 좋을까. 안 좋은 기분만 든다.

* * *

몇십 분 뒤. 이타바시역 앞에 있는 카페.

"와줘서 정말 다행이다."

나는 **히나미와 둘이서** 창가에 있는 카운터 자리에 앉아 있다.

"⋯⋯뭐, 약속했으니까."

뚱한 얼굴로, 히나미는 무뚝뚝하게 대답했다.

히나미는 주위 사람들과 비교해도 유난히 눈에 띄는 세련된 차림새로 내 옆에 바른 자세로 앉아 있는데, 앉아 있는 모습만으로도 이렇게나 아우라가 느껴지는 건, 단순히 『자세』라는 기초 때문이겠지. 참고로 나는 그 옆에서 불편한 기분을 맛보면서 쭈뼛쭈뼛 카페라테를 홀짝거리고 있는데, 그렇다고 히나미 옆이라서 내가 못나 보이는, 그런 건 아니고──.

"인생 공략은 쉽다고 했으면서, 대전 모임에는 같이 가자고 하네."

날카롭게 치고 들어오는 말에, 나는 입을 삐죽 내밀면서도 내 생각을 있는 그대로 말했다.

"뭐…… 인생 공략이랑 어패는 상관없으니까."

며칠 전에 제2 피복실에서 키쿠치 양에게 비밀을 밝히겠다고 확인한 뒤에. 어패 대전 모임에 같이 가자고, 히나미한테 말했었다.

"흐응……."

그렇게 말하면서 히나미는 카운터 위에 내려놓은 스마트폰으로 인스타그램 타임라인을 체크했고, 몇 가지 화려한 게시물에는 좋아요도 눌러줬다. 그런 걸 고르는 방법 같은 것도, 퍼펙트 히로인을 유지하는 데 필요한 건가요. 옷이나 센스 있는 액세서리 같은 게 많았는데, 나중에 그 장비들을 구입하려는 건가요. 그런가 싶었더니, 지금 구입한 치즈 케이크를 멋진 각도로 촬영하기 시작하고, 정말 바쁘네.

"그렇다고 해도, 나한테 같이 가자고 할 이유는 안 될 텐데. 날 싫어하게 될 것 같다고 하지 않았어?"

역시 눈도 마주치지 않고 무표정한 얼굴로 말했다. 하지만, 나는 굴하지 않았다.

"뭐, 그랬었지. 그대로 정기적으로 회의를 계속했다면,

싫어하게 됐을지도 몰라."

"그렇게 싫어할 뻔한 사람한테, 왜 굳이 대전 모임에 가자고 한 건데."

말하면서, 히나미가 날 슬쩍 봤다. 눈살을 찌푸린 게, 심기가 불편하신 분위기다.

"분명히 난, 네 차가운 사고방식이나, 옳은 것만 생각하고 남의 기분을 고려하지 않는 부분은, 지금도 좀 아닌 것 같다고 생각해."

"그렇다면…."

"잊어버렸어?"

나는 히나미의 말을 자르고, 숨을 들이쉰 뒤에, 다시 입을 열었다.

그 마음은 틀림없이, 아직 논리적인 뒷받침은 없는, 감정에서 나온 소중한 충동이다.

"내가 너한테, 인생의 즐거움을 가르쳐주겠다고 했잖아."

그 말에 히나미는 깜짝, 놀라서 눈이 휘둥그레졌다.

"회의는 쉬기로 했지만, 그것까지 그만둔다는 말은 안했어."

표정 근육은 하나도 움직이지 않고, 그러면서도 딱 한 군데만 변화를 보인, 눈의 움직임.

그것이 가면 사이로 엿보이는 진짜 얼굴이면 좋겠다고

바라면서도, 나는 표정 근육을 사용해서, 내 감정을 반영시키기 위한, 긍정적인 미소를 지어 보였다.

"이건── 내가 하고 싶은 일이니까."

의기양양하게 말하고, 히나미를 계속 쳐다봤다.

"…아, 그래."

그때 히나미의 눈에 나타난, 눈을 두 번 크게 깜박인 동작이 대체 무슨 의미인지는 모르겠다. 하지만, 지금은 아직, 그걸로 됐다고 생각했다.

"뭐… 나도 어패는 좋아하니까, 상관은 없지만."

"그렇지, 그렇게 말할 줄 알았어."

그랬더니 히나미는 불쾌하다는 것처럼 눈살을 찌푸렸다.

"네 예상대로 됐다는 게 짜증 나니까, 그냥 집에 가버릴까."

"뭐, 뭐야, 그건 아니지."

내가 당황했더니 히나미는 또다시 하아, 하고 한숨을 쉬었다.

"……정말로 하고 싶은 일, 말이지."

히나미는 눈썹을 치켜세우고, 곁눈질로 날 보면서.

"다른 걸 증명할 생각은…… 이젠 없네."

"……다른 일?"

그 말에는 대답하지 않고, 히나미는 고개를 앞쪽으로 돌리고는, 넓은 창밖에서 지나가는 사람들을 바라봤다.

히나미가 그걸 보면서 무슨 생각을 하는지, 역시 난 알 수가 없었다.

* * *

"……그랬, 구나."

겨울과 환락가의 향기가 뒤섞인 바람에 머리카락을 흔들면서, 히나미가 눈살을 찌푸렸다.

"아무리 해도 그 부분만은, 설명할 수가 없더라고."

내가 히나미한테 얘기하고 있는 건, 키쿠치 양이 히나미와의 관계를 이상하게 여기고 있다는 것. 그리고, 지금까지의 나와 히나미를── 즉 전국 2위 NO NAME으로서 오프 모임에서 만나고, 거기서 인생 공략을 하게 됐다는 것과, 그러기 위해서 히나미가 세세한 조언을 해줬다는 것, 그 인연으로 오프 모임에 참가하고 있다는 걸── 가능한 범위 안에서 키쿠치 양에게 말해주고 싶다는, 그런 얘기였다.

"잘 생각해보니까 매번 오프 모임에 내가 같이 가는 이유를 설명하기가 힘들고, 그렇다고 같이 가는 걸 숨길 수도 없고…… 꼭 그게 아니더라도 너랑 내 관계는, 조금 특수하잖아. ……어라? 어디로 가야 하지?"

대략적인 사정을 말했더니, 히나미는 이해했다는 것처럼 고개를 끄덕이면서도 눈살을 찌푸렸다.

"뭐, 연인이 됐으니까, 괜히 신경 쓰이기도 하겠지. 왼쪽으로 가."

참고로 나는 아시가루 씨가 보내준 주소를 보면서 길을 안내하고 있었는데, 어째선지 히나미도 지도 앱을 보고 있다. 내 안내를 믿지 않을 가능성이 크다. 옳은 판단이겠지.

"……그래서 사실은, 배지는 나랑 네가 받는 게 어울리지 않을까 같은, 그런 생각까지 하는 것 같아."

"그건 뭐…… 다른 사람들이 영문을 모르겠다고 할 테니까 안 되겠지."

"그렇긴 한데. 감정적인 얘기니까."

여전히 항상 엄청나게 옳다고 할까, 현실을 직시하는 히나미였다.

"……아마, 네가 '어떤 사람'의 조언을 받으면서 인생을 공략하고 있다는 것까지는 말했다고 했지? 아, 빨간 신호."

"으어윽?!"

지도를 보고 히나미와 얘기하면서 교통안전까지 확인하는 트리플 태스킹은 나한테 너무 버거운 일이었는지, 수시로 히나미가 주의를 줬다. 참고로 히나미는 세 가지 모두 여유 있게 처리하고 있다.

"그러니까, 맞아. 인생을 공략하고 있다는 것까지는, 말했어."

나는 작년 여름방학 불꽃놀이 대회 뒤에, 히나미와 결별했고. 그리고 키쿠치 양에게 내 안에 있는 고민을 털어놨을 때, 그 사람이 누구인지는 숨긴 상태에서, 누군가에게 배우고 있다는 것 자체만 말했었다.

"그렇다면 솔직히…… 후카라면, 그 누군가가 나라는 것까지 눈치챘어도 이상하지 않을 거야. 확신까지는 아니더라도."

히나미는 냉정하게 말했고, 나도 고개를 끄덕였다.

"뭐, 키쿠치 양은 아마도 이 두 사람이 보통 관계가 아닐 거라는 데까지 눈치챈 것 같으니까. ……그렇다면, 그럴지도."

히나미는 포기했다는 것처럼 한숨을 쉬면서, 뒤에서 오는 자전거에 길을 비켜주기 위해서 내 팔을 잡아당겼다. 덕분에 살았다.

"그 정도는 가르쳐줘도 돼. 사실 지금까지도 절대로 들키면 안 된다는 건 아니었으니까."

"그랬어?"

물었더니, 히나미는 아무렇지도 않게 말했다.

"우리 반 리얼충 톱 카스트가, 반에 적응하지 못하는 남학생을 도와줘서 반에 적응하게 만들어줬다. 그리고 그게 멋지게 성공했고. 이 정도면, 내 평판이 나빠질 일은 아니잖아?"

"그건…… 그러네."

"게다가 그 남학생이 문화제 연극에서 중심이 됐고, 우리 반을 이끌어서 대성공. 그다음에는 그 연극 각본을 쓴 미소녀와 사귀게 됐고, 게다가 어패 전국 1등이라면서 프로 게이머가 된다는 소리까지 했어. 여기까지 하면 오히려 내 평판이 더 좋아질 가능성도 있겠지."

나는 고개를 끄덕이면서도, 이 녀석의 인생 공략법이 옳다는 데 대해서 새삼 감탄했다. 왜냐하면 그렇게 되는 데까지, 겨우 반년하고 조금밖에 안 걸렸으니까.

"그나저나 실제로, 거기까지 간 건 네 덕분이니까. 당연히 평판이 좋아져야지."

"……흐응."

하지만 히나미는 재미없다는 것처럼 말하고, 계속 설명했다. 어라?

"그러니까 뭐, 만약에 네가 휴대전화를 잃어버려서 누가 LINE을 보거나, 네가 말실수를 해서 누가 알아차리더라도 괜찮게, 다 생각해두고 있어."

"기본적인 원인은 나한테 있다는 게 전제잖아?"

맞는 말이기는 하다고 생각하면서도, 일단은 반항했다.

"당연하지. 무엇보다 나는 정기적으로 너랑 주고받은 LINE을 지우고 있으니까 괜찮거든."

"뭐야, 그거 왠지 좀 슬프잖아."

나는 씁쓸하게 웃으면서도 무슨 말인지는 이해했다. 슬프다.

"그럼, 얘기해도 되는 거지?"

"그래, 상관없어. ……하지만."

히나미는 겨울의 메마른 바람 때문인지, 웬일로 바짝 마른 입술을 감추려는 것처럼 혀로 핥았다. 그 동작이 어째선지 평소보다 차분하지 못한 것처럼 보이게 했다.

"하필이면—— 후카, 라니."

팔랑팔랑, 갈색의 메마른 낙엽이 히나미 주위에서 빙글빙글 춤췄다.

"······무슨, 소리야?"

그랬더니, 히나미는 또 애매한 목소리로,

"걔가 나를····· 캐고 다니는 것 같아서."

"그렇긴····· 한데."

나는 고개를 끄덕이고, 조금 망설인 뒤에 말했다.

"······연극 얘기야?"

히나미는 고개를 끄덕였고, 동시에 검은색 힐에 짓밟힌 낙엽이 와작, 하고 짧은 비명을 질렀다.

"후카는 뭐랄까····· 지금까지 관여했던 사람들이랑, 타입이 다르니까."

그 망설이는 것 같은 표정을 보면서, 키쿠치 양의 연극에서 묘사했던 모습을 떠올렸다.

히나미의 공허와, 상승에 대한 집착.

하긴, 저 예리하고 냉정한 히나미를 상대로, 깊은 곳까지 파고들려고 한 사람은 없었겠지.

숨겨진 모습을 알고 있는 나는, 아마도 다른 사람보다 히나미의 깊숙한 부분을 잘 알고 있겠지만, 그렇다고 거기에 파고들 용기는 없다. 히나미에게 자기 마음을 전한 미즈사와는, 아마도 거기까지 파고들겠다는 용기가 있었겠지만, 나 정도 가지고는 이 녀석의 숨겨진 모습을 이해하지 못하겠지. 하지만.

키쿠치 양은 그 맑은 눈이 들여다보는 진실과 창작을 위해서라는 대의명분을 가지고, 나도 미즈사와도 파고들지 못한 곳까지 파고 들어가려 하고 있다.

"그래서 조금 거북하기도 한데…… 그렇게 안 하면 곤란하다고 하니까, 그렇게 해."

"그래…… 고마워."

그렇게, 무사히 이야기를 마무리했지만, 동시에 나는 깜짝 놀라고 있었다.

왜냐하면, '하필이면 후카라니'라는 말.

그것은 히나미가 어떤 특정한 개인이 자신을 위협하는 존재라는 것 같은 뉘앙스로 경계하는 말이었고── 나는 그런 히나미 아오이를, 처음 본 것 같았기 때문에.

* * *

마침내 우리는 목적지인 아시가루 씨의 집이 있는 아파트 앞에 도착했다.

"……여, 여긴가."

나는 길에서 위를 올려다보며 말했다. 우뚝 서 있는 건 검은색 바탕의 고층 아파트고, 유리문 안쪽에 보이는 로비에는 차분한 갈색 소파와 함께 기하학적인 모양의 영문을 알 수 없는 오브제까지 있는 게, 왠지 고급스러운 느낌이 들었다. 저게 뭔지는 전혀 모르겠지만, 그냥 장식품이고 아무런 쓸모도 없을 것 같다는 점이 오히려 존재감을 더 강하게 만들어주고 있었다.

"오, 되게 멋있다."

"……아마 겸업 프로 게이머, 였지."

"맞아."

히나미가 생각하는 건 아마 얼핏 봐도 월세가 비싸 보이는데, 프로 게이머 일만 가지고 이런 집에서 살 수 있는 걸까, 라는 점이겠지. 나도 장래에는 그쪽 길로 가려 하는 처지다 보니, 현실적인 부분에는 관심이 있었다. 인터넷에서 본 이야기에 의하면, 아시가루 씨는 프로 게이머인 동시에 사회인이라고 했는데, 프로 게이머라는 직업이 어느 정도 수준으로 먹고살 수 있는 일인지에 대해서는 아직 모른다. 그런 건 물어보기 힘드니까.

"일단, 들어갈까."

그리고 나와 히나미는 정면 현관에 있는 키패드로 아시가루 씨가 가르쳐준 호수를 누른 뒤에 문을 열어달라고 했고, 그 안으로 들어갔다.

엘리베이터를 타고 13층으로. 복도 끝에 있는 심플한 검은색 문을 열었더니, 아시가루 씨가 나왔다.

"오, 어서 와. 자, 들어와."

"실례할게요~!"

"시, 실례하겠습니다."

들어오라는 말에 아무렇지도 않게 대답하는 히나미와 남의 집에 들어가는 데 익숙하지 않은 나. 인사하는 톤에서 확실한 차이가 느껴지지만, 뭐 이건 경험 차이 때문이니까 어쩔 수 없는 일이다.

현관으로 들어갔더니 확, 하고 청량한 느낌의 나무 같은 향기가 코를 간질였다. 이런, 노골적으로 우리 집이 아니라는 느낌이 은근히 긴장되게 만든다니까.

우리는 세면실에서 손 등을 씻고, 아시가루 씨의 안내를 받아서 거실로 갔다.

* * *

거실에 들어온 지 몇 분 뒤에.

"……헤에, 벌써 결심했어? nanashi 군은 참 특이하네."

나는 바로, 아시가루 씨에게 내가 결단한 일에 대해 말했다.

"예. 그 뒤로 이래저래 생각해보니, 그것밖에 없을 것 같아서."

멤버는 나, 히나미, 아시가루 씨, 해리 씨, 맥스 씨 그리고 레나까지 여섯 명.

거실에는 초록색 소파, 게임기가 연결된 커다란 TV와 검은색 소파 테이블, 키가 큰 조명 등이 놓여 있는데, 전체적으로 간소하고 생활감이 거의 느껴지지 않았다.

소파 옆에는 4인용 식탁과 의자도 있어서, 나와 아시가루 씨, 레나는 거기에 앉아 있다. 참고로 히나미는 TV 앞 소파에 앉아서 컨트롤러를 쥐고, 맥스 씨가 지켜보는 앞에서 해리 씨와 대전을 즐기고 있다.

"그것밖에 없다, 는 건 아니라고 생각하지만 말이야."

그렇게 말하면서도, 맞은편에 앉아 있는 아시가루 씨는 어딘가 즐겁다는 것처럼 웃었다. 나도 내 결심을 선배한테 이야기했더니, 그 선배가 의외로 환영해준다는 게 솔직하게 기뻤다.

참고로 레나는 내 앞에 앉아 있는데, 오늘 아침에 LINE으로 보내온 사진 때문에 이렇게 가까이에 있기만 해도 마음이 엄청나게 불안했다.

"그리고, 결심했으니까… 여러모로 가르쳐주세요."

"응. 그렇다면, 지금까지보다 더 진심으로 상대해줘야겠네. 물론 어패 연습도, 다른 전략도."

"예."

나는 고개를 끄덕이고 입꼬리를 씩, 끌어 올렸다.

"대단하다양. 그런데, 후미야 군이 멀리 가버릴 것 같다는 기분이 드네~."

레나가 달콤한, 콧소리 섞인 목소리로 말했다. 사람들 앞에서도 당연하다는 것처럼 후미야 군이라고 부르는데, 하지 말아줬으면 좋겠다. 뭐, 말해봤자 듣지도 않겠지만.

"아니… 원래 그렇게 가까운 것도 아니었잖아?"

나는 마음의 문을 닫아버리려는 것처럼 말했지만, 어째선지 레나는 재미있다는 것처럼 웃었다.

"뭐야~! 후미야 군 너무해~."

그렇게 말하면서, 응석 부리는 것처럼 내 어깨를 만졌다. 저기, 그만 좀 하라고. 내 거절까지 사이가 좋아서 하는 말이라는 것처럼 연출하지 말라고.

그리고 거리가 좁혀지면서, 언젠가 맡았던 레나의 달콤한 향기가 슬그머니 내 코로 들어왔다. 그랬더니 조종당한 것처럼 시선이 이끌렸고, 레나와 눈이 마주쳤다. 아까 레나가 보냈던 사진이, 머릿속에 다시 떠오르고 말았다.

"으……."

큰일 났다. 눈앞에 이렇게 본인이 있으니까, 괜히 더 생생하게 생각이 난다고 할까, 게다가 레나는 원래 복장 자체가 그런 느낌이기 때문에, 나한테는 완전히 오버 킬이다. 뭐야 이건, 그런 전략인가?

요염하게 웃고 있는 레나는, 두 개로 크게 나뉜 니트 같은 걸 입고 있는데, 하나는 민소매 같은 모양이고, 하나는 어깨를 크게 드러내는 모양이다. 두 개를 합쳐도 어깨가 엄청나게 잔뜩 드러나는 게, 이 사람은 몸 어딘가를 드러내야만 직성이 풀리는 걸까. 참고로 당연히, 옷자락이 짧아서 다리도 엄청나게 드러나 있다. 평소에도 그러는 걸 보면, 레나한테는 다리를 드러내는 게 예의에 가까운 일이고, 즉 이런 옷이 예복(禮服)일 가능성도 있다.

나는 생각이 흐트러지는 걸 느끼면서도 시선을 피했지만, 몇 초마다 레나한테 의식이 빨려 들어가는 게 느껴졌다. 뭐지 이건, 잡기 범위가 너무 넓잖아. 뒤로 던지면 엄청 멀리 날아갈 것 같다.

"후후, 후미야 군. 왜 그래엥?"

그렇게 말하면서, 레나는 탁자 밑으로 손을 뻗어서 내 허리 언저리를 살짝 건드렸다. 잠깐, 이거 성희롱 아닌가요? 간지러운 것 같은 감각이 내 온몸을 울렸고, 그런 짓을 당하면 어째선지 아까 보낸 사진까지 생각나니까 제발 그만 뒀으면 좋겠다.

"아・무・렇・지・도・않・아!"

나는 강한 의지와 함께 말했고, 의자를 당겨서 거리를 잔뜩 벌렸다. 이건 파운드 사용자한테는 말도 안 될 수준의 거리 관리지만, 레나는 엄청난 원거리 무기를 가지고 있으니까 이 정도까지 거리를 벌릴 필요가 있다. 레나는 쿡쿡 웃으면서 날 보고 있다. 뭐야 이 사람, 무서워.

"진짜?"

"하하하. 하지만 어쩌면 의외로 금세, 멀리까지 가버릴지도 모르겠네."

아시가루 씨는 그런 심리전이 벌어지고 있다는 건 전혀 모르는 건지, 하던 이야기로 돌아갔다.

그러니까, 레나의 파상 공격에 당해서 잠깐 딴 데로 샜었지만, 내가 프로 게이머가 되는 데 대한 얘기였지. 시간은 그렇게 오래 지난 것 같지 않은데, 벌써 몇 분 전에 했던 얘기라는 기분이 든다. 레나, 정말 무섭다.

"나도 괜찮을 것 같은데에. 얼굴도 괜찮고, 거기다 아직 고등학생이라는 게 야하고, 그러면서 전국 1등이라니, 유명해질 수밖에 없잖아."

레나가 말한 내용에 대해서는, 뜬금없이 튀어나온 단어 하나만 빼고는 사실 나도 조금쯤 생각하고 있던 것들이었다. 남자 고등학생을 야하다고 생각하는 만 20세는 좀 위험하지만 말이야.

사실, 우리나라에서 가장 큰 규모를 자랑하는 게임에서 프로들의 주전장인 오프라인은 아니지만, 어쨌거나 온라인 랭킹 1위. 그 시점에서 상당히 희소성이 있는데, 현역 고등학생인 데다가 헤어스타일에 복장도 노력으로 어느 정도 세련되게 변한 것 같고, 아마 말투 같은 것도 내가 반년 동안 녹음한 데이터를 들어보면 그렇게 나쁘지는 않은 것 같고… 그렇다면, 지금 단계에서도 최소한, 어느 정도 구경거리로서의 가치가 성립될 것 같았다. 뭐, 어패 실력

말고는 최근에 약 반년 동안 열심히 노력해서 키워온 것들이지만.

"아…… 뭐, 그거."

그런데, 그때.

"Aoi, 너무 잘하는 거 아냐?!"

TV 쪽에서 그런 목소리가 들려왔다.

고개를 돌려보니 거기에는 당연하다는 것처럼 파운드를 선택해서, 당연하다는 것처럼 온 힘을 다해서 플레이하고 있는 히나미가 있었다. 뭐야 이 사람, 이젠 정체를 들킨다든지 그런 건 신경도 안 쓰겠다는 건가. 아니면 이런 오프 모임 같은 자리에 벌써 세 번째 참가니까, 아무리 플레이 스타일이 닮았어도 NO NAME 본인이라고 생각하지는 않을 거라고 판단한 걸까.

"그 회피는 아까 봤거든요?"

"뭐야?! 거기서 어택 홀드라니?!"

히나미는 맥스 씨의 회피를 정확하게 읽고, 격추기를 홀드해서 회피의 후 딜레이에 공격을 날렸다. 한번 봤던 상대의 습관을 노리는 건 내 주특기인데, 내 플레이 스타일을 모방하면서 강해진 저 녀석도, 그게 적절하고 정확하다니까. 솔직히 '내가 잘 읽는 포인트'를 숙지해서 똑같이 읽어 들인다, 고 하는 쪽이 정확할지도 모르겠다.

"으엑, 여전히 대단하네……."

내 시선을 따라간 건지, 레나도 TV 화면을 보면서 말했다.

으엑, 이라는 소리까지 하면서, 엄청나게 싫다는 감정을 숨기려 들지를 않았다. 하지만 뭐, 분하다는 기분도 이해한다고 할까, 아마 지금까지 홍일점에 가까웠던 오프 모임에 갑자기 나타난 여자애가 엄청난 미인에 커뮤니케이션 귀신, 게다가 어패까지 이상할 정도로 잘하면 질투 정도는 하고도 남겠지.

"응, 그러게…… 쟤는 엄청나게 대단해."

나도 레나한테 동의했다.

히나미의 플레이는 여전히 기계 같다고 할까, 실수가 거의 없다.

나조차도 시합하는 중에 신이 나서 콤보를 읽고 대미지 더블 업에 도전하다가 실수하는 경우가 있는 걸 생각해보면, 자기보다 실력이 떨어지는 상대에게 확실하게 승리하는 기술만 따지면 나보다 잘한다고 할 수도 있다. 기술이라기보다는 자제심, 이라고 하는 쪽이 정확하려나.

멀리서 지켜보고 있었더니, 아시가루 씨도 무표정한 얼굴로 TV 화면을 보면서 말했다.

"……뭐랄까, Aoi 말인데, 엄청나게 세진 것 같지 않아? 파운드를 저렇게까지 잘 다뤘나?"

"아……."

저 녀석, 지금까지는 실력을 감췄으니까…… 라고 생각하면서, 사실은 나도 다른 의미로, 아시가루 씨와 비슷한 감상을 품고 있었다.

"정말…… 세졌네요."

그렇다. 대전 모임에서 보여줬던 실력, 이라는 의미가 아니라.

원래 내가 알고 있던 실력을 기준으로 생각해봐도, 유난히 강해진 것 같았다.

"수고하셨습니다!"

그렇게 시합이 끝나고, 히나미는 기분 좋게 해리 씨한테 인사를 했다. 해리 씨도 원통하다는 것처럼 대답했고, 두 사람은 컨트롤러를 내려놓더니 나란히 이쪽으로 걸어왔다.

그리고 해리 씨는 목 언저리를 긁으면서 날 쳐다봤다.

"Aoi 양 파운드, 엄청나게 센데?! nanashi 군이 가르쳐 줬어?"

게임 실황 중계자답게 시원시원한 목소리로, 해리 씨가 말했다. 나는 그 질문에 어디까지 솔직하게 대답해야 좋을지 망설이면서도, 이렇게 대답했다.

"아~ 그게 뭐, 대충 그렇죠."

그렇게 물어보면 고개를 끄덕일 수밖에 없다고 할까, 실제로 만난 뒤에 몇 번이나 오프라인에서 파운드로 미러 매치를 했었으니까. 그리고 그 전에, 이 녀석이 강해진 것 자체가 내 플레이 스타일을 모방하는 데서 시작했고. 그렇게 생각해보면, 내가 가르쳐줬다고 할 수도 있겠지. 그랬더니 히나미도 긍정하는 것처럼 장난스러운 목소리로 말했다.

"항상 nanashi 군한테 많이 배우고 있어요."

"역시 그랬구나?! 최고의 코치가 가까이에 있으니까, 역시 좋구나…."

그렇게 말하면서도 해리 씨의 목소리와 표정에는 분하다는 기분이 담겨 있었는데, 나는 그것이 좋게 여겨졌다. 해리 씨는 실력으로 승부하는 프로 게이머라기보다는 게임 방송의 재미로 승부하는 스트리머 쪽에 가깝지만, 그래도 역시, 진심으로 게임에 임하는 승부사라는 점에는 변함이 없다.

어쨌거나, 대전용 TV 앞이 비었다. 기껏 모임에 와서 다른 사람과 대전을 안 하는 것도 아까우니까, 나는 백팩에서 내 컨트롤러를 꺼내서는 좋았어, 하고 기합을 넣었다.

"그럼 다음엔 나도 해볼까. ……아시가루 씨, 괜찮으실까요?"

"하하, 큰일 났네, 지명받았어."

"아, 안 되나요?"

내가 밝은 목소리로 말했더니, 아시가루 씨는 남한테 들려주는 혼잣말 같은, 평소와 똑같은 말투로.

"……오히려 환영이지. 해볼까."

"좋아요~!"

그리고 나는 손가락을 가볍게 오므렸다 폈다 한 뒤에, 아시가루 씨와 나란히 소파에 앉았다.

"잘 부탁드립니다!"

"응. 잘 부탁해."

그렇게 나와 아시가루 씨의 프리 대전이 시작됐다.

         * * *

수십 분 뒤.

나는 아시가루 씨와 7번의 프리 대전을 마치고, 일단 컨트롤러를 내려놨다.

내 옆에 앉아 있는 아시가루 씨는 흐음, 하고 생각에 잠겨 있다.

"······이상하네."

"이상, 하다뇨?"

내가 물었더니, 아시가루 씨는 컨트롤러를 내려놓으면서 이렇게 말했다.

"······nanashi 군, 평소랑 움직임이 다른 것 같은데?"

"아, 알아차리셨어요?"

나는 아시가루 씨의 혜안에 빙긋, 웃으면서 대답했다. 역시 프로는 그런 부분도 알아차리는구나.

"알아차렸다고 할까······ 승률이 완전히 달라졌으니까."

"아하하······ 뭐, 그러네요."

나는 쓸쓸하게 웃으면서 말했다.

"그렇다고 리저드에 대한 대책을 마련한 것도 아니고. ······혹시, 행동 자체를 전부 재검토했다든지?"

아시가루 씨가 떠보는 것처럼 말했다.

"그러니까, 맞아요. 사용하는 기술의 우선순위 같은 것도 바꿔봤고요."

"그렇구나…… 그래서 이런 결과가 됐나?"

그렇다. 이번 대전에서의 승률은, 지난번과 전혀 달라졌다.

결과는── **2승 5패.**
지난번보다 확실하게, **내 승률이 떨어졌다.**

시선이 느껴져서 뒤를 돌아봤더니, 히나미와 레나가 곤란해하는 표정으로 날 보고 있었다. 아마도 레나는 많이 진 나한테 무슨 말을 해줘야 할지 고민하는 것 같고, 히나미는 내 실력이 많이 떨어졌다는 사실 자체에 경악하고 있겠지.

"이상하네…… 라고 하는 건 좀 아닌 것 같지만, nanashi 군 말이야, 온라인에서는 항상 승률을 계속 높여가는 플레이어였지?"

"뭐, 그렇죠."

그리고 아시가루 씨는 냉정한 눈으로 날 보면서, 품평하는 것처럼.

"학업 때문에 바빠? 아니면 뭔가…… 연습시간을 줄인 이유라도?"

그 말을 듣고 나는 순간적으로 두근, 하고 심장이 뛰었다.

"그러니까…… 사실은, 연습시간을 줄인 엄청나게 큰 이유가, 하나 있기는 한데요."

나는 최근의 내 플레이를 떠올리면서 말했다.

사실은 히나미한테도 말을 안 했지만, 최근에 나는 어패를 대하는 방식을 아주 조금 바꿨다.

오늘의 실력 저하는 틀림없이, 그것 때문이겠지.

아시가루 씨는 표정 하나 달라지지 않은 채로 잠시 생각하더니, 마침내 알겠다는 것처럼 입을 열었다.

"혹시…… 여자 친구라도 생겼어?"

노골적으로 물어봐서, 깜짝 놀랐다.

설마 처음부터 그걸 물어볼 줄이야.

"아, 그게…… 뭐 사실은, 생기기는 했는데요……."

"정말? 반쯤 농담으로 물어본 건데."

아시가루 씨는 웃으면서도, 평범한 톤으로 말했다. 나는 농담으로 쓴 글에 혼자서 진지한 댓글이라도 단 것처럼 창피하다는 기분을 맛보면서도, 계속해서 말했다.

"사실은 최근에 생겼거든요……."

"그래? 그래서 연습시간이 줄어들었나?"

약간 놀리는 것처럼, 그러면서도 핵심을 찌르는 것처럼, 아시가루 씨가 말했다.

하지만 나는 그 말에—— 고개를 가로저었다.

"아뇨, 그건 아니고요."

말하면서, 컨트롤러를 쥐었다.

"아니라고?"

"이유는, 이쪽에 있어요."

그렇다. 왜냐하면 그건 실제로, 상관이 없으니까.

"그러니까, 몇 번 더, 대전해주실 수 있을까요?"

"괜찮긴 한데…… 내 질문에 답은?"

"그건 말이죠……."

말꼬리를 흐리면서, 나는 컨트롤러를 조작했다.

캐릭터 선택 화면. 장갑 모양 아이콘이 화면 안에서 움직이고, 파운드에 놓여 있던 내 마크를 회수했다. ──그리고.

"아마도, 이게 그 답이 될 것 같아요."

내가 버튼을 누른 순간.

모니터에 연결된 싸구려 스피커에서 '잭!'이라는 낮은 목소리가 울렸다. 내 사용 캐릭터 칸에, 얼굴에 가면 같은 것을 뒤집어쓴 인간형 파이터의 그래픽과 'JACK'이라는 이름이 표시됐다.

"설마…… 캐릭터를 바꿨다는, 거야?"

"예."

내가 자신만만하게 고개를 끄덕였더니, 아시가루 씨가 놀랐다는 것처럼 웃었다.

"그건, 서브 캐릭터로?"

"아뇨, 아직은 시험 단계지만, 나중에는 메인으로 쓰려고 해요."

"……."

그 순간, 히나미가 살짝 놀란 게 느껴졌다.

신경이 쓰여서 슬쩍 뒤를 봤더니, 히나미는 웬일로 깜짝 놀란 표정을 지으면서 날 보고 있었다. 뭐, 그렇겠지. 지금까지 나와 히나미는 계속 같은 캐릭터를 써왔으니까, 그 숙련도와 거기에 들인 시간도 잘 알고 있겠지.

이 타이밍에서 메인 캐릭터를 바꾸는 건, 보통은 있을 수 없는 선택이다.

반대로 레나는 무표정한 얼굴로 이쪽을 보고 있어서, 무슨 생각을 하는 건지 읽을 수가 없었다. 여러모로 깊이 생각하고 있을 가능성도 있고, 별로 상관없는 다른 일을 생각하고 있을 가능성도 있다.

"음~ 역시 nanashi 군은, 머릿속 나사가 몇 개 날아간 것 같네."

다시 옆을 봤더니, 아시가루 씨가 날 보면서 천천히 고개를 저었다.

"그런가요. 하지만…… 저 나름대로 생각이 있거든요."

내가 대답했더니 아시가루 씨가 빙긋 웃었다.

"그렇구나. 뭐, 어떤 생각인지는 모르겠지만, 최종적인 이유는 알겠네."

"……그런가요?"

그리고 아시가루 씨는 빙긋 웃으면서 고개를 끄덕이고, 진지한 표정으로.

"그냥 단순하게── 그쪽이 강해질 것 같다고 생각했겠지."

심플한 말에, 나는 호전적으로 고개를 끄덕였다.
"예. 아직 많이 써본 캐릭터가 아니니까, 살살 부탁드릴
게요."
"나야말로, 도움이 되면 좋겠네."
그렇게 해서 나는 새로운 캐릭터 잭을 사용해서, 아시가
루 씨와 대전을 시작했다──.

  * * *

──그리고, 몇 시간 뒤.
해가 저물고, 아직 18시밖에 안 됐는데 창밖이 어두워
졌다.
아시가루 씨와의 대전을 마치고, 다른 멤버들과도 몇 번
이나 대전하고, 모임도 종반.
나와 히나미는 TV에 등을 돌린 채 식탁에 나란히 앉아
서 쉬고 있었다.
히나미는 작은 페트병에 든 레몬 티를 한 손에 든 채로
아무런 말이 없다. 뒤쪽에서는 아시가루 씨의 리저드가 레
나의 주 캐릭터 빅토리아를 날려버리는 소리가 들려왔다.
히나미는 레몬 티를 한 모금 마신 뒤에 뚜껑을 닫고, 멍

하니 페트병을 쳐다봤다.

"……그만뒀구나, 파운드."

Aoi가 아닌 히나미로서의 말투── 아니, 어쩌면 NO NAME이려나. 감정을 억누른 것 같은 목소리는 평소보다 힘이 없는 것처럼 들렸는데, 그건 이 이야기가 TV 앞에 있는 사람들에게 안 들리게 하려고 그러는 것 같았다.

"그래."

"기껏 슬슬 따라잡을 것 같다고 생각했는데…… 정말 귀찮은 인간이라니까, nanashi는."

난처하다는 것 같은 목소리는, 기분 탓인지 평소보다 가늘게 느껴졌다. 내가 캐릭터를 바꿨을 뿐인데, 마치 그것보다 소중한 무언가를 잃어버렸다는 것 같다는.

그리고 나는, 그 이유를 알고 싶다고 생각했다.

"그렇게 거창하게 생각할 일이야?"

"……어째서, 이 타이밍에서 바꾼 거야?"

또 보기 드물게, 내 행동의 이유를 묻는 히나미. 여전히, 시선은 다른 곳을 보고 있다.

"뭐, 여러 가지 이유가 있기는 하지만…… 파운드는 경우의 수가 너무 많아서, 실력이 비슷한 상대하고는 안정적으로 싸우기 힘들다고 생각한 게 하나. 너하고 싸울 때는 수읽기가 잘 돼서 몰랐었는데, 아마도 지금 스타일대로 플레이하면, 앞으로 중요한 대회에서 운 때문에 지는 일도 생길 것 같다고 생각했어."

"중요한 대회…… 말이지."

히나미는 조용히 중얼거리고, 페트병을 테이블 위에 내려놓았다. 시선은 여전히, 페트병만 보고 있다.

"진심, 이라는 거구나. 프로 게이머가 된다는 데."

"물론이지. 진심이야."

나는 바로 긍정했다. 일단 정한 일은 쉽게 취소하지 않는다.

"그래서 너 말고 다른 사람한테도, 안정적으로 이길 수 있게 돼야겠다고, 그렇게 생각했어."

"그렇구나…… 나한테는 쉽게 이길 수 있다는 것 같아서 기분 나쁘지만."

"네 선택지는, 나랑 비슷해서 알기 쉽거든."

내가 놀리는 것처럼 말했더니, 히나미는 페트병을 보던 눈을 돌려서 날 노려봤다.

"쓸데없는 소리는 하지 마."

하지만 그 시선은 바로 다른 곳으로 돌아갔고, 이번에는 TV 쪽으로 향했다.

"더 강해질 생각이구나, nanashi는."

"뭐, 지금은 일시적으로 실력이 떨어졌지만 말이야."

사실── 아까 아시가루 씨와의 시합은, 0승 7패로 끝났다.

뭐, 솔직히 말해서 참패라고 해야겠지.

"그러게. ……그런데, 분명히 파운드로 싸우던 때보다, 플레이가 안정돼 있었어."

"그렇지? 전부 지기는 했지만, 항상 1 스톡 정도 차이로······ 이대로 플레이를 다듬어가면, 그만큼 결과가 나올 것 같다는 생각이 들어."

나는 성과를 느끼면서 말했다. 많이 졌다고 해서 퇴화했다는 건 아니다. 오히려 강해지기 위해서 일시적으로 뭔가를 잃어버려야 한다는 건, 승부의 세계에서는 흔히 있는 일이다.

"······솔직히, 지금 싸우면 너한테 질지도 몰라."

"변화하는 중인 nanashi한테 이겨봤자, 아무 의미도 없어."

"하하하. 그것도 그런가."

진심으로 동의하면서, 말했다.

"그래서 너, 오늘은 나하고 대전을 안 했구나."

그건 틀림없이, 지는 걸 싫어하는 사람으로서의 긍지── 아니, 어쩌면 NO NAME으로서의, nanashi에 대한 리스펙트인지도 모른다.

"너 말이야······ 어째서 그렇게까지 나한테······ 아니, nsnashi한테 집착하는 건데?"

내가 최대한 목소리 톤이 달라지지 않게 노력하면서 정말로 알고 싶었던 일에 관해 물었더니, 히나미는 입술을 벌렸고── 잠시 아무 말도 안 하더니, 다시 다물어버렸다.

마침내 히나미는 하아, 하고 한숨을 쉬고는 다시 입을 열었다.

"너와는, 상관없는 일이잖아."

"아니, 있는데. 내가 nanashi 본인이잖아."

그래도 히나미는 거절하는 기색이 담긴 목소리로.

"그래도, 상관없어."

그리고 휙, 하고 고개를 돌려버렸다.

"내가 어떻게 생각하는지는, 너하고 상관없는 일이야."

"……그러냐."

그건 히나미답게 일축하는 말이었지만, 내가 파고들겠다고 각오한 만큼 마음에 상처를 받았다는 걸 알 수 있었다. 그래도 나는 이 녀석에게 관여하고 싶다고 생각했다.

"하아. 알았으니까, 빨리 원래 실력이나 되찾으라고."

"흥, 실력을 되찾으라고? 그건 안 되겠는데."

"……무슨 뜻이야?"

히나미는 뚱한 표정으로 말했다. 그래서 나는, nanashi로서의 진심을 전하기로 했다.

"되찾는 게 아니라, 나는 한시라도 빨리, 원래 실력을 크게 **뛰어넘을 거야.**"

자신만만하게 말했더니 히나미는 그제야 안심했다는 것처럼, 기대하는 것처럼 웃었다.

"그럼 됐어. ……열심히 해서 나한테 추월당하지나 말라고."

그것은 어딘가, 도발하는 말 속에 부탁하는 마음이 담긴 것 같은 톤이었고.

평소에는 보여주지 않는 표정이 섞여 있는 것처럼 보이

는 히나미. 이런 이야기를 할 때만은, 왠지 이 녀석의 진심을 건드리는 것 같은 기분이 들어서. 아마도 그게, 내가 듣고 싶은 말의 일부인 것 같아서.

이 녀석의 가면을 벗은 맨얼굴을 찾아내기 위해서라도, 나는 앞으로도 히나미와 같이 이 대전 모임에 참가하고 싶다고 생각했다. 그게 틀림없이, 내가 '목표'를 달성하기 위한 지름길이니까.

생각하면서 나는, 오늘 있었던 히나미의 시합을 생각했다.

"그런데, 분명히 너…… 아주 강해졌더라."

히나미는 자랑스레 흐흥, 하고 콧방귀를 뀌었다.

"그렇지?"

"혹시 연습 방법이라도 바꿨어?"

그랬더니 마치 밤새웠다는 걸 자랑하는 어린애처럼, 이런 말을 했다.

"아침 회의가 없어진 만큼, 어패 연습시간을 늘렸지."

"하하하!"

나도 모르게 소리 내서 웃고 말았다.

분명히 지금까지 회의하는 데 썼던 아침 시간이 남기는 했지만, 그걸 그렇게 활용하고 있었더니.

"……웃기는 말은 안 한 것 같은데."

"큭큭…… 그래 맞아, 웃기는 말은 안 했지, 그랬는데…… 하하하."

내가 주의를 무시하고 웃고 있는데, 갑자기 어깨 쪽에

충격이 울렸다.

"아야?!"

엄청 아플 정도로, 어깨를 제대로 맞았다. 이거 주먹으로 때렸잖아. 게다가 얼마 전에 미미미 촙을 맞았던 자리에 또 맞았더니, 대미지가 쌓이기라도 한 건지 더 아프게 느껴졌다. 히나미는 미안하다는 기색도 없이, 주먹을 내 어깨에 댄 채로 뚱하게 앞만 보고 있다.

"웃기는 말은, 안 한 것 같은데."

"그, 그래, 미안해."

똑같은 말을 되풀이하는 히나미. 너무 아파서 웃는 걸 중단해버린 나는, 얌전히 히나미의 말을 받아들이는 수밖에 없었다.

"……너, 정말로 어패를 좋아하는구나."

어딘가 부자연스러울 정도로 빠져 있고. 그러면서도 나와 이 녀석을 이어주는, 무엇보다 강한 연결 고리고.

히나미는 내 어깨에 닿아 있는 주먹에서 힘을 풀고, 그 손을 자기 무릎에 올려놨다.

"……난, 네 플레이를 모방해서, 실력을 키워왔어."

여전히 복잡한 표정인 채로, 입술을 살짝 벌리고 있다.

"하나하나 분석해서, 똑같이 연습해서, 할 수 있는 걸 늘려가며."

"그건, 내가 제일 잘 알지. 다른 누구보다."

히나미는 아주 조금 쓸쓸한 미소를 짓고, 평소보다 어린애 같은 말투로.

"……캐릭터를 바꾸면, 내가 엄청 곤란하거든."

약한 소리를 하는 것 같은, 어딘가 삐친 것 같은 목소리는, 역시나 히나미치고는, 보기 드문 것이었고.

"…뭐, 그건 참아봐."

대응하기 곤란해하면서 그렇게 말했다.

분명히 히나미는 내 파운드를 흉내 내서 이 정도까지 강해졌다. 그러니까, 내가 파운드를 그만두면, 히나미의 실력은 그 단계의 내 실력에서 멈추겠지. 정확히 말하자면, 그 단계에서의 나한테서 쓸데없는 움직임을 덜어내고, 조작 정밀도를 조금 높인 레벨, 이겠지만.

하지만.

그렇다고 해서, 이렇게까지 태도가 이상해질 수 있는 걸까.

"그러면 너도 잭을 쓰면 되잖아. 잭, 정말 좋거든~."

내가 제안했더니, 히나미는 보란 듯이 한숨을 쉬었다.

"……저기 말이야, 아쉽게도 난 캐릭터를 처음부터 새로 키워서 완성할 만큼의 실력이 없어서, 그건 무리야. ……그나저나 너야말로, 여자 친구도 생기고 대학 입시도 있는데, 그럴 시간이 있어?"

"글쎄. 시간은 없어도 자신은 있어."

"……아, 그래."

후, 하고 한숨을 쉬는 히나미를 보며, 나는 의기양양하게 웃었다. 평소에는 히나미가 주도권을 쥐고 있지만, 어패에 관한 이야기라면 어느 각도에서 덤벼도 확실하게 반격할 수 있다.

마침내, 히나미는 어째선지, 뭔가를 포기한 것처럼 한숨을 쉬었다.

"인생 공략은 쉬고, 메인 캐릭터도 바꾸고…… 이젠, 나랑 있을 의미가 없는지도 모르겠네."

"뭐야, 그게?"

히나미답지 않게 비굴한 소리를 하고 있다.

"난 아직 너한테서 인생에 대해 배울 게 있다고 생각하고, 너한테 인생을 즐기는 방법을 가르쳐준다는 중요한 미션이 남아 있어. 너랑 있을 의미가 없다니, 말도 안 돼."

나는 당당하게 말했지만, 히나미는 표정 하나 바뀌지 않고 의심하는 것처럼 이쪽을 보고 있었다.

"인생을 즐기는 방법…… 말이지."

"그래."

"……그게, 나한테 구원이 될 거라고 생각하는 거야?"

그건 또 뭔가 의미심장한 말이었지만, 나는 그 말에 고개를 끄덕여서 대답했다.

"그래. 그게 내가 하고 싶은 말이야."

내가 딱 잘라서 말했더니, 히나미는 하아, 하고 한숨을 쉬었다.

"그래, 그럼, 알아서 하든지."

"알았어, 그렇게 할게."

그리고 다시 한번 의기양양하게 웃었더니, 히나미도 포기한 건지 피곤하다는 것처럼 웃었다.

* * *

그리고 몇 분 뒤.

"……그나저나 nanashi 군, 여자 친구 생겼다고?"

"으…… 역시 그 얘기로 가나요?"

아시가루 씨의 그 한 마디에, 아까 내가 슬쩍 말해버린 내 사생활 얘기 쪽으로 화제가 옮겨가 버리고 말았다.

"엄청 궁금하다~."

소파 쪽에서 다가와서, 은근슬쩍 히나미와 반대쪽으로 내 옆자리에 앉아 있는 레나가 말했다. 뭐랄까, 가까이 다가오면 꼭 그 냄새가 뇌까지 전해지면서 자꾸 그 사진을 생각나게 하니까 제발 하지 말아줬으면 좋겠다. 그 사진은 대체 뭐냐고, 내 뇌를 옭매는 저주 같은 건가.

"사귄 지 얼마나 됐어?"

레나가 재미있다는 것처럼 말했다.

"그러니까, 두 달쯤 됐나."

"두 달이라. 재미있을 때네."

"아하하, 뭐 그렇지……."

그렇게, 약간 모호하게 대답하면서 생각했다. 왜냐하면 키쿠치 양 문제는 아직, 일단 응급처치만 해놓은 것 같은 상태에 가깝기 때문이다. 게다가 특별한 무언가를 잃어버리려 하는 것 같기도 해서. 아직 해결 방법을 모색하는 중이니까.

다른 사람들한테 말할 내용은 아닌가, 라는 생각도 잠깐 들었지만, 여기서 자세한 내용을 감추는 것보다는 어른들의 의견을 들어두는 쪽이 미래를 위해서 도움이 되겠지. 아시가루 씨는 그런 분석적인 사고방식과 지성이 느껴지는 어른이고, 레나도 평소에는 여러모로 귀찮지만, 아무리 봐도 경험이 너무 풍부한 어른 여성이다.

그렇게 생각해보면 지금까지 내 얘기를 듣고 상담해줬던 사람들은, 분명히 리얼충이기는 해도 전부 고등학생들이니까.

"그게 말이죠, 사실은 서로 조금 엇갈렸다고 할까, 그런 문제가 있는데……."

"헤에~."

레나는 느릿하고 어른스러운 목소리로 말했다. 왠지 대놓고 말은 안 했지만 '그럼 나랑 하든지?' 같은 유혹이 느껴지는데, 그건 내가 너무 깊이 생각한 탓일까. 저주가 내 생각을 조작하고 있다.

그랬더니 아시가루 씨도 의외로 신이 난 것 같은 표정으로 말했다.

"이거 재미있겠는데. 좋았어, 가서 술 좀 사 올까."

"뭐예요, 왜 즐기려고 하는 건데요."

"이런 얘기는 역시 술안주로 딱 좋거든. 아, 물론 Aoi 양이랑 nanashi 군은 소프트드링크야."

"나머지는 다 같이 마시는 건가요…."

"물론이지♡"

레나는 술 너무 좋아~♡ 라는 느낌으로 생글생글 웃고 있다.

"아, 죄송합니다, 저희는 이따가 방송이 있어서……."

그렇게 말한 사람은 해리 씨고, 맥스 씨도 고개를 끄덕이고 있다.

"아, 괜찮아. 그럴 땐 일을 먼저 생각해야지. 그럼 남은 사람들끼리만 마실까."

"고맙습니다~!"

나는 그런 이야기를 들으면서, 인터넷 방송을 일이라고 말하는 그 세 사람이 멋지다고 생각했다.

아시가루 씨가 일어났고, 그리고는 구호라도 외치는 것처럼 이렇게 말했다.

"좋았어, 그럼 nanashi 군의 사랑 고민을 안주로 마셔보자고."

"와~♡"

"다음엔 저희도 꼭!"

"또 하자고~! 아, 여자들을 보내는 건 좀 그러니까, 제가 같이 가드릴게요!"

아시가루 씨의 호령에 레나가 신나게 소리를 질렀고, 해리 씨와 맥스 씨는 밝은 목소리로 말하면서 나갈 준비를 하고 있다. 안줏거리가 되는 처지인 나는 약간 복잡한 기분이지만, 어째선지 히나미도 뭔가 생각에 잠긴 것 같은 표정으로 입을 다물고 있다. 히나미, 혹시 넌 내 편을 들어 주려는 거야?

"……아시가루 씨."

마침내 히나미가 진지한 표정으로 고개를 들고, 아시가루 씨는 보면서 빙긋 웃었다.

"──안줏거리, 사랑 고민만 가지고 충분하겠어요? nanashi 군의 창피한 얘기라면 얼마든지 있는데."

"그럴 줄 알았어, 내 편을 들어줄 리가 없지!!"

그런 이야기를 한 뒤인데도, 역시 히나미는 나보다 몇 수 위였다.

* * *

그리고 몇 분 뒤.

나는 거실에 있는 문을 통해서 베란다로 나와서는, 이미 미지근해진 페트병에 들어 있는 물을 마시면서, 이타바시 시내의 모습을 바라봤다. 베란다에는 천을 씌운 간이 의자가 몇 개 놓여 있는데, 나는 근처에 있던 직사각형 모양의 긴 의자에 앉아서 멍하니 하늘을 바라봤다.

완전히 캄캄해졌고, 역 반대쪽에 있는 주택가에는 네온

사인 불빛도 거의 보이지 않는다. 아시가루 씨는 이제 돌아가야 하는 두 사람과 같이 나갔기 때문에, 방에는 나와 히나미, 레나만 남아 있다. 그 상황이 왠지 어색해서, 나는 베란다로 나왔다.

나는 주머니에서 휴대전화를 꺼냈고, LINE 앱을 실행했다. 키쿠치 양과의 대화방을 열고, 대전 모임에 가기 전에 내가 『끝나면 연락할게』라는 메시지를 보냈고, 거기에 키쿠치 양이 『기다릴게요』라고 대답한 데서 대화가 끝나 있었다.

키쿠치 양과의 대화방에서 대화 리스트로 돌아왔더니, 갑자기 레나의 프로필 아이콘이 눈에 들어왔다. 오늘 아침에 보내온 사진도 그랬지만, 레나는 평소에 사용하는 프로필 사진도 신체 라인을 강조한 것들이 많다.

어두운 베란다. 그것은 뭔가 비밀스러운 분위기고, 주위에는 아무도 없다.

"아, 후미야 군~."

순간. 거기서 내 귀에 들려온 것은 또, 캐러멜처럼 달콤한 목소리. 드르륵 소리와 함께 문이 열리고, 레나가 베란다로 나왔다. 나는 급하게 LINE을 닫고, 아무렇지도 않은 척 레나 쪽을 봤다.

하지만, 타이밍이 너무 안 좋았다. 지금 레나가 말을 걸어오기 직전까지 프로필 아이콘이라고는 해도 레나의 사진을 보고 있었기 때문에—— 그리고, 눈앞으로 다가오는 그 온몸이, 어쩔 수 없이 눈에 들어오고 있다.

날씬하게 뻗은 하얗고 육감적인 다리와 강조된 신체 곡선이 내 이성과 별개인 부분을 자극한다. 머리로는 그걸 무서워하고 있는데도 시선은 빨려 들어갔고, 몇 번이나 닿은 적이 있었던 몸은 그 간질간질한 것 같은 감각을 기대하게 된다. 한 걸음 다가올 때마다 니트 사이로 오른쪽 다리와 왼쪽 다리의 허벅지 안쪽이 번갈아 가며 슬쩍슬쩍 보였는데, 그게 마치 최면술사가 사용하는 진자처럼 내 판단력을 빼앗아갔다.

"저기, 히……… Aoi는?"

"아~ 나한테 같이 어패 하자고 했는데, 지금은 그럴 기분이 아니라고 했더니 혼자 온라인으로 하고 있어."

"그 자식……."

창문 너머로 안쪽을 봤더니, 히나미의 뒷모습과 지금 막 대전이 시작된 화면이 보였다. 저 녀석, 대전 모임에서는 어패 사랑을 숨기길 않으니까. 그렇다면 최소한 몇 분 동안, 히나미는 이쪽으로 오지 않겠지.

내 사고가 지연되는 게 느껴진다. 레나가 가까이 오기 전에 일어날 수도 있었지만, 시선이 빨려드는 걸 느끼면서 간신히 대답했을 때는 이미, 레나가 내 근처까지 와 있었다.

조금 전까지와 다른, 지금은 어두운 베란다에서, 단둘이.

"영차."

그리고, 레나는 내 바로 옆에 앉았다. 그 순간에 살며시 피어오르는 달콤하고 음탕한 냄새가 내 이성을 뛰어넘어서 본능을 직접 휘저어대자, 안 그래도 느려져 있던 사고가 흐트러져 갔다. 레나가 허리를 틀면서 나한테 몸을 가까이 들이대니까 내 왼쪽 무릎에 레나의 오른쪽 무릎이 부딪쳤고, 그 체온이 스멀스멀, 내 안에 있는 무언가를 녹여버렸다. 제발 하지 마.

"오늘도 정말 재미있었지."

응석 부리는 것처럼, 유혹하는 것처럼.

목소리, 향기, 신체, 체온. 그저 거기에 존재하는 것뿐인데 미각을 제외한 모든 감각을 통해서 서서히 침식되는 것 같은 감각에, 등골이 오싹하는 기분이 들었다. 그 떨림은 포식당한다는 공포 때문일까, 아니면 다른 무언가 때문일까.

"그, 그러게."

말하면서도, 나는 레나의 얼굴을 보지도 못한 채 시선을 톡, 하고 닿은 무릎 쪽으로 보내고 말았다. 그랬더니 그 시야에, 레나의 하얗고 요염한 다리가 들어오고 말았다. 거기에 있는 것은 본능을 자극하는 곡선이었다.

"……"

시야 한쪽에 그 위쪽이 들어온다. 거기에는 몸에 딱 밀착된 검은색과 보라색 니트 밑으로 나온 두 개의 생생한 다리가 있었다. 바로 옆에서 그걸 보고 있으니까, 그 부드러워 보이는 살의 질감까지 내 머릿속으로 날아 들어왔다.

이대로 있으면 머리와 몸이 돌이킬 수 없을 정도로 뜨거워질 것 같다. 그래서 나는 황급히 눈을 돌리고, 무슨 말이든 해야겠다는 생각을 하면서 레나 쪽을 봤다.

그랬더니, 내 얼굴을 빤히 쳐다보고 있는 레나의 얼굴이 거기에 있었다. 나와 눈이 마주친 순간, 레나는 야하게, 날 지배하려는 것처럼 웃었다.

그리고, 불이 붙어버린 내 충동을 훤히 들여다봤다는 것처럼, 이런 말을 했다.

"저기, 후미야 군. 지금 봤지?"

그 목소리는 날 받아들이고, 오히려 즐기고 있는 것 같은 목소리였고. 보고 있었다는 게 들켰다는 죄악감과 그것을 긍정해주는 것 같은 달콤한 공기 때문에, 윤리관이 무너져갔다.

"아, 아니……."

나는 어떻게든 저항해보려고 목소리를 냈지만, 초조함과 열기가 머리를 지배하고 있는 탓에 변명이 나오질 않는다.

"그러니까, 봤잖아?"

그리고 레나의 가늘고 하얀 손가락이 천천히, 내 시선을 유도하는 것처럼, 무릎에서 자기 허벅지 쪽으로 이동했고──.

"여기."

니트 자락을, 살짝 들어 올렸다.

"뭐, 뭐어……?!"

너무나 뜬금없는 행동. 하지만 그 손끝에서 펼쳐진 틈새에서, 조금 전까지 감춰져 있던 부분의 하얀 피부까지

내 눈앞에 드러났다. 날 현혹하는 것 같은 허벅지 안쪽의
곡선은 깊숙한 곳까지 이어졌고, 그 너머는 어두운 공간
이었다.

레나는 내가 당황해서 시선을 돌리기 전에 니트 옷자락
을 원래대로 되돌렸고, 몸도 마음도 완전히 정지해버린 날
보면서 "후미야 군 엉큼해~"라고, 기분 좋게 말했다. 나는
어떻게든 받아치는 걸 포기하고, 그저 앞만 보고 있는 수
밖에 없었다. 그런 날 보고, 레나가 요염하게 피식 웃었다.

"저기, 내 얘기 좀 들어볼래?"

그리고 레나는 완전히 풀어진 시선으로 날 보면서,

"내가 사진, 보냈잖아?"

그리고 그대로, 니트가 강조해주고 있는 가슴 언저리를
손가락으로 가리켰다.

"——나 지금, 그거 입고 있거든."

"!"

그 단 한 마디에, 내 머릿속으로 영상이 흘러들어왔다.
그것은 사진에서 본 광경이 아니라 지금 내 눈앞에서 요염
하고 웃고 있는, 꿀처럼 달콤한 냄새와 체온으로 날 감싸
주고 있는 현실의 레나의 모습이었다.

"으……."

맥박이 이상할 정도로 빨라지고, 혈액이 세차게 흐른다.

이성을 밀어내버리려는 것 같은 그 맥박은, 비일상 그 자체였다.

레나는 몸을 나한테 가까이 기댄 채로 입술을 내 귓가로 가져다 댔고, 마치 간질이려는 것처럼, 뇌를 녹여버리려는 것처럼,

"끝나고, 나랑 같이 갈래? 우리 집, 이 근처거든."

그 구체적인 한 마디는, 노골적인 유혹의 말이었고.

여기서 곤혹스러워하면, 레나의 생각에 넘어가게 된다.

"——."

그래서 나는 그런 생각을 뿌리치고, 레나를 똑바로 바라봤다.

"미안. 나, 여자 친구 있어."

확실하게 거절한다는 뜻을 담아서 말했더니 레나는 도전적으로 웃고서 날름, 입술을 적셨다.

"흐응……."

그리고—— 그 손을 살며시, 내 무릎 위에 얹었다.

"그렇구나……."

"——뭐야!"

레나는 그 손가락을 스스슥, 하고 위쪽으로 옮겨갔다. 비일상에 빠져버린 몸에, 아까 닿았을 때와 비교도 안 될 정도의 전기가 흘렀다. 무릎에서 허벅지로, 허벅지에서 그

안쪽으로——.

엄청난 위기감을 느낀 내가 일어나서 레나한테서 떨어지려고 했더니, 그 직전에 갑자기 레나의 손가락이 간단히, 나한테서 떨어졌다. 그것 때문에 놀라서, 내 발이 움직이지 않았다.

레나는 놀리는 것처럼 피식 웃고는, 몸을 나한테 더 밀착시키고, 다시 한번, 귀에 입술을 가져다 댔다.

"혹시, 기대했어?"

캐러멜처럼 달콤한 교성, 어깨에서 전해지는 체온, 살포시 풍겨오는 꿀 같은 향기. 레나의 매끄러운 머리카락이 내 목을 어루만지자, 몸에 오싹하고 전기가 흘렀다.

"기, 기대라니……."

"그래도…… 여자 친구랑은 아직, 안 했지?"

그 말은 내 사고를 어지럽혔고, 말을 할 때마다 내 귀를 간질이는 숨결은 온몸을 떨리게 했다.

"그럼 됐네. 어때, 즐겨볼까?"

그렇게 말하면서, 레나는 내 이성을 녹여버리려는 것처럼 다시 한번 무릎부터 허벅지를 향해, 손가락으로 더듬었다. 닿을까 말까 하는 애간장을 태우는 것 같은 손놀림에, 내 몸에 흐르는 전기가 점점 더 세져만 간다.

틀렸다, 이 이상은 위험해. 그래서 나는 휩쓸려 버릴 것만 같은 내 모든 것을 이성으로 억누르고, 레나의 손목을 꽉 붙잡아서는 내 몸에서 떼어냈다.

"그러니까, 안 된다고."

내가 말했더니 레나는 재미없다는 것처럼 눈썹을 치켜들었다.

"……그렇구나."

그리고 나는 의자에서 일어나서는 아까처럼 한번 더, 멀리 떨어졌다. 방심하면 아까처럼 어느샌가 다가오니까, 정신을 바짝 차려야겠다.

하지만 레나는 여유 있는 미소를 지은 채, 황홀하게 웃으면서 날 쳐다봤다.

"그럼 이젠, 안 해준다?"

그리고는 갑자기 흥미를 잃었다는 것처럼, 거실 쪽으로 걸어가 버렸다. 내가 거부했는데도 어째선지 거부당한 것 같은 기분이 드는 게, 영문을 알 수가 없어서 머릿속이 혼란스럽다.

"뭐, 뭐냐고……."

어른들은 전부 저런 걸까. 아냐, 그럴 리가 없겠지. 그나저나 내 이 빙글빙글 소용돌이치는 감정은 대체 어떻게 해야 하지?

"아~ 진짜!"

저기, 요즘 뭔가 특이하다는 얘기 같은 걸 많이 듣고 있지만, 아무리 생각해도 나, 그냥 보통 남자애 같은데 말이야?

* * *

몇십 분 뒤.

아시가루 씨와 다른 두 사람이 근처 슈퍼에서 장을 봐온 뒤에, 해리 씨와 맥스 씨를 제외한 네 명이 파티를 시작한 지 몇 분이 지났다.

우리는 소파 앞에 있는 테이블 주위에 모여서 바닥에 앉아 있고, 술과 음료수를 마시면서 이야기를 나누고 있다. 이야깃거리는 거의 내 연애 사정이었다.

"──그런 LINE을, 레나가 보냈거든요."

내가 지금까지 키쿠치 양과의 사이에서 일어났던 일── 즉 예정이 맞지 않아서 엇갈렸다든지, 레나에 대해서 알게 됐다든지, 쓸쓸하고 불안하게 만들었다는 것들이 대해서 말했다.

"……그래서, 그걸?"

아시가루 시가 물었고, 나는 고개를 끄덕였다.

"예…… 여자 친구가, 봤어요."

내가 어떻게 된 일인지 전부 말했더니, 큰 웃음이 터져 나왔다. 뭐야 이거, 뭔가 웃기는 이야기라도 한 것 같은 분위기잖아. 아니, 나는 그냥 상담하고 싶었던 건데.

"웃을 일이 아니라고요!"

"아하하~. 후미야 군 재밌다~."

"레나는 제일 웃으면 안 되는 처지일 텐데?"

그렇게 말했더니 레나는 또 재미있다는 것처럼 "너무하

네~"라면서 웃었다. 아니, 대체 뭐가 너무하다는 건데. 그리고는 친한 척 내 어깨를 손으로 건드리고, 그 상태에서 살짝 손가락을 움직여댔는데, 그래서 그 손을 치워버렸다.

"그래도 뭐, 그건 계기 중의 하나일 뿐이고, 그것 말고도 제가 친구들이랑 놀러 다니거나, 집에 가는 역이 같다는 이유로 다른 여자애랑 중간까지 같이 가고 했던 것도, 역시 여자 친구를 불안하게 만들었고, 그것도 틀어지는 이유 중의 하나가 됐으니까…."

"그렇구나."

"헤에~. 후미야 군 인기 좋구나."

조용히 맞장구를 친 아시가루 씨와, 엉뚱한 부분에 감탄하면서 어째선지 기뻐하는 레나. 뭔가 미묘하게 오해하고 있는 것 같다는 기분도 들지만, 잘 생각해보면 여자 친구도 있고, 그러면서 다른 친구들이랑 놀고, 집에 갈 때는 같은 역에서 내리는 여자 사람 친구가 있고… 이거, 객관적으로 보면 리얼충 같은 게 아닐까. 그렇다면 인생 공략이, '형식'적으로는 잘 되고 있다는 뜻이 된다. 그 사실 자체는 가치가 없을 것 같지만.

"최근에, 쟤네 뭔가 잘 안 되는 건 아닌가 하고, 다른 애들도 얘기했었어요."

"뭐, 그랬어?"

거기서 히나미한테서 처음 듣는 정보가 나왔다. 하지만 뭐, 나도 몇 명한테 상담했었고, 키쿠치 양도 이즈미한테 상담했던 것 같으니까, 그렇게 되면 자연히 그런 얘기도 나오겠지. 아무래도 문화제 연극을 통해서 사귀게 된, 우리 반의 공인 커플이니까.

"그렇구나, 내가 불안하게 만들었구나."

그런 내 옆에서 레나가 입술에 집게손가락을 대면서 요염하게 말했다.

"그래, 그래. 그게 문제라고⋯."

"음~ 난 그렇게 생각 안 하는데?"

"응?"

레나가 갑자기 자기 의견을 주장했고, 그리고는 나한테 몸을 쭉 들이밀었다.

"불안하게 만드는 게 잘못이라니, 대체 왜? 연애는 그런 게 재미있는 건데."

짓궂게 웃고, 촉촉한 시선으로 날 쳐다보면서 말했다.

"불안이 재미있다니, 그게 무슨⋯⋯?"

뭐야 그 발상의 전환은. 너무나 피학적이라고 할까, 그러면서도 레나가 불안을 즐기면서 쾌감으로 바꿔버리는 모습은 아주 간단하게 상상할 수 있고, 엄청나게 어울릴 것 같다는 생각이 들다 보니까, 설득력이 대단하다.

"음~ 그야⋯⋯ 불안할 때는 가슴이 찡~하고 아파지고, 그러면서도 머릿속에서는 그 사람 생각만 하게 되고⋯⋯."

술을 마셔서 촉촉해진, 그러면서도 깊은 곳은 새까만 눈동자. 그것은 건드리면 아주 깊은, 끝도 없이 빠져버릴 것만 같은 검은색이다.

"하지만 그만큼 만났을 때는 기쁘고, 살짝만 닿아도 머리가 이상해질 것 같아지는 거잖아?"

"그, 그런 건가……."

마치 뭔가를 떠올리면서 흥분하고 있는 것처럼, 완전히 황홀한 표정이다.

"응. 분명히 평범하게 재미있고 안정된 연애도 좋을 수도 있겠지만… 그러면 오래 가지 못할 것 같은데 말이야."

그것은 너무나 레벨이 높은 연애 이야기라서, 처음 생긴 여자 친구 때문에 고민하는 내가 따라갈 수 있는 영역이 아니었다.

"하지만 그건, 레나만 그런 게 아닐까……."

내가 말했더니, 레나는 진지한 표정으로.

"여자라면 전부 그렇게 생각할걸?"

그 말을 듣고, 히나미가 재빨리 반응했다.

"음~ 저는 좀 아닐지도……?"

"아, 정말? 나만 그런 거야?"

그랬더니 그런 레나를, 히나미가 놀리는 것처럼,

"레나 씨, M인가요~?"

"음~ 난 둘 다 좋아♡"

"아하하, 재미있네요."

둘이서 웃으며 이야기를 나누고 있다.

그런데 어째서일까, 둘 다 생글생글 웃고 있기는 하지만 서로 진심을 드러내서 얘기하는 게 아닌 것 같다는 분위기가 느껴지는 게, 왠지 좀 무섭다. 뭔가 말 한구석에 항상 약 10% 정도 상대를 디스하는 분위기가 들어가 있다고 할까. 히나미 같은 경우에는 진심으로는 1mm도 재미있다고 생각하지 않을 텐데.

레나는 생글생글 웃으면서 빨대를 꽂은 츄하이를 마시면서, 신난다는 것처럼 말하기 시작했다. 표정도 목소리도, 완전히 풀어져 버렸다.

"Aoi, 그거 몰라? 좋아한다는 감정이랑 불안이 섞이면, 머리가 이상해져 버릴 정도로 그 사람 생각만 하고, 제어할 수 없게 돼버리거든."

"음…… 전 그런 건, 경험한 적이 없는 것 같네요~."

"감정이 논리나 상식 같은 걸 전부 부숴버리는데…… 하지만, 그렇게 해서 내가 상대한테 맞는 모양으로 바뀌어버리는 거야. 그런 부분이 연애의 묘미고, 재미있는 점이거든?"

뭐랄까, 튀어나오는 말 한마디 한마디가 칼로리가 너무 높아서, 소화하기가 힘들다. 너무 극단적인 내용이라서 그대로 받아들여도 되는 건가 싶기도 하고.

그리고 레나는, 자신의 세계에 빠져버린 것 같은 표정으로, 술 캔을 두 손으로 잡고는,

"그래서 난, 그렇게 머리가 이상해져 버리는 것도 좋아하고—— 다른 사람 머릿속을 엉망진창으로 만들어버리는

것도, 좋아해."

꿀이 뚝뚝 떨어질 것 같은 달콤한 목소리로 그렇게 말하고는 도취한 것처럼, 어딘가 잔혹하게 웃었다.

그랬더니 히나미는 아무렇지도 않은 표정으로.

"참고로 말이죠, 전 엉망으로 만드는 게 전문이에요."

"아하하, 그거 Aoi답다."

레나는 깔깔 웃었다.

"남한테 파고 들어가기는 해도 자기한테 들어오지는 못하게 하는, 그런 느낌이거든."

"아, 그 말 맞을지도 모르겠네요."

히나미가 한쪽 눈썹을 치켜세웠더니, 레나는 그 품평이라도 하는 것처럼 그 얼굴을 빤히 쳐다봤다.

"누군가가 자기를 바꿔버리는 게 싫지?"

그랬더니 히나미는 움찔, 하고 눈꺼풀이 떨렸다.

"……맞아요. 나 자신은 어디까지나, 스스로 조작하고 싶어요."

"그렇겠지."

그랬더니 레나는 히나미의 말랑한 부분에, 천천히 손을 쑤셔 넣는 것처럼.

의미를 찾아내는 것처럼, 이런 말을 했다.

"──Aoi는, 겁쟁이구나?"

그것은 강캐인 히나미한테 하는 말치고는, 조금 보기 드문 말이었고.

"겁쟁이…… 랄까, 다른 사람한테 맡기면, 그게 잘못될지도 모르잖아요."

히나미가 왠지 불편하다는 것 같으면서, 가시 돋은 건 아닌 톤으로 말했다.

"그것도 맞는 말이긴 하지? 하지만 난 그런 것까지 다 포함해서 즐기는 타입이야."

"전 잘못된 쪽으로 가고 싶지 않으니까…… 그런 부분은 사고방식이 다른 것 같네요?"

"그러게."

레나는 기분 좋게 고개를 끄덕이고, 풀어진 것 같은 눈을 가늘게 뜨면서, 훤히 들여다본다는 것처럼 입꼬리를 끌어 올렸다.

"나, Aoi를 아주 조금 알게 된 것 같네."

"아하하, 그거 다행이네요."

히나미는 부드럽게 웃었지만, 레나는 아직도 빤히, 히나미를 쳐다보고 있었다.

"응. Aoi는 은근히, 나랑 닮은 것 같아."

"어, 그런가요? 레나 씨랑 제가 닮았다고요?"

밝은 목소리로 묻는 히나미에게, 레나가 즐겁다는 것처럼 웃으면서 말했다.

"난 말이야. 누가 날 인정해줬으면 싶거든. 나한테는 가치가 있고, 날 원하는 사람이 있는 존재라고."

"아… 그런 것 같기는 하네요."

"그렇지?"

그 예민한 내면에 대해서 은근슬쩍 긍정해 버리는 게 엄청난 접근전이라는 기분이 들고 무섭지만, 아무래도 두 사람은 이런 스타일 쪽이 말하기 편한 것 같다. 나도 아시가루 씨도 그런 두 사람을 심판이라도 된 것 같의 표정으로 지켜보고 있다.

"아마도 Aoi는, 나보다 현실적이고, 욕심쟁이니까——."

말하면서, 레나는 갑자기 손을 뻗더니, 그 가느다란 손가락으로 히나미의 뺨을 만졌다.

"누가, 정도만 가지고는 만족 못 하겠지."

그것은 어딘가 관능적인 톤의 목소리고. 하지만, 말하는 내용 자체는 나한테도 흥미로운 것이고.

"……그러게요. 누가 좋다고 해주니까, 그걸로 자기 자신도 만족한다는 건, 그냥 의존이잖아요."

그랬더니 레나는 납득했다는 것처럼 웃었다.

"그렇지? 역시나."

그리고 레나는 넋을 잃고 쳐다봐야 할 것처럼 손가락을 움직여서는, 천천히, 히나미의 어깨를 건드렸다.

"나—— 그렇게 나랑 닮은 텅 빈 여자애, 좋아하거든?"

고혹적으로 끌어 올린 입가, 차분한 시선. 거기에는 역시나, 위험한 향기가 감돌고 있었고.

히나미도 그것과 똑같거나 그 이상의 여유 있는 미소로
받아치면서,

"고맙습니다. 저도 그런 제가, 싫지는 않아요."

가면을 연기하는 것처럼, 갑옷을 두르는 것처럼, 감정이
없는 말을 늘어놨다.

그랬더니 거기서, 주심인 아시가루 씨가 흐음, 하고. 턱
에 손을 대면서 끼어들었다.

"분명히 Aoi 양은…… 뭐랄까, 엄청나게 정확하고 군더
더기가 없지."

"예?"

그 말을 들은 히나미가 고개를 갸웃거렸다.

"아, Aoi 양 플레이 스타일 얘기야."

"그러니까, 아, 어패 얘긴가요? ……그런 얘기를 자주
듣기는 하는데, 왜 지금 그 얘기를 하시는 거죠?"

히나미가 당혹스러워하면서 물었더니, 아시가루 씨는
당연하다는 것처럼.

"왜냐하면 어패 플레이 스타일에는, 그 사람의 인생과도
공통점이 있거든."

"아…… 뭐, 그렇긴 하겠죠…."

아시가루 씨가 너무나 당연하다는 것처럼 말하니까, 히
나미는 곤란해하고 있다.

"아시가루 씨. 저는 그 기분, 정말 잘 알아요."

"역시 뭘 좀 아네, nanashi 군."

나는 아시가루 씨와 뜨거운 시선을 주고받았다.

"Aoi…… 뭐야 이 둘은."

"글쎄요……."

어라, 조금 전까지는 히나미랑 레나가 빠직빠직 불꽃을 튀겼던 것 같은데, 지금은 완전히 남자 대 여자 같은 분위기네.

그런 생각을 하면서도, 나는 아시가루 씨의 말을 흥미롭게 듣고 있었다. 단순히 아시가루 씨가 본 Aoi —— 나아가서는 히나미 아오이의 플레이 스타일이 어떤 것인지가 궁금했으니까.

"Aoi 양은, 움직임 하나하나에 군더더기가 없다고, 다른 사람들도 그런 얘기 했지?"

"아, 그런 말 많이 들어요."

"그렇겠지."

아시가루 씨의 톤이 단조로우면서도 듣기 편한 맞장구에, 히나미는 피식 웃었다.

"아까도 해리 씨가 그렇게 말했고, nanashi 군도 맨~~~~날 그래요."

"뭐, 내 플레이를 참고하는 주제에, 군더더기가 너무 없으니까……."

내가 끼어들었더니 아시가루 씨는 흠, 하고 생각하는 것처럼 말했다.

"하지만, 난 그게 좀 다르다고 생각하거든."

아시가루 씨의 말을 듣고 깜짝 놀랐다.

"어. 다른가요?"

히나미의 플레이 스타일에서 가장 특징적인 점을 찾는다면 그 부분이라고 생각했었다. 보통은 버릇 때문이거나 왠지 그렇게 흘러간다든지, 흥분해서 막 움직인다든지, 그렇게 불필요한 움직임이 나오는 법인데, 히나미 경우에는 그게 극단적으로 적다. 그것은 인생에서도 마찬가지라고 할 수 있을 정도로, 이 녀석의 '형태'처럼 여겨졌다.

"아니, 그게 틀렸다는 건 아닌데, 옳은 것도 아니라고 해야 하나."

"흐음."

나는 생각에 잠겼다. 아까 레나와 했던 얘기도 생각하면서 스스로 답을 찾아보려고 생각했지만, 이렇게 반년도 넘게 알고 지낸 사이인데도 답이 쉽게 나오지 않는 걸 보면, 꽤 어려운 문제인 것 같다. 10초 정도 고개를 갸웃거린 뒤에, 나는 포기했다.

"그게 무슨 얘기죠?"

물었더니, 아시가루 씨는 잠시 날 쳐다본 뒤에 다시 히나미 쪽을 봤다.

그 눈빛은 날카로운 것도 부드러운 것도 아닌, 그저 정보를 있는 그대로 처리하는 것 같은, 아주 평범한 상태.

"Aoi 양은 움직임에 군더더기가 없는 게 아니라—— 움직임 하나하나에, 반드시 이유가 있어."

그것은 말이라는 표현으로만 따져보면, 아까하고 큰 차이가 없는 의미인지도 모른다.

하지만 그 미묘한 차이가 내 마음속에서, 뭔가를 이해하게 했다.

"……아시가루 씨. 분명히 그거, 맞는 말 같네요."

"아하하. 그렇지."

나와 아시가루 씨는 또, 둘이서만 이해했다.

군더더기가 없는 게 아니라 반드시 이유가 있다. 그것은 어패에서만이 아니라, 이 녀석의 인생에서의 플레이 스타일도 마찬가지라는 생각이 들었다.

"음……?"

하지만 그런 나와 아시가루 씨를 보면서, 히나미는 어딘가 납득할 수 없다는 태도를 보여주고 있었다.

"어라, 뭔가 느낌이 안 오나 보네. 사실은 진지하게 생각해본 적이 없다든지?"

아시가루 씨는 아무렇지도 않은 말투로 물었다.

히나미는 그 질문 자체도 잘 이해하지 못하겠다는 것처럼, 눈만 몇 번 껌벅이면서 아시가루 씨를 보고 있다. 이게 대체 무슨 상태일까.

나는 그 반응이 왠지 신기했다. 솔직히 지금 아시가루

씨가 한 말은 너무나 평범한 질문이라고 할까, 그렇게 어려운 내용도 아닐 텐데. 그런데 어째서 이렇게까지, 질문 그 자체에 곤혹스러워하는 걸까.

"아니, 느낌이 안 온다든지…… 그런 건 아니지만……."

"응."

그리고 히나미는 고개를 갸웃거리면서 곤란하다는 말투로, 이렇게 말했다.

"솔직히…… 이유도 없이 조작하는 일이, 있기는 한가요?"

그 답에 한순간, 나와 아시가루 씨의 시간이 멈췄다.

우리가 거기서 느낀 것은, 다름 아닌 광기였다.

"──아하하하하하!"

아시가루 씨는 지금까지 들어본 적이 없는, 큰 소리로 웃었다.

"뭐, 뭐예요……."

히나미는 눈살을 찌푸리면서 곤혹스럽다는 것처럼 말했다. 히로인 모드니까 당연히 연기겠지만, 자기가 이상하다는 말을 들었으면서도 자각하지 못하는 건 아마도, 진심이기 때문이겠지.

"하하하, 너 설마, 그렇게까지 이상할 줄은 몰랐다."

"……흐~응."

"아야야."

내가 일부러 히나미를 놀리는 것처럼 그렇게 말했더니, 히나미는 아무 말도 없이 아까 때렸던 어깨를 엄지손가락으로 꾹 눌렀다. 하지 마, 그 부분에 대미지 입는 게 최근 들어 벌써 세 번째란 말이야. 누르기만 해도 아프다는 거 알면 누르지 말라고.

"뭐예요, 둘이서만 웃고. 무슨 뜻인가요."

히나미는 뚱한 얼굴로 말했다. 히로인 모드다 보니 그 뚱한 느낌도 귀엽게 보이지만, 곤혹스러워하는 건 진짜 같은 게, 왠지 꼴 좋다는 기분이다.

"아하하, 그게 말이지. 자, Aoi 양. 보통 플레이어란 말이야, 대부분의 행동을, 아니 거의 대부분의 행동을, 습관적인 세트 플레이나 무의식적인, '왠지 그냥'으로 조작하거든."

"예⋯⋯?"

히나미는 귀여운 척하는 분위기가 약간 남아 있기는 했지만, NO NAME으로서 진심으로 충격을 받았다는 게 얼핏 보였다.

"물론 위로 올라가면 갈수록 행동에 이유가 있는 플레이어들이 많아지기는 하지만⋯⋯ Aoi 양처럼 이유가 없으면 조작을 못 하겠다고까지 말하는 사람은 솔직히⋯⋯ 한 번도 본 적이 없는 것 같거든."

"저기⋯⋯ 그건, 아시가루 씨나, nanashi 군도?"

히나미의 질문에, 나와 아시가루 씨는 서로 마주 보면서 고개를 끄덕였다.

"나도 감각으로 하는 부분이 많아. 물론 수읽기 같은 건 말로 표현하고 있지만, 왠지 '이 거리는 기분 나쁜데'라든지 '왠지 지금 상대가 점프할 것 같다'든지, 그런 직감에 따라서 조작하는 때도 많아."

"맞아. 나도, 뭐 리저드니까 조금 다르기는 하지만, 세트 플레이 같은 건 습관적으로 하는 경우가 많겠지."

"그런가요……?"

히나미는 처음엔 믿을 수 없다는 분위기였지만, 서서히 현실을 받아들인 것 같다. 솔직히 현실을 받아들이기 힘든 건 오히려 난데 말이야. 그 게임 스피드에서 모든 행동에 이유를 부여하다니, 대체 머리 회전이랑 언어화 능력이 얼마나 대단한 거야.

하지만 그 '모든 행동에 이유가 있다'라는 가치관은 분명히 히나미 아오이라는 인간을 표현하는 데 있어, 더할 나위 없이 적절하다고 생각된다.

왜냐하면—— 그래.

웃는 얼굴, 목소리, 몸짓, 세밀한 부분부터 이야기하는 내용까지.

히나미의 행동에는 무시무시할 정도로 전부, 이유가 있고.

그것은 캐릭터 히나미 아오이를 조작하고 있는 플레이어 히나미 아오이의 플레이 스타일이다.

"그래서…… 아마도 Aoi 양은 연애에서도 자기가 아닌 누군가가 들어와서, 자기가 쌓아 올린 이유를 부숴버리는 걸 싫어하지 않을까, 싶거든."

"아, 거기서 하던 얘기로 돌아가는 건가요."

납득했다는 것처럼, 히나미가 웃었다.

그런 푸근한 분위기이기는 했지만, 나는 아시가루 씨의 말을 들으면서 놀라고 있었다.

왜냐하면 그건 분명히, 내가 알고 싶다고 생각하는, 히나미 아오이의 내면의 일부였다고 여겨졌으니까.

"아마도 그게 Aoi 양이 강한 이유겠지. 모든 행동에 이유가 있고, 이유를 찾지 못하면 절대로 움직이지 않으며 상황을 지켜본다. 그리고 자신이 알고 있는 상황이 됐을 때, 그 상황에서 **옳다는 걸 알고 있는** 행동을 취하고."

아시가루 씨는 술술, 그 행동 원리를 말로 표현했고, 나는 거기에 압도당했다. 그리고 아마도, 본인의 이야기를 그렇게 듣고 있는 히나미는 나보다 더 큰 압박을 느끼고 있겠지.

"아마도 이유가 없는, 옳지 않은 행동을 하는 데 저항감을 느끼겠지. 아까 레나가 말했던 것처럼 말이야."

"뭐, 모르는 건 아니지만……."

아시가루 씨의 분석에, 히나미는 어딘가 불쾌하다는 기색이 담긴 목소리를 흘렸다. 그런 와중에 나는, 아시가루 씨의 말을 듣고 놀라고 있었다.

아시가루 씨는 히나미에 대해서, 거의 어패 플레이 스타일밖에 모를 텐데.

그런데 그 말은 퍼펙트 히로인의 가면 안쪽—— 아니, 인간 히나미 아오이의 본성을 읽고 있는 것처럼 들렸다.

아시가루 씨 눈에는 이 녀석의 숨겨진 얼굴인 완벽주의자 히나미 아오이의 모습—— 아니, 애당초 온라인 전국 2위 NO NAME의 모습조차도 눈에 들어오지 않았을 텐데.

"그나저나! 왜 제 얘기를 하게 된 거죠!"

마침내 히나미는 분위기를 바꾸려는 것처럼, 다른 얘기를 하자는 것처럼. 나와 아시가루 씨를 번갈아서 쳐다봤다.

"아시가루 씨는 어떻게 생각하세요? nanashi 군 연애!"

그렇게 주도권을 쥔 것과 동시에, 이야기하기 편한 화제로 끌고 갔다. 히나미에 대한 화제는 그렇게 끝나버렸지만, 거기서 나왔던 몇 가지 말은 진상을 해명하기 위한 단서가 될 것 같다는 기분이 들었고.

내가 알고 있는 숨겨진 얼굴과 다른 사람의 눈에 보인 히나미의 특이성. 그것들이 교차하는 지점에, 내가 알고 싶어 하는 것이 있을 것 같다는 기분이 들었다.

* * *

그리고 십여 분 뒤.

술에 취한 아시가루 씨는 평소보다 힘이 담긴 말투로, 이렇게 말했다.

"……nanashi 군은, 사람과 사람이 사귄다는 게 어떤 의미라고 생각해?"

그랬더니 레나가 후홋, 하고 웃었다.

"그거, 아시가루 씨가 진지하게 말하니까 왠지 재미있네요."

"하나도 재미없는데 말이야."

말하면서 살짝 쑥스러워하는 아시가루 씨. 왠지 엄청나게 냉정한 어른이라는 느낌이었는데, 그런 아시가루 씨를 휘둘러대는 레나는 정말 무섭다.

그런데, 사귄다는 의미라. 나한테 던져진 질문에 대해, 열심히 고민했다.

"그 사람을 선택하는 이유는 생각했지만…… 사귀는 이유가 뭐냐고 묻는다면, 어렵네요."

내가 키쿠치 양과 친구 같은 관계에서 연인이 된 뒤에, 대체 어떤 게 달라졌을까. 구체적으로 생각하면서, 나는 일단 답 같은 뭔가를 말해봤다.

"……정기적으로 같이 논다든지, 서로의 목표를 위해 협력하는, 그런 걸까요."

"뭐야~ 그건 너무 재미없다~."

옆에서 레나가 실실, 김이 샌다는 것처럼 웃으면서 말했다. 딱 봐도 아까보다 많이 취했다.

"재, 재미없다고?"

"그래~ 왜냐하면 지금 후미야 군이 말한 건, 친구라도 할 수 있는 거잖아."

"으…… 듣고 보니."

그 말을 듣고, 나도 납득하고 말았다. 분명히 같이 놀거나 목표를 위해서 협력하는 건 친구라도 할 수 있고, 때에 따라서는 친구도 아닌 타인이라도 서로의 이해만 일치하면 할 수 있는 일이겠지. 그러니까 그게 연인이 된 이유라고 하기엔, 많이 부족하다. 아시가루 씨도 레나의 말을 듣고 고개를 끄덕였다.

"맞아. 뭐, 그런 걸 하기 쉬워진다는 면이 있기는 하지만, 그것 때문에 사귀는 건 아니겠지."

"으, 으음……."

그렇다면 연인이 아니면 할 수 없는 일은… 생각해서 떠오른 답은, 이 정도밖에 없는데….

"그럼…… 그, 선을 넘어도 된다, 든지?"

"키스라든지 같이 자는 그런 거?"

"노, 노골적으로 말하지는 말고."

하지만, 그 대답에도 레나는 non non, 이라고 말하면서 고개를 저었다.

"그것도, 친구끼리도 할 수 있잖아."

"할 수 있나……?"

그랬더니 히나미도 요염하게 웃으면서,

"할 수 있는 건 할 수 있지 않을까?"

뭐야, 정말이냐. 아니 뭐, 물리적으로는 할 수 있지만,

그 의견은 너무 어른스럽다고 할까, 어른 중에서도 나하고는 너무 다른 세상이라서, 내가 참고하기에는 너무 이르다는 생각만 든다.

"극단적인 얘기이기는 하지만, 분명히 두 사람 말이 맞을지도 모르겠네."

"아시가루 씨까지 그렇게 생각하나요."

결국 나 혼자 고군분투하는 꼴이 돼버렸다. 야 히나미, 너도 고등학생이니까 이쪽으로 오라고.

"하지만…… 그럼 그것 말고, 사귀는 의미는 뭘까요?"

내가 물었더니, 레나는 기다렸다는 것처럼 웃고는, 황홀한 표정과 목소리로 말했다.

"그러니까 말이야. 내 생각에는…… 서로를, 속박해도 된다는 점이려나."

"속박……."

그건 뭐라고 할까, 조금 전에 했던 얘기와 또 다른 얘기로 어른스러운 얘기라고나 할까. 뭔가 좀 끈적끈적한 느낌이 드는데.

"그건…… 다른 이성하고는 안 만난다든지, 그런?"

내가 말했더니, 레나가 고개를 끄덕였다.

"응, 맞아. 속박은 보통 친구라도, 그런 친구라도 못 하는 거잖아?"

"그, 그런 친구……?"

"응. 그러니까, 상대의 행동에 참견하는 건, 아마도 연인만 할 수 있는 게 아닐까."

레나는 은근슬쩍 어른스러운 의견을 말했다. 내가 이해가 될락 말락 한 말 때문에 고민하고 있는데, 거기서 히나미도 고개를 끄덕였다.

"분명히 남자 친구가 생기면 그렇게 되겠네요. 자기가 하고 싶은 일을 못 하게 되고, 하고 싶지 않은 일을 해야만 하게 되는, 그런 거요."

"아~! 맞아, 그거! 그래서 지금 난, 남자 친구를 안 만들고 있거든~."

"아하하, 저도 그래요."

그런 식으로, 인제 와서 겨우, 위험해 보이는 여자 둘이 공감하고 있다. 서로 부딪치는 것보다는 낫지만, 히나미가 자신에게 남자 친구가 어떤 존재인지에 대해서 말하는 모습은 처음 봤네.

거기서 아시가루 씨도 입을 열었다.

"음, 그런데, 그건 어떤 의미에서는 좀 비슷한 건지도 모르겠는데."

"그거라면, 속박 얘기인가요?"

레나가 묻자, 아시가루 씨가 고개를 끄덕였다.

"왜냐하면, 친구도 동지도 아닌 관계를 정의한다면……어패에서 말하는 팀전 같은 게 되잖아."

"아, 그렇구나!"

"뭐야, 뭐가 그렇다는 건데."

"Aoi, 이 남자들 이상하지 않아?"

내가 이해했더니, 히나미와 레나가 한마디씩 했다. 나와 아시가루 씨는 알고 있는데, 두 사람은 전혀 모른다. 그랬더니 아시가루 씨는 아주 조금 생각한 뒤에,

"음~ 그걸 우리말로 번역하자면…… 친구도 동지도 아니라는 건, '생판 남은 아니다'는 뜻이라고 생각하거든."

"아까 그게 우리말이 아니기는 했는데…… 그나저나, 그게 비슷한 건가?"

레나는 아직도 잘 모르겠다는 분위기다.

"응. 왜냐하면 팀전에서 같은 팀이 된다…… 즉 생판 남이 아니게 된다는 건, 상대의 행동에 간섭할 권리를 얻는다는 뜻이잖아. 그거, 속박이랑 비슷하지 않아?"

그 말을 들은 나는 무슨 말인지 이해한다는 것처럼 고개를 끄덕였다. 히나미와 레나도 그제야 이해한 것 같았고.

"아…… 그렇구나, 그러네요!"

"저기 Aoi, 이런 설명은 처음부터 해야 했던 거 아냐?"

레나는 투덜대고 있지만, 아시가루 씨는 신이 나서 그 얘기를 하고 있다. 평소에는 지적이지만, 어패 얘기를 할 때는 꼭 순진한 애들 같네.

"팀전이니까, 상대의 행동에 간섭할 수 있잖아. ……완전히 남이 아니니까, 상대의 교우 관계라든지 장래에 대한 일이라든지, 가족 문제라든지. 그런 친구라면 건드리기 힘든 부분까지 참견하게 되거든. 자기가 책임질 수 없는 부

분까지 간섭할 수 있어."

아시가루 씨가 생각의 폭을 넓혀가는 것처럼 말했고, 내가 그다음을 이어받았다.

"반대로 말하자면, 상대가 내 행동에 간섭할 가능성도 생긴다는, 그런 얘기죠."

"응. 그런 뜻이 되지. 팀전이면."

"후미야 군이랑 아시가루 씨, 되게 신나 보인다?"

레나가 한마디 했지만, 나는 아시가루 씨의 말을 이해했다.

행동에 간섭. 이야기를 들으면서, 나는 그때 있었던 큰 엇갈림을 떠올렸다.

대전 모임에 가는 걸, 좋게 생각하지 않는 것 같은 키쿠치 양.

그리고 아시가루 씨네가 말한 것처럼, 인생에서 사귄다는 것이 상대의 선택에—— 그러니까 상대의 인생이라는 게임의 플레이 내용에 간섭할 권리를 얻게 되는 거라면.

키쿠치 양은 나한테, 거기에 안 갔으면 좋겠다고 말할 권리가 있었다는, 그런 뜻이 되겠지.

"그렇게, '타인'은 파고 들어갈 수 없는 '개인'의 영역에 발을 들이고, 서로의 인생에 대해 아주 조금씩 책임을 지게 되는 거지. ……만약 친구가 아닌 연인이 되는 이유라면, 그게 아닐까."

"……인생에 책임을."

나는 망설이면서도, 소리 내서 말해봤다.

분명히 그건, 틀린 얘기는 아닌 것 같았다.

하지만 나는 그 말이—— 내 인생에서도 정답은, 아닌 것 같았다.

"그건, 아시가루 씨도 그렇다는 얘긴가요?"

"그렇긴 한데…… 뭐 잘못됐어?"

그 질문을 받고, 나는 내 생각을 정리했다.

분명히 그건, 어패의 팀전이라는 의미에서 보면 맞는 것 같다는 생각도 든다.

하지만 내가 생각하는 '사귄다'라는 형태와는, 뭔가 조금 다르다는 생각이 들었다.

"뭐랄까…… 저는 사귄다고 해도, 서로가 하고 싶은 일이 있다면, 그걸 제일 존중해주고 싶다고, 그렇게 생각할지도 모르거든요."

아시가루 씨는 고개를 끄덕이고는 생각에 잠기려는 것처럼 흐음, 소리를 내고 팔짱을 꼈다. 나는 내 생각을 보충하려는 것처럼, 다시 입을 열었다.

"아마도 저는…… 사귄다고 해도 그건 팀전이 아니라…… 서로가 1 on 1을 플레이하는 동료라고 생각한다고, 할까요."

"그렇구나."

그 말을 들은 아시가루 씨는 바로 이해하고, 나를 빤히 쳐다봤다. 레나와 히나미는 모르겠다는 표정을 짓고 있다.

"한마디로 연인이 된다고 해도 어디까지나 개인은 개인

이고, 서로가 자신의 행동에 책임을 지는 게 좋다는, 그런 얘기구나."

"예. 바로 그거예요."

"개인은 개인."

그건 뭐라고 할까, 내가 지금까지 살아온 가치관의 베이스라는 생각이 들었다. 인생의 폭을 넓혀온 지금에 와서도, 그 부분만은 달라지지 않은 것 같다고 생각한다.

"왜냐하면 그건 —— 개인 경기로 싸우는 게이머의, 원칙이라고 생각하니까요."

그렇게 말했더니, 아시가루 씨는 납득했다는 것처럼 고개를 끄덕였다.

"그렇구나. 그런 얘기였어."

그렇다.

모든 게임에는 규칙이 있고, 결과가 있고 —— 원인이 그 두 가지를 연결해준다.

그리고 그 원인을 만드는 것은 전부, 자신의 행동이다.

이긴 것도 지는 것도 자기 책임. 그게 아무리 캐릭터의 상성 때문이라고 해도, 또는 원래 캐릭터가 가진 성능 차이 때문이라도, 그것은 '그 캐릭터를 선택한 자신의 책임'. 그것이 게임의 기본 원칙이고, 게이머가 그것을 생각하지 못하게 된 순간, 거기서 발생한 결과의 원인을 자신이 아닌 다른 누군가에게 책임을 떠넘기려는 생각을 시작하게 되고, 그 생각이 성장을 가로막는다.

온라인 1위를 유지해온 나는, 그 '개인은 개인이고 결과
는 자기 책임'이라는 사고방식을, 단 한순간도 잊어버린
적이 없다. 인생 공략을 시작하기 전에, 자기가 진 걸 게임
탓으로 돌렸던 나카무라한테 큰소리를 칠 수 있었던 것도,
그 가치관이 내 근본적인 부분에 존재했기 때문이겠지.

"새해에 소원을 빌 때 '노력한 만큼 결과가 돌아오게 해
주세요'라고 할 정도로, 개인은 개인이라고 생각해요."

"하하하! 그렇구나!"

"후미야 군은 역시 이상해~."

아시가루 씨와 레나는 즐겁게 웃었다. 아니, 난 진지한
데. 웃기려고 한 얘기 아닌데. 히나미는 아무 말도 없이 가
만히, 이 상황 전체를 지켜보고 있다.

"그런데, 조금은 알겠어. 난 아마도 nanashi 군만큼 극
단적으로 생각할 수는 없겠지만, 진지하게 게임을 하는 사
람한테는 그런 부분이 적잖게 있다고 생각하거든."

그 말에 히나미가 살짝 놀랐고, 나도 고개를 끄덕였다.

"예. 그러게요."

그리고 지금까지의 내 인생을 돌아봤다.

고독하게 살아온 십여 년. 그리고 거기서부터 내 세상을
넓혀가기 시작한 반년가량.

그리고 내 마음에 스미어 있는 것은, 자기 행동은 자기
가 책임을 지는 개인주의고.

"nanashi 군은 지금까지, 자기가 누군가를 존경하거나

호의를 보이고 감사한 적은 있어도, 자기 말고 다른 사람한테 깊이 관여한 적이, 어쩌면 한 번도 없을지도 몰라."

"……그런 것 같아요."

어두운 부분으로 파고드는 말이지만, 나는 고개를 끄덕였다.

그것은 분명히 맞는 말이고.

틀림없이―― 연인인 키쿠치 양에 대해서도, 예외는 아니겠지.

"지금 여자 친구까지 포함해서, 누군가에게 제 책임을 맡긴 적은, 없었다고 생각해요."

내가 반성하는 것처럼 말했더니, 아시가루 씨는 뭔가를 알아차렸다는 것처럼, 고개를 크게 끄덕였다.

그리고 역시나 표정 하나 바뀌지 않고, 담담하게 연필로 증명하는 내용을 적는 것처럼, 아무렇지도 않게.

"그렇다면, nanashi 군은 애당초―― 연애랑 안 맞는 체질일 수도 있겠네."

그것은 날카로운 의견이었지만, 역시 나는, 엉뚱한 소리라는 생각은 들지 않았다.

"사귀고 있으면서도 팀전을 할 생각이 없다면―― 개인은 개인대로 아무런 책임도 맡기지 않는다면, '연인'이 될의미가 없다는, 그런 얘기죠."

"맞아."

아시가루 씨는 짧게 긍정했고, 나는 답을 맞히는 것처럼 거기에 납득했다.

그랬더니 레나가 걱정하는 것 같은 얼굴로 날 쳐다봤다.

"그런데 말이야 후미야 군, 그건 좀 괴롭지 않아?"

"······글쎄."

난 어디까지나, 개인은 개인으로서 살고 싶다고 생각한다. 그래서 어떤 의미에서는 혼자 있는 게 당연한 일이고, 거기서 뭔가 마이너스한 느낌을 받은 적은 없었다.

게다가 연극을 통해서 키쿠치 양을 좋아한다는 감정이 생겨났고, 그것을 특별하게 만들 이유를 찾아내서, 내 마음을 고백하는 길을 선택했다. 하지만, 그건 결코 키쿠치 양과 운명 공동체가 되겠다는 의미가 아니라, 굳이 말하자면, 내 안에 있는 감정의 발로였다.

그리고 그 개인주의가 아마도, 정반대이자 언밸런스하다고 하는 '특별한 이유'를 '모순'으로 바꾸는 촉매가 돼서 우리들의 관계를 갉아먹고 있다.

놀러 가고, 집까지 바래다주고, 아침에 같이 학교에 가고.

그것들은 연인다운 행동이지만, 마음만 먹으면 친구인 채로도 할 수 있는 일들이겠지.

미즈사와는 그걸 '형식'이라고 말했다.

"제가 여자 친구를 위해서 하는 일이 전부 '형식'이 돼버린 건, 처음부터 연애에 대한 제 자세가 '형식'이었기 때문이라는, 그런 얘긴가요?"

내가 조심스레 물었더니, 아시가루 씨는 '형식이라'라고 중얼거리면서 고개를 끄덕이며 말했다.

"거기에 꼭 연인이어야만 한다는 이유가 없다면, 그런 뜻이 되겠지."

기탄없이, 확실하게. 그렇기에 나는, 나 자신에 대해 이해할 수 있었다.

나는 그 말을 받아들이면서, 다시 한번 그 일을 생각했다.

"분명히 전, 만약 여자 친구가 '대전 모임에 가지 말아줬으면 좋겠다'라고 말했다면——."

그때, 내 마음속에서 넘쳐났던 기분은. 감정은.

대전 모임에 간다고 보고하고, 거기에 레나가 있다는 사실에, 히나미와 같이 간다는 사실에, 키쿠치 양이 불안해했고.

나는 그 감정을 존중하기 위해서, 대전 모임에 안 가는 게 좋겠냐고, 키쿠치 양에게 확인했다.

그때 키쿠치 양은 대전 모임에는 가는 게 좋겠다, 내 장래를 응원해주고 싶다고 했지만——.

만약, 안 갔으면 좋겠다고 말했다면, 나는.

"만약 그랬다면 저는—— 상대의 감정을, 전부 받아들이지 못하게 돼버렸을 것 같아요."

솔직하게 말했다.

스스로 생각해도 놀라웠다. 왜냐하면 이렇게 소리 내서 말하기 전까지는, 내가 그런 생각을 하고 있다는 자체를 알아차리지 못했으니까.

하지만, 얘기해보니 납득할 수 있었다. 왜냐하면 거기에는 나나 nanashi로서 플레이해온 미학 같은 것이 살아 숨쉬고 있었으니까.

"그건, nanashi 군이 게이머라서, 겠지."

날 꿰뚫어 본 것 같은 말에, 나도 모르게 고개를 끄덕였다.

그건 단순히 키쿠치 양과의 관계보다 내 장래가 우선도가 높다는, 그런 얘기가 아니었다.

"내 감각을 믿고, 긍지를 가지고 플레이해온 게이머로서…… 내 선택을, 무엇보다 존중하고 싶어요."

어패를 인생으로 삼는다는 길은, 내가 나만의 책임으로 선택한, 나만의 선택이다.

그렇다면 그것이 연인이 됐던 친구가 됐건, 아마도, 가족이 됐건.

내가 아닌 누군가가 그것을 짓밟는 것은, 절대로 용서할 수 없었을 것이다.

──나는 내 안에 숨어 있던 감정을 자각하면서, 키쿠치 양의 모습을 떠올렸다.

미래로 가는 문을 향해 걸어가고 있는 키쿠치 양과 나는, 옆에서 걸어가는 파트너까지는 됐을지도 모른다. 어쩌면 같은 방향을 보면서 서로 협력하는 동지가 됐을 수도 있고. 하지만, 그래도 어디까지나 걸어가는 길 자체는 두 줄의 평행선이라서, 서로 손을 흔들어주고 많은 말과 감정을 공유한다고 해도——내 안에 있는 그 길은, 절대로 교차하지 않는 각자의 길이다.

그리고 그 길 저편에 있는 문도, 각자에게 하나씩 준비돼 있을 테고.

그리고 이 결론은, 내 안에서 절대로 바뀌지 않을 거라는 확신도 있었다.

"이건, 이상한 일이려나요. ……다른 사람을, 소중하게 여기지 않는다든지, 그런…….."

말하면서, 무서운 기분이 들었다.

왜냐하면 나는, 지금까지 살아오면서, 누군가와 그런 관계가 돼본 적이 단 한 번도 없었다. 친구라는 의미에서도, 당연히 연인이라는 의미에서도, 어떤 일정한 거리 안쪽까지, 나를 맡길 수 있는 거리까지 누군가를 받아들여 본 적이 없었다.

하지만 만약에. 그게 모든 사람이 당연하게 하는 일이라면. 외톨이로 지내온 십여 년 때문에 내 안에서 무언가가 없어져 버렸고, 그것 때문에 그렇게 할 수 없게 돼버렸다면.

반년 동안 진심으로 인생과 마주하고, 눈에 보이는 풍경이 크게 달라졌다고 해도 돌이킬 수 없는, 불가역적인 무언가라면.

"……!"

나도 모르는 사이에 내 손이, 입술이, 떨리고 있었다.

그럴 만도 한 게, 어쩌면 나는, 나 자신을 믿고 계속 노력할 수 있다는 가치관을 얻기 위해서, 엄청난 무언가를 잃어버렸을 수도 있으니까.

"그런 저는, 누군가와 제대로 된 관계를 맺을 수 없는 걸까요."

"후미야 군……."

레나가 내 이름을 불렀다. 그리고 히나미는, 어떻게 된 걸까. 아시가루 씨를 빤히, 강한 시선으로 노려보고 있다.

힘없는 목소리로 감정을 토로한 나를, 아시가루 씨는 조용한 표정으로 바라보고 있다. 그 눈동자에 동정하는 기색은 없었는데, 나는 그게 너무나 기뻤다.

그리고 아시가루 씨는 그대로, 타이르는 것처럼.

"소수파인 데다, 일반적인 사람들이 이해하기 힘든 걸 '이상하다'고 한다면—— nanashi 군은 '이상하다'고 할 수 있겠지."

"!"

차가운 뭔가가 내 가슴을 푹 찌르는 기분이 들었다. 하지만 아시가루 씨는, 계속해서 말했다.

"하지만. 나 개인적으로는——."

표정은 변함없이. 하지만 어딘가, 정중한 말투로.

"그건 결코, 이상한 것도 나쁜 것도 아냐."

"……그건, 어째선가요?"

지푸라기라도 붙잡으려는 것처럼, 입이 저절로 움직이고 있었다.

"그건 분명히, 때로는 다른 사람을 외롭게 만들 수도 있고, 때에 따라서는 상처를 주는 일도 있겠지."

그리고 아시가루 씨는, 히나미와 레나 쪽을 보면서,

"왜냐하면 널 좋아하는 누군가는, 개인이기를 바라지 않고 좀 더 너와 가까워지고 싶다고, 같아지고 싶다고 생각할 수도 있으니까."

"……예."

짚이는 데가 있었다.

남에게 상처를 줄 생각이 없었는데, 내 행동이 상대를 다치게 했고.

그건 아마도, 내가 히나미를 알려고 하다가 거절당해서 상처받은 것처럼.

누군가에게 깊이 들어가려는 의지와 그것을 떼어내려고 하는, 둘 사이의 온도 차에 의해 발생하는 것이다.

나는 머릿속에서 여러 사람의 모습을 떠올리며, 천천히 고개를 끄덕였다.

"그리고 nanashi 군은 틀림없이, 그걸 받아들이지 않을 거야. 하지만 그건 절대로, nanashi 군이 지금까지 혼자서 살아왔기 때문은 아니야."

"그럼, 대체……?"

어둠 속에서 빛을 찾는 것처럼 물었다. 아시가루 시는 말없이, TV 화면 쪽으로 시선을 옮겼다.

거기에는 내가 선택한 새로운 캐릭터 '잭'이 혼자서 앞을 보며, 얼굴에 쓴 가면에 슬쩍, 손을 대고 있었다.

"그건, 정말로 자기 자신만을 믿고서 노력을 거듭해온 게이머의, 업보 같은 거야."

"……업보."

그 단 두 글자의 말이 —— 내 머릿속에 강하게, 깊게, 남았다.

* * *

오오미야 방면으로 가는 사이쿄선 전철이, 나와 히나미를 태우고 달렸다.

조금 전에 했던 이야기가 머릿속에 눌어붙어 있는 탓이겠지, 우리 둘은 서로 말도 거의 없이, 그저 전철이 조금씩 사이타마현과의 경계로 다가가기만을 기다리고 있고.

차륜이 소리를 울릴 때마다 내 가슴 언저리에 고여 있는 불안감이 흔들리고, 대답이나 변명 같은 출구를 찾아서 날 뛰어댔다.

"……."

"……."

평소의 신경도 안 쓰이던 침묵과 다른, 차가운 분위기. 하지만 그렇게 느끼는 건, 그저 내가 그런 기분이기 때문일 수도 있고.

그 침묵 속에서 먼저 두 손 들고 항복한 건, 역시나 나였다.

"……저기, 히나미."

"슬슬 무슨 말을 할 때가 됐다 싶었어."

"야."

그런 평소와 똑같은 농담이, 아주 조금 나를 원래 컨디션으로 되돌려줬다. 히나미는 평소의 자신만만한 표정으로, 날 보고 있다.

"넌 아까 그 얘기, 어떻게 생각해?"

내가 애매하게 물었더니, 히나미는 그게 뭔지 확인할 필요도 없이 전해졌다는 것처럼, 아무렇지도 않은 투로 대답했다.

"글쎄. 남은 남, 나는 나라는 건, 게임에서는 당연한 일이잖아. 자기가 그렇다는 것 때문에 충격받을 필요는 없어."

딱 잘라버리는 것 같은 히나미의 말투에서 거짓은 느껴지지 않았고, 나도 모르게, 그게 믿음직스럽다고 생각했다.

"무엇보다, 그게 특별한 일이라도 되는 양 얘기했다는 게 최악이었어. 뭐, 나는 그 자리에서 그런 말을 할 수는 없었지만, '개인이 개인으로서 살아간다', '다른 사람에게 책임을 떠넘기지 않고, 스스로 끌어안은 채 앞으로 나아간다'. 이것보다 아름다운 게 또 있겠어? ……그 누구도, 부정할 수 없어."

어딘가 감정적인 말투. 하지만 그것은 망설임 없이 단정하는 것 같은 강함도 담겨 있어서, 조금만 방심하면 거기에 내 체중을 맡겨버리게 될 것만 같았다.

"하하…… 역시 넌, 강캐구나."

그렇게 말했더니 히나미는 잠깐 눈살을 찌푸렸고, 그리고는 또 당연하다는 것처럼.

"그건 네가 약캐라서 그런 것뿐이야. 인생을 혼자서 살아가지도 못하다니, 그거야말로 노력과 분석이 부족해서 그런 게 아닐까?"

그 말에 나는 또다시, 안심해서 웃어버리고 말았다.

"——넌, 변함이 없구나."

내가 말했더니 히나미는 잠깐 눈이 휘둥그레졌다. 그리고는 시선을 창밖으로 옮기고, 어깨까지 내려온 매끄러운 머리카락 끝부분을 손끝으로 집었다.

그것은 히나미치고는 보기 힘든 동작이었고, 어째선지 최근 들어서, 이 녀석의 보기 드문 보습들을 몇 번이나 본 것 같다는 기분이 들었다.

"그래. ——난, 변하지 않아."

그리고는 머리카락을 잡고 있던 손을 놓은 히나미의 표정에는 뭔가 결의 같은 기색이 담겨 있었고. 조금 전까지 만지고 있던 머리카락 끝부분은 원래 있던 곳으로 돌아가고, 다른 머리카락과 섞여서, 이젠 어떤 게 그 머리카락인지도 모를 지경이다. 아마, 히나미 자신도 모르겠지.

"그런데 말이야…… 혼자서 살아가는 건, 너무 외롭지 않을까."

내가 앞날을 생각하면서 불안을 떨쳐버리려는 것처럼 말했더니, 히나미는 또, 눈만 움직여서 날 쳐다봤다.

"글쎄…… 하지만, 최소한."

"최소한?"

내가 물었더니, 히나미는 결의가 담긴 표정으로 날 봤다.

그것은 너무나 강하고, 가면처럼 인공적이었지만, 어째서일까. 그 표정이, 히나미의 내면에 있는 표정이라는 생각이 들었다.

"난, 외로워도 괜찮아."

전철이 키타요노역에 도착했다.

내가 그 말에 뭐라고 대답하기도 전에, 히나미가 내 등을 떠밀었다.

"자, 정신 차려."

"으, 응."

"그럼, 학교에서 보자."

"그, 그래."

그렇게 나는 거의 히나미의 의지 때문에 전철 밖으로 쫓겨났고, 문이 닫힌 전철은 히나미를 태운 채 오오미야를 향해 출발했다. 혼자 덩그러니 남겨진 나는 그대로 전철을 쳐다보며, 승강장 한복판에 서 있었다.

같이 내린 승객들이, 내 존재 따위는 신경도 쓰지 않고, 내 옆으로 지나간다. 나는 전철이 완전히 사라져서 보이지도 않는 선로 저편을 멍하니 쳐다봤다.

어째서인지, 나는 그 자리에서 발을 뗄 수가 없었고.

별도 거의 보이지 않는 키타요노역에서, 밤하늘만이 나를 내려다보고 있다.

전철 내부의 강한 난방 덕분에 따뜻하게 데워져 있었던 손가락이 순식간에 차가워지면서, 밤의 도시와 동화됐다. 마치 그 부분만 피가 안 통하는 것처럼.

마침내 나는, 히나미가 했던 말의 의미를 생각하면서, 콘크리트 속으로 빨려 들어갈 것만 같은 목소리를, 토하는 것처럼 흘렸다.

"외롭지 않은, 건 아니겠지."

그리고 천천히 몸을 돌려서 걸어가기 시작했을 때, 승강
장에 나 말고 다른 승객은 없었다.

4 엘프의 활은 높은 확률로 급소에 맞는다

히나미와 헤어지고 십여 분 뒤.

나는 혼자서 키타요노 시내를 걸어가면서, 스마트폰 화면을 빤히 쳐다보고 있었다. 제대로 된 형태가 없는 외로움 때문에 차가워진 마음속에 스며들도록, 또는 그것을 어떻게든 얼버무리려는 것처럼. 나는 화면에 표시된 이야기에 열중하고 있었다.

그 작품의 제목은 『순혼혈과 아이스크림』.
표시된 작가 이름은—— 키쿠치 후카다.

그것은 며칠 전 아침에 도서실에서 얘기했던 신작 소설.
발견한 계기는 몇 분 전, 키쿠치 양이 트위터의 창작용 계정에 올린 트윗 덕분이다.

내 업보를 알고, 또는 히나미의 외로움을 받아들이고. 나 말고 다른 사람의 이야기를 섭취할 기분은 아니었지만, 키쿠치 양의 소설만은 별개였다. 분명히 나는, 누군가와 개인과 개인의 관계를 뛰어넘을 각오는 못 했다. 하지만, 키쿠치 양의 남자 친구로서, 그리고 키쿠치 양이 그리는 이야기의 팬 중에 한 사람으로서. 그것을 읽고 싶다고 생각했다.

그리고, 읽으면서 나는, 키쿠치 양이 얘기했던 것을 떠올렸다.

"…이거."

키쿠치 양의 신작은, 분명히 전에 얘기했던 것처럼 『포포루』와 『내가 모르는 나는 방법』 양쪽의 에센스가 느껴지는 이야기였고.

──그렇지만.

그 내용은── 내가 생각했던 것과 조금 달랐다.

이야기의 무대는 현실이 아닌 판타지 세계. 엘프와 오크, 늑대인간과 설녀 등 총 32가지 종족이 공존하는 세계. 그런 세계의 왕성에 사는 소녀 아르시아는 몸에 피가 없는 '무혈(無血)' 소녀고── 그런 아르시아가, 이 이야기의 주인공이었다.

"……아르시아."

읽으면서, 나는 그 이름 때문에 놀랐다. 그 이름은 『내가 모르는 나는 방법』에도 주요 인물로 나왔던 이름이고, 그때는 왕성의 공주로서── 그리고, 히나미를 모델로 그렸던 캐릭터였다. 그것과 같은 이름이, 이번에는 전혀 다른 특징을 가진 캐릭터로서 이야기에 등장했다.

게다가 이번에는 주인공으로.

그 연극은 어디까지나 세키토모 고등학교 문화제에 온 사람들에게만 공개했으니까, 같은 이름을 사용하는 자체는 아무 문제도 없겠지. 하지만, 굳이 공통된 이름을 사용했다는 데는, 뭔가 의미가 있을 것이다.

이것은 카메오 출연 같은 것일까, 아니면 그냥 이름만 같은 완전히 다른 사람일까. 어느 쪽이건, 키쿠치 양에게 그 작품은 자기 주위를 테마로 삼아서 그린 소중한 이야기였고—— 그렇다면.

나는 수십 분 전에 헤어진 히나미의 옆모습을 떠올리면서, 그 이야기를 읽어나갔다.

다른 종족이라도 결혼을 할 수 있고 아이를 낳을 수 있는 세계. 엘프와 용이 아이를 낳으면 바람을 다루는 날개를 사용해서 하늘을 나는 비룡이 태어나고, 늑대인간과 설녀가 아이를 낳으면 하얀 털을 가진 추위에 강한 스노우울프맨 같은 존재가 태어난다.

그런 제한이 거의 없는 세상에서, 아르시아는 피가 전혀 없는 '무혈 소녀'였다.

아르시아는 피가 없기 때문에 혼자서는 살아갈 수 없다. 피가 흐르지 않기 때문에 이 세상에서 살아가는 데 필요한 에너지인 다섯 가지 '정소(正素)'를 스스로 만들어낼 수가 없어서, 언젠가는 쇠약해지고 죽어버릴 것이다.

하지만 아르시아는 피가 없으니까, 어떤 종족의 피라도 자기 몸속으로 받아들일 수 있었다. 머리카락보다 가느다란 마법 바늘을 이용해서 아프지도 않게 피를 한 방울만

얻어내면, 그것을 자기 몸속에 집어넣기만 해도 피를 늘릴 수 있고, 그렇게 해서 아르시아는 어떤 종족도 될 수 있다.

그것은 아르시아가 왕성의 소녀라는 것 등등까지 생각하면 『나는 법』을 답습했다고 할 수도 있지만, 그 설정의 일부에서는 포포루의 숨결이 느껴졌다.

다른 종족 간에 교배가 가능하다는 점은 포포루와 다르지만, 많은 종족이 공존하는 평화로운 세계는 틀림없이 포포루의 영향이겠지. 또는 키쿠치 양이 그런 세상을 바라고 있는 건지도 모른다. ……하지만.

"받아들여서, 복제한단…… 말이지."

내 관심을 끈 것은, 아르시아의 그 설정이었다.

아르시아는 누군가의 피를 받아들여야만 힘을 발휘할 수 있다. 더 자세히 말하자면 피 냄새나 흐름에 민감하고, 가까이 가기만 해도 누가 어떤 피를 가졌는지 이해할 수 있는 데다, 피가 한 방울만 있으면, 그걸로 자기 몸 안에서 폭발적으로 늘릴 수 있다. 그런 피와 관련된 두 가지 힘이 아르시아의 특이한 점이다.

하지만, 그건 어디까지나 남에게서 빌린 것이다.

상대의 피를 일시적으로 늘려서 힘을 얻기는 하지만 시간이 지나면 그 힘을 잃어버리게 되는, 결코 진정한 자기 것이 되는 힘은 아니다. 하지만 몇 번이나 거듭해서 사용한 힘이나 지식은 머리가 기억하기 때문에 어느 정도 반사적으로 사용할 수 있게 되지만, 지식을 뛰어넘은 감각으로써 몸속 깊은 곳에 새겨지는 일은 없기 때문에, 가장 강한 힘을 가졌다고 전해지는 순혈에게는 절대로 미치지 못한다.

그래도 세상에서 살아남기 위해서는 뛰어난 순혈을 복제하고, 그 힘을 지식이나 반사로서 몸에 익히면서, 자신을 키워나가는 수밖에 없다.

즉, 뭐든지 잘하지만 특별하게 잘하는 건 없는, 궁극적인 팔방미인. ──그것이 아르시아였다.

"역시…… 이건."

그 이름 때문에, 라는 이유도 있지만. 그렇지 않았어도 나는 같은 결론에 도달했을 것이다.

여러 분야에서 결과를 내기 위해서, 그 분야의 톱 플레이어의 방식을 열심히 흉내 내고, 심플한 노력의 양만큼 우수해지는 것을 통해서, 자신이 옳다는 것을 계속 증명한다.

어패에서는 nanashi인 내 흉내를 냈던 것처럼, 아마 공부나 동아리 활동이나 인간관계에서도, 어떤 본보기를 바탕으로, 그것이 피와 살이 될 때까지 계속 흉내를 내서 지식과 기억에 단단히 새겨두고, 뇌가 그 행동을 조건반사로 습득할 때까지 계속 반복 훈련을 해왔을 히나미 아오이.

그건 그야말로, 이 이야기에 나오는 아르시아의 존재 방식이다.

어느 날, 아르시아는 우연히 들른 시내의 보드게임 행사에서, 잡종 소년 리브라와 만났다.

시골에서 자란 리브라는 자신의 과거 혈통이 어떤지도 모를 만큼 잡종 중의 잡종이고, 자신의 종족을 모른다는 점을 따지면, 어떤 의미에서는 포포루에 가까웠다.

하지만, 거기서 아르시아는 어떤 한 가지 사실에 대한 냄새를 맡는다.

피가 엄청나게 뒤섞인 결과로 태어난, 어느 종족의 특징도 나타나지 않은 리브라. 단순한 잡종이라고만 여기던 그의 혈통.

그것은 평범한 잡종이 아니라, **모든 피가 하나씩 균등하게 섞인 특별한 혈통**이었다.

두 사람의 순혈 사이에서 하프가 태어나고, 그 하프가 또 다른 종족의 하프와 맺어지면서 4종류의 피가 균등하게 섞인 쿼터가 태어난다. 그리고 그 쿼터가 또 다른 네 종족의 피를 가진 쿼터와 맺어지면서, 8종류의 피를 균등하게 가진 자가 태어난다.

그리고 또 다른 8종류가 혼합된 피를 가진 자와 자식을 낳는── 그런 엄청난 우연이 거듭된 결과였다.

같은 우연이 다섯 세대 동안 이어지면, **세상에 존재하는 32종족의 피가 전부 32분의 1씩 균등하게 섞인 아이**가 태어나는데── 그것은 '잡종'이 아니라, 옛날부터 '순혼혈'

이라고 불려온 특별한 혈통이 된다.

즉—— 리브라는 시골에서 우연히 태어난, '순혼혈' 소년이었다.

그리고 아르시아는 왕가의 권한으로 리브라를 시골에서 도시로 불러들이고, 자신도 소속된 왕성 부속 아카데미로 초대해서 관계를 쌓아가게 된다——.

그 부분에서, 『순혼혈과 아이스크림』 제1화가 끝났다.

그것은 마치 『나는 법』에서 그렸던 아르시아라는 이름의 히나미의 모습을 더 깊이 파헤친 것 같은 이야기였고.

나는 어느새 발을 멈추고 멍하니 서 있었다.

키쿠치 양한테는 아직, 히나미의 숨겨진 모습에 대해 말하지 않았다. 그래서, 구체적인 부분에 대해서는 모를 것이다.

——그런데.

이 이야기에서는 히나미의 보다 근본적인 부분. 가치관이나 행동 이념 같은 부분이, 거의 내가 이해한 것과 같은 수준, 아니, 경우에 따라서는 나보다 더 깊이. 가장 깊은 곳까지 그린 것 같다는 생각이 들었다.

＊ ＊ ＊

집에 돌아와서. 세면실.

나는 거울을 보면서, 웃는 표정을 지었다가 그만두는 행동을 반복하고 있었다.

히나미가 준 무기. 아마도 히나미가 리얼충 '순혈'한테서 피를 빌리고, 따라 하고. 그 결과로 얻은 스킬을 나한테도 가르쳐줬다. 나한테 그것은 내 세상을 넓히는 '포포루'가 되기 위한 스킬 중에 하나고, 다른 사람과 관계를 맺는 계기를 만들기 위한 가면이었다.

그것이 결코 본질은 아니라고 생각하지만, 나무에 달린 포도가 단 포도인지 신 포도인지를 확인하는 데 필요한 첫 번째 한 걸음이고. 그래서 나는 그것이 스킬이자 가면이라는 것을 이해한 상태에서, 여름방학 때 키쿠치 양이 '스킬'을 긍정해준 뒤로, 항상 수단으로서 이 가면을 써왔다.

스킬을 써서 하고 싶은 일을 향해 가면서. 여러 가지 목표와 관계성을 만들어가면서.

그중에 몇 가지는 나한테 정말로 소중한 것이 되었고, 내 품 안으로 들어와 줬다.

거기에 '하고 싶은 일'이라는 피가 돌기까지 하면, 틀림없다고 생각했다.

하지만, 머릿속에 떠오른 것은—— 아르시아의 '무혈'이었다.

아르시아는 모든 종족이 될 수 있고. 하지만—— 그렇기 때문에 어떤 종족도 될 수가 없고.

그것은 『나는 법』의 아르시아와 너무나 닮았다.

모든 피를 조금씩 가진 리브라와 대조적으로 그 어떤 피도 가지고 있지 않기 때문에, 얻은 스킬이 절대로 진짜 자신의 것은 될 수 없고.

얻었다고 해도 '이렇게 하면 잘 된다'는 옳은 지식만을 쌓아갈 뿐이다.

모든 방면에서 1등이 되고. 하지만 거기에 '하고 싶은 것'은 없는 히나미 아오이.

그 녀석의 마지막 목표는, 대체 뭘까.

나는 내 방 침대에 누워서 키쿠치 양의 신작 『순혼혈과 아이스크림』의 스토리를 떠올리며, 생각을 정리하고 있었다.

대전 모임이 끝났다는 보고와 통화하고 싶다는 내용을 적은 메시지를 키쿠치 양에게 보냈다. 그리고 스마트폰 화면을 껐는데, 갑자기 화면이 빛나면서 전화기가 부르르르 떨렸다.

"으아아악?!"

분명히 껐는데도 빛나면서 떨리는 스마트폰 때문에 나도 모르게 소리를 질렀다. 여러모로, 내 나름대로 기합을 넣고 있었는데 말이야. 자세히 보니 화면에 키쿠치 양 이름이 표시돼 있었고, 한마디로 지금 내가 보낸 LINE 메시지의 답장이 온 것이다. 내가 메시지를 보내는 걸, 계속 기다리고 있었던 걸까.

나는 LINE을 열어서 키쿠치 양이 보낸 메시지를 확인했다.

『대전 모임, 수고했어요.

전 지금부터 잘 때까지는 언제든 통화할 수 있으니까, 준비되면 전화해주세요!』

오프 모임에서 레나가 내뿜던 나한테 칭칭 감기는 것 같은 마성과는 전혀 다른, 마음이 차분해지게 만드는 신성한 기운. 내 안에 있던 켕기는 감정이 깔끔하게 정화되는 것 같았고, 미칠 듯이 키쿠치 양 목소리가 듣고 싶어졌다.

"……조, 좋았어."

나는 스마트폰 화면을 빤히 쳐다봤다.

그리고는 에잇, 하고 키쿠치 양에게 전화를 걸었다.

"……"

스마트폰에서 삐삐삐삐 하는 번호 입력하는 소리와 신호음이 울렸고, 그 소리가 한번 끝날 때마다 통화가 연결된 것 같은 기분이 들면, 바로 다시 신호음이 울렸다. 스마트폰이 날 놀리고 있다.

그리고, 신호음이 여섯 번 정도 울렸을 때, 키쿠치 양이 전화를 받았다.

『여, 여보세요!』

약간 갈라진 목소리로 말하는 키쿠치 양. 뭐랄까, 첫마디부터 그 긴장감이 전해져오면서, 나만 그런 게 아니라 상대방도 긴장하고 있다는 걸 알았다.

"여보세요."

그리고 키쿠치 양의 목소리를 들었더니, 어느샌가 내 긴장이 풀어져 있었다.

『아…… 토모자키 군 목소리네요.』

키쿠치 양이, 어딘가 부드러운 목소리로 말했다.

"아하하, 무슨 소리야. 당연하잖아?"

『후후, 왠지 긴장했었는데, 목소리를 들으니까 안심이 됐어요.』

키쿠치 양이 아주 부드러운 목소리로 말해줬는데, 그 마음은 나도 알 수 있었다.

"……나도 그래."

『토, 토모자키 군도, 뭐가요?』

그렇게 묻는 말을 듣고, 나는 아차, 싶었다. 또 창피한 말을 해야 할 것 같다.

"그, 그러니까…… 키쿠치 양 목소리를 듣고, 안심했다고."

『──!』

그리고, 잠시 애간장이 타는 침묵이 흘렀다. 통화가 연결되자마자 뭐 하는 거야, 우리 둘은.

『저, 저기! ……대전 모임, 수고했어요.』

"응. 키쿠치 양도, 기다려줘서 고마워."

『……아니에요.』

키쿠치 양이 날 존중해주고 있다는 걸 잘 알 수 있는 말.

키쿠치 양한테서 수고했다는 말을 들었을 뿐인데, 오늘

하루 동안 쌓인 피로가 많이 풀어졌다.

그런데, 그때. 키쿠치 양이 갑자기, 큰마음 먹은 것 같은 목소리로 말했다.

『저, 저기…… 그러니까!』

"응?"

『……토모자키 군, 지금 집인가요?』

뜬금없는 질문에, 고개를 갸웃거렸다.

"아, 뭐라고? 응, 집인데….."

『……그, 그런가요!』

"응. 그건 왜?"

물었더니, 키쿠치 양은 잠깐 말이 없다가, 왠지 쑥스럽다는 것처럼.

『……어, 얼굴이 보고, 싶어서…….』

"얼굴?"

『아주 조금 불안했는데, 목소리를 들었더니 기뻐졌고… 그랬더니, 얼굴도 보고 싶어져서.』

나는 그 불안이라는 말과 솔직한 이유로 감정이 흔들리면서도, 머릿속에서는 냉정하게 생각하고 있었다.

"……그런데, 지금 당장?"

그렇다. 난 지금 우리 집. 여기서 키쿠치 양네 집까지는 꽤 멀리 떨어졌는데.

『그, 그러니까…… LINE에, 영상 통화 기능이…….』

"아, 그랬어? 잘 아네."

나는 깜짝 놀라면서 말했다. 아마 세상 사람들한테는 상식이겠지만, 나만큼이나 리얼충들의 상식에 대해서 잘 모른다고 생각했던 키쿠치 양이 그걸 알고 있다니, 조금 의외였다.

『아, 예. ……남동생이랑 얘기할 때, 이용하는 경우가 많아서…….』

"아~ 그렇구나……."

하고, 넘어가려다가.

"어, 그런데 키쿠치 양, 동생 있었어?"

『예…….』

거기서 머릿속에 떠오른 건, 서양화에 나오는 소년처럼 생긴 천사의 모습이었지만, 키쿠치 양은 보통 소녀니까 그럴 리가 없겠지. 단순히 키쿠치 양과 얼굴이 닮은 남자일 뿐일 거야.

"헤에…… 그렇다면 꽤 귀엽게 생겼겠네."

말하면서, 내 입에서 나온 '그렇다면'이라는 말에 담긴 의미를 알아차리고는 깜짝 놀랐다.

『예. 정말 귀여워요. ……아.』

그리고 키쿠치 양도, 조금 늦게 눈치챈 것 같았다.

『저, 저기, 토모자키 군. **그렇다면**, 이라는 게…… 무슨…….』

"아~ 그러니까…… 그게."

나는 당혹스러워하면서도, 대답할 수밖에 없다고 생각

했다. 솔직히 최근 들어 이런 일이 많기도 했고, 키쿠치 양이 일부러 말하게 만드는 게 아닌가~ 라는 설도 있었으니까. 의외로 그런 말 듣는 걸 좋아하는 성격이려나, 으으음.

나는 결심하고, 입을 열었다.

"그, 그러니까…… 키쿠치 양도, 예쁘니까……."

『……!』

그리고 둘 다 할 말을 잃었다. 뭐 하는 거냐고, 우리 둘은.

"아, 아무튼! 그, 그럼 영상 통화하자!"

『아, 예!』

그렇게 해서 우리는, 불안하게 만든 시간을 메우려는 것처럼, 전파와 이야기로 이어진 세상에서, 관계를 다져 나갔다.

그리고 몇 분 뒤에.

"오, 오케이~."

『아, 예. ……그럼, 눌렀어요.』

그 말을 듣고 내 스마트폰 화면을 봤더니, 거기에는 『영상 통화 초대가 왔습니다』라는 메시지가 표시돼 있고, 키쿠치 양의 얼굴이 커다랗게 나오고 있었다.

──아니, 그보다.

"헉?!"

나는 그 화면을 본 순간, 강렬한 충격을 받았다.

화면에 비친 키쿠치 양. 그건 분명히 키쿠치 양인데──.

평소보다 약간 헐렁한, 실내복을 입고 있었다.

『왜, 왜 그래요?』

"아니, 아무것도 아냐."

옷 얘기는, 죽어도 못 한다.

그래. 사실 오늘 하루 동안, 아무리 떨쳐내려고 해도 내 머릿속에서 사라지지 않았던 것은, 오늘 아침에 레나가 보냈던 그 말도 안 되는 사진과 내 눈앞에서 슬쩍 드러났던 하얗고 부드러운 피부. 그리고 손끝으로 내 허벅지를 더듬었던 그때의, 간지러운 것 같고 몸이 달아오르던 감각.

그것은 이성보다 깊은 부분에 새겨진 것 같은 충격이라서, 머리로 생각하고 지워버리려고 해도, 다른 부분이 그 다음을 아쉬워하는 것만 같은 열기를 지니고 있었다.

그리고 지금 내 스마트폰 화면에 나오고 있는 키쿠치 양의 앞이 벌어진 파자마는, 위쪽 단추를 두 개 정도 풀어놨다. 가슴팍이 평소보다 많이 드러난 키쿠치 양은 묘하게 관능적이고, 게다가 그 뒤에 비치는 배경이 평소에 얘기하던 도서실이 아닌 평범한 집이라는 점이 뭔가 새로운 느낌을 줘서, 내 가슴은 크게 뛰었다.

그것은 오늘 갔던 오프 모임에서 계속 관능적인 공격을 당한 탓에 민감해져 있던 내 머리에는, 너무나 강렬한 자극이었다.

"그, 그러니까."

『후후. 토모자키 군이네요.』

"으, 응."

나는 못된 생각에 마음이 흐트러지면서도, 서로의 휴대 전화 화면에 비친 얼굴을 보면서 대화를 나눴다. 그것은 너무나 안심되는 시간이어야 했는데, 나는 자극에서 눈을 돌리느라 너무너무 힘들었다.

그런 자극을 견디면서 시작된 대화의 화제는, 오늘 있었던 대전 모임에 대한 것이었다.

"그래서 내가 캐릭터를 바꾸기로 했거든……."

『헤에, 사용하는 캐릭터를요?』

나는 그렇게, 캐릭터를 변경한 것 때문에 오프 모임에 온 사람들이 엄청나게 놀랐다는 얘기와 히나미의 인생 플레이 스타일이 폭로 당했다는 얘기 등을 솔직하게 얘기했다.

아시가루 씨가 말했던 업보에 대해서는── 아직, 말 안 했지만.

『……그렇구나. 모든 행동에 이유가 있다는 건, 엄청나게, 이해가 되네요.』

키쿠치 양은 그중에서도 특히 히나미 이야기에 관심이 간다는 것처럼 고개를 끄덕였다. 그것은 어딘가, 새로운 것을 알았다는 것보다는 알고 있던 것을 확인하는 것 같은 표정이었고.

『저기…… 토모자키 군.』

"응?"

키쿠치 양은 민트색과 흰색의 줄무늬 쿠션을 고쳐 안고서 망설이는 것처럼 고개를 살짝 숙이고는, 이런 말을 했다.

『문화제 때 뒤풀이, 있었잖아요.』

"응? 있었지."

『……거기서 히나미 양이랑, 얘기했어요. ……둘이서.』

"……아."

나는 그 광경을 본 기억이 있었다.

크리스마스이브. 오오미야에 있는 오코노미야키 가게에서 있었던 문화제 뒤풀이.

거기서 이즈미가 엉망진창으로 인사를 하고, 타케이가 여전히 타케이였고, 미즈사와하고 연극에 관해서 이야기하고—— 이런저런 일들이 있었지만.

내 안에서 해결되지 않은 건, 바로 그 광경이었다.

"화장실 앞 복도에서, 였지?"

『예, 맞아요.』

내 말을 들은 키쿠치 양이 깜짝 놀랐다.

"내가, 그걸 멀리서 보고…… 왠지, 신기한 조합이네~ 싶어서 인상적이었거든."

그리고—— 그 뒤에 그쪽에서 걸어온 이즈미가 '키쿠치 양이 아오이한테 사과하고 있었다'라고 말했다.

그 뒤로 결국 그게 무슨 일이었는지, 아무도 얘기를 안 해줬었는데—— 지금, 그 얘기가 나오는 건가.

『그때 저도, 지금과 비슷한 얘기를, 히나미 양한테 했어요.』

"비슷하다니…… 모든 행동에 이유가 있다는 얘기?"

『예.』

키쿠치 양은 고개를 끄덕이더니, 이번에는 진지하게, 화면 너머에 있는 내 눈을 봤다.

『혹시, 기억하세요? 연극 각본에 있는 아르시아의 대사 중에 '난 전부 가지고 있어. 하지만——' '그렇기 때문에—— 아무것도 없어'라는 부분이 있었잖아요.』

"…있었지."

나한테도 인상적이었던 대사. 그리고 틀림없이, 키쿠치 양이 강한 의도를 담아서 적었을 대사이기도 했고, 공연 때 히나미의 입에서 나왔던 그 한마디는 마치, **연기하는 거로 보이지 않을 정도로** 날카로웠다.

『사실은 뒤풀이 때…… 그 대사가 대체 무슨 의도였는지, 히나미 양이 자세히 말해달라고 했거든요.』

"뭐? 히나미 쪽에서?"

나는 그 말을 듣고서 깜짝 놀랐다.

그 녀석은 평소부터 퍼펙트 히로인의 가면을 쓰고 있기 때문에, 자기가 먼저 이런저런 잡담거리를 던지는 경우가 많다. 하지만, 그렇기 때문에 건드리면 위험할 것 같은 이야기, 특히 자신의 퍼펙트 히로인으로서의 가면을 위험하게 만들 가능성이 있는 부분은, 절대로 자기가 먼저 건드리지 않을 텐데.

그리고, 그 연극 내용은, 특히 민감한 이야기였겠지.

『예. 그래서, 저도 좀 놀랐거든요.』

"······응."

키쿠치 양도 그 놀라움을 공유했지만, 그래도 나만큼 놀라지는 않았겠지. 왜냐하면 그 위험한 영역에, 히나미가 제 발로 걸어 들어갔다는 건—— 그렇게까지 해야만 할 정도로, 진상이 궁금했다는 뜻이니까.

"그래서 키쿠치 양은, 뭐라고 대답했어?"

내가 화면에 파고들 기세로 물었더니, 키쿠치 양은 꼬옥, 쿠션을 끌어안으면서,

『아르시아는, 정말로 좋아한다고 생각하는 게 없어서.

······혼자서는 자기를 긍정할 수가 없어서.』

키쿠치 양의 말은 이미 그 시점에서, 나로서는 그저 놀랄 뿐이었고.

『그래서—— 자신은 이래도 된다는 증거가 필요하다고 생각한다, 고.』

그리고 바로, 키쿠치 양이 하고 싶은 말이 뭔지 알았다.

"나는, 이래도 된다는 증거, 그러니까 한마디로——."

『예. 그—— '행동에 대한 이유'랑 비슷한 게 아닐까, 싶어서.』

키쿠치 양은, 마치 자기가 쓴 캐릭터 얘기를 하는 것처

럼, 이야기를 늘어놓는 것처럼, 그것을 설명했다.

『그래서, 우승이라든지 1등이라든지, 그런 알기 쉬운 가치를 추구하고——.』

나는 많이 놀라고 있었다.

그건 마치 『순혼혈과 아이스크림』에서 보여준 아르시아의 테마와 행동에, 구체적인 동기가 주어진 것 같았다.

『세상에서 가치를 인정받으면서, 그게 옳다는 '이유'를 찾아내는 게 아닐까, 싶어요.』

그것은 내가 반년 동안, 거의 누구에게도 보여주지 않았을 숨겨진 얼굴을 계속 봐온 내가, 이제야 겨우 애매하고 추상적인 윤곽만 포착했을 정도인 히나미의 내면이었다.

분명히 연극을 위해서 취재를 했고, 관찰했고, 나한테서 이야기를 들었다.

하지만, 겨우 그것만 가지고—— 내가 지금까지 관찰해온 결과에, 이렇게나 가깝게 다가올 수 있는 걸까.

머릿속에 떠오른 것은 무혈 소녀 아르시아가 살아가기 위해서 온갖 순혈의 스킬을 몸에 익히려고 하는 모습. 자신에게 피가 흐르지 않기 때문에, 누군가의 힘을 근거로 삼지 않으면 안 되는 공허한 존재다.

"……잘도, 거기까지 알아냈네?"

『예. 취재하고, 생각하고, 그리고…….』

그리고, 키쿠치 양은 가만히, 시야 전체에 초점을 맞추는 것 같은 맑은 눈동자로.

『세계 속에서—— 아르시아를, 움직여 봤으니까요.』

나는, 생각했다.

그때, 연극 각본을 읽고. 또는 오늘, 새로운 소설을 읽고.

분명히, 난 키쿠치 양에게 창작자로서의 재능이 있다고 생각했다. 또는 소설을 위해서라면 히나미의 시커먼 내면에 대해서도 깊이 파고들고, 관찰을 통해서 그 본질을 밝혀내는 담력 같은 것도, 이야기를 만드는 사람으로서 무기가 될 수 있다고 생각했었다.

하지만—— 아마도 그게 전부가 아니다.

왜냐하면, 내 안에 남아 있던, 또 하나의 위화감.

"그걸…… 히나미한테 그대로, 말한 거지?"

지금 키쿠치 양이 말한 내용은, 아마도 아직 그 누구도, 나조차도 히나미한테 말하지 못한 너무나 잔인한 가설이다.

까딱하면 상대의 건드려서는 안 되는 위험한 부분까지 파고들 수도 있는 그 말을, 본인에게 직접 말한다. 그 행동을, 그 상냥하고 조심스러운 키쿠치 양이 선택했다는 게, 나한테는 너무나 신기한 일이었다.

왜냐하면 그건, 아무리 히나미가 먼저 물어봤다고는 해도, 키쿠치 양의 추측이 옳으면 옳을수록, 상대의 내면으로 깊이 파고드는 행위가 될 테니까. 그리고 키쿠치 양이 그걸 모를 리도 없고.

『말해도 될지, 저도 많이 고민했는데――.』

불편하다는 것처럼 시선이 이리저리 방황한 뒤에, 키쿠치 양은 마음을 다잡은 것처럼 날 쳐다봤다.

그리고―― 키쿠치 양이 그다음에 한 말은.

내 안에 있는 키쿠치 양의 이미지를, 크게 바꿔버렸다.

『그걸 말하면――

 히나미 양이 숨기고 있던 다른 내면을 밝혀낼 수 있을지도 모른다고, 생각했어요.』

조심스러운 톤이지만, 조용한 압력이 있었고.

그건 아마도, 보통 사람의 기준에서 생각했을 때는, 최우선 순위가 완전히 이상해져 버린 것 같은 가치관.

상대가 감추고 있는 내면의 속살 같은 것을 드러내고 그걸 들이밀어서, 더 깊은 곳에 있는 걸 끌어내려고, 하다니.

거기까지 가면, 너무 극단적이라는 생각도 들었다.

"키쿠치 양은…… 앞으로도 히나미에 대해서, 알고 싶어?"

그렇게 물었더니 키쿠치 양은 손을 화면 밖으로 뻗었고, 자기가 쓴 원고일까. A4 정도 크기의 종이 다발을 집어서 끌어안았다. 그리고는 나를 보고, 잠깐 망설인 뒤에, 입을 열었다.

하지만 그것은, 자기 안에서 어떤 답을 해야 좋을지 망설였다기보다── 그 답을 나한테 말해도 좋은지 망설였을 뿐이라는. 그런 기분이 들었다.

『예. 틀림없이 거기에, 제가 쓰고 싶은 게, 있다고 생각하니까요.』

딱 잘라서 대답하는 키쿠치 양의 소설가로서의 눈동자는, 저쪽 화면에 비치고 있을 내 눈동자── 그리고 그 눈동자 안쪽에 있는 히나미를, 보고 있는 것 같았다.

마침내 키쿠치 양은 퍼뜩 정신이 들었다는 것처럼, 종이 다발을 다시 책상 위에 올려놓고는 쿠션을 휙, 하고 침대 위로 던져버렸다. 의외로 집에서는 저런 행동도 하는구나, 키쿠치 양.

『……아! 죄송해요, 저 혼자만 얘기해서…….』

"아, 아냐 그건 괜찮은데……."

그렇게 신경을 써주는 키쿠치 양은, 히나미의 진상을 밝혀내려고 하는 키쿠치 양과 전혀 다른 얼굴이었고. 그 사실을 어떻게 받아들여야 할지, 지금의 나는 아직 알 수 없었다.

그런 이야기를 하고 있는데, 마침내 키쿠치 양이 어딘가 답답하다는 것처럼, 이렇게 말했다.

『저, 저기, 토모자키 군……. 역시, 안 되겠어…….』

"……안 되겠어?"

갑자기 나온 말에, 당황했다. 그리고 그 목소리에 담긴 열기를, 나 혼자 멋대로 요염하다고 느끼고 남았다. 꺼지지 않고 남아 있던 불씨에, 너무나 간단히 불이 붙고 말았다.

『저기, 내일, 만날까요……?』

"뭐?"

그건 뜬금없는 제안.

"왜 그래, 갑자기?"

내가 물었더니, 화면 속에 있는 키쿠치 양은 화면 너머로도 알 수 있을 만큼 얼굴이 새빨개졌다.

『그게…… 영상 통화를 하면, 만나고 싶은 기분을 참을 수 있을 줄 알았는데…….』

"으, 응."

『얼굴을 봤더니…… 더 보고 싶어져서.』

"……!"

너무나 직설적으로 전해온 그 마음이, 내 열기를 더 키웠다. 나도 키쿠치 양의 모습을 보기만 해도 이렇게 만나고 싶어졌는데, 그러면서도 내 이유에는 아주 조금, 키쿠치 양한테는 말하기 힘든 감정도 섞여 있고. 얼굴이나 몸도 나 스스로 느낄 수 있을 만큼, 뜨거워져 있었다.

"그런데, 내일은 전에도 말했지만……."

『아…… 그랬었죠.』

그렇다. 내일은 예전부터 정해져 있던, 반 애들이랑 같이 스포차에 가기로 한 날이다. 전에도 한번 키쿠치 양이 보자고 했었고, 그것 때문에 거절한 적이 있었다.

"하지만…… 어떻게 할까."

나는 고민했다.

지금까지 나는, 이런 일에서 우선순위를 생각하지 않고, 단순히 먼저 잡힌 약속을 우선하는 심플한 규칙에 따라서 내 예정을 정해왔다. 그것은 어떤 의미에서 보면 성실하다고 할 수도 있지만, 동시에 미즈사와가 했던 말이 생각났다.

내가 하는 행동은 오는 것을 막지 않고, 떨어지는 것을 보기만 하고, 버릴 것을 고르지도 않는 거라고.

손에 들 수 있는 데는 한계가 있고, 전부 가지려고 하면, 언젠가는 뭔가가 저절로 떨어지게 된다. 그런데도 나는 지금까지 고를 대로 고르기만 했고, 그중에서 뭔가를 포기해야 한다는 각오도 못 하고 있었다.

……그렇다면.

"내일은 역시, 키쿠치 양을 위해서 보내야겠네."

『아…… 저기, 하지만…….』

키쿠치 양은 기쁨을 완전히 감추지 못한 목소리로, 말을 더듬었다. 키쿠치 양의 평소 가치관으로 본다면, 내가 키쿠치 양을 위해서 다른 약속을 깨는 걸 좋게 생각하지 않겠지. 하지만 지금 이렇게 고집을 부리는 건, 의도하지는 않았다고 해도, 내가 키쿠치 양한테 상처를 줬기 때문이고. 구형 배지 이야기를 물려받을 자격이 있는 특별한 관계라고 믿기가, 힘들어졌기 때문이고.

나는 여기서도, 내가 감당할 수 없는 짐을 조금씩, 순서를 매겨도 된다고 생각했다.

"괜찮아. 다른 애들도 얘기하면 이해해줄 거야."

나는 엿보는 것 같은 시선을 보내오고 있는 키쿠치 양에게, 자신 있게 말했다.

"그리고…… 운명의 배지를 받을 커플이, 그날까지 싸우기라도 하면 안 되잖아?"

이즈미가 만들어준 계기를 이용하는 것처럼 말했더니, 키쿠치 양이 피식 웃었다.

『후후, 그것도 그러네요.』

그리고 또, 뜨거운 목소리로.

『선택해줘서…… 기뻐요.』

그리고 우리는 서로의 예정을 말하고, 시간을 정했다. 나는 다른 애들한테 뭐라고 설명해야 좋을지 생각해봤는데, 있는 그대로 솔직하게 말하면 되겠지.

『그, 그럼, 내일…….』

"응."

『자, 잘 자요!』

"응, 잘자."

그렇게 전화를 끊고, 각자의 일상으로 돌아갔다. 이렇게 연결이 끊어진 때는 아마도, 각자 다른 종족으로서 살아가는 건지도 모른다. 하지만 그 거리는, 이야기라는 이름의 세상에서 이어져 있다.

"……좋았어."

이렇게 말을 나누기만 해도 잘 될지 아닐지는 아직 모르는 일이고, 아마 특별한 이유도, 진정한 의미에서 본다면 발견하지 못했다. 우리가 하는 건 근본적인 부분이 아닌, 눈에 띄는 증상만을 치료하는 요법인지도 모른다. 하지만 서툴게나마 두 사람 사이의 골을 메워가는 건, 두 사람의 관계에서 꼭 필요하다고 생각하고 있다.

──그런데, 그것과 또 별개로.

"~~~!"

몸은, 너무나 위험한 상태였다.

키쿠치 양의 뜨거운 '안 되겠어' '보고 싶어'라는 말. 화면 너머로 봤던, 어린 기색이 남아 있는 예쁜 얼굴. 그리고, 평소보다 방심한 복장.

그것들은 오늘 아침부터 계속 직전에서 멈춰버리기만 하고, 한번도 제대로 타오르지 못했던 내 안에 있는 충동 같은 무언가에 다시 불을 지르기에 충분했기에, 단순하게 말하자면 남자로서 상당히 위험한 상태가 돼 있었다.

나는 침대에 얼굴을 묻은 채 버둥댔고, 그러면서도 동시에 아주 조금 안심하고 있었다. 나는 지금까지 이런 감정을, 직접적으로 유혹하는 레나한테서만 느끼고 있었지만…… 내 여자 친구인 키쿠치 양한테서도 느끼게 됐다. 이건 틀림없이, 건전한 일이겠지.

……하지만, 그건 그렇다 치고.

"~~~~!"

역시, 발버둥 칠 정도로 괴로웠다.

　　　　* * *

그다음 날.

"토모자키 군!"

나는 키쿠치 양과 키타요노역에서 만났다.

"……안녕."

"응, 안녕."

평소처럼 인사를 나누고, 우리는 역 앞에서 나란히 섰다.

키쿠치 양은 갈색 롱코트에 베이지색 목도리를 했고, 코트 옷자락 밑으로 보이는 치마와 까만 가죽 구두 위로 보이는 양말도, 색감이 조금 다른 갈색이었다. 한 가지 색으로 통일한 그 코디는, 이 세상 존재가 아닌 것 같은 키쿠치 양이 현실에 있게 해주는 장치 같았고, 아름다웠다.

참고로 나는 내가 가진 옷들을 키쿠치 양한테 거의 다 보여줬기 때문에, 지난번에 히나미랑 쇼핑하러 갔을 때 샀던 체스터 코트를 입고 있다. 양말과 목도리 색은 여전히 맞췄고. 고맙습니다, 히나미 선생님.

이제 우리가 갈 곳은—— 히나미가 소개해줘서 몇 번인가 간 적이 있는, 샐러드가 맛있는 이탈리안 레스토랑이다.

"좋았어, 그럼 갈까."

"예."

"이쪽이야!"

나는 최대한 당당하고 남자답게 키쿠치 양을 에스코트했다. 처음에 키쿠치 양과 둘이서 영화를 보러 갔을 때는 이런 걸 하나도 못 했지만, 지금은 어느 정도 자연스럽게 할 수 있게 됐다.

몇 분 정도 걸어가서 그 가게 앞에 도착했다. 문을 열었더니 다가와서 말을 걸어준 점원분께 "예약한 토모자키인데요"라고 말하고는, 키쿠치 양과 같이 안쪽으로 들어갔다. 참고로 지금 그 대사는 거의 해본 적이 없어서, 사전에 녹음까지 하면서 연습해뒀다. 방심하면 안 되지.

"와, 차분한 분위기네요."

"그렇지. 내가 여기 샐러드를 좋아하거든……."

이렇게 이 가게에 오게 된 건, 키쿠치 양이 원해서였다. 하지만, 구체적으로 이 가게를 지정한 건 아니고.

오늘 데이트에서 가고 싶은 곳이 있는지 물었더니, '토모자키 군이 가장 좋아하는 곳을 알고 싶어요'라고 주문했고, 그래서 나는 이 가게를 선택했다. 아무래도 특별한 감정이 있는 곳이기도 하고, 무엇보다 음식도 정말로 맛있으니까. 그 입맛 까다로운 히나미가 좋아할 정도로.

"여기가, 토모자키 군이 좋아하는……."

"응."

말하면서, 나는 익숙한 동작인 척 메뉴판을 펼쳤다. 실제로는 몇 번 와본 적이 있기는 해도, 나한테는 부담될 정도로 멋있는 가게다 보니 자꾸만 안절부절못하게 되지만, 그런 모습은 안 보이려고 노력하고 있다.

"파스타 런치랑 샐러드 런치가 있는데…… 많이 먹는 게 아니라면, 샐러드 런치를 추천해. 여기 샐러드가 정말 맛있거든….”

"그렇군요!"

그렇게 내가 알고 있는 지식을 키쿠치 양에게 전했다. 그러면서도 쓸데없는 것까지 말하지는 않고, 내가 즐겁게 말할 수 있는 부분만 전했다. 여름방학 때는 너무 미리 준비했던 얘기만 하다가, 되레 말하기 힘들어졌으니까.

그렇게 해서 나와 키쿠치 양은 각자 파스타 런치와 샐러드 런치를 주문하고, 잡담을 나누면서 음식이 나오기를 기다렸다.

* * *

"세, 세상에 이렇게 맛있는 샐러드도 있네요……!"

"그렇지! 정말 맛있다니까…… 오랜만에 먹어보는데, 역시 대단하네……!"

우리는 음식의 맛에 관한 이야기를 공유하면서, 둘만의 시간을 즐겼다.

내가 좋아하는 것을 좋아하는 사람과 공유할 수 있다는 건, 정말 행복한 일이었고.

"키쿠치 양이랑 같이 먹을 수 있어서, 정말 다행이다."

"고, 고마워요……."

솔직한 생각을 말하면서, 또다시 아주 조금 따뜻한 기분이 들었다.

"저, 저기…… 어제 말인데요……."

"응?"

어느샌가 어제 있었던 대전 모임 이야기가 나왔고, 키쿠치 양은――.

"그 사람, 역시 어제도 있었나요……?"

"아……."

그 사람이라는 건 틀림없이 레나 얘기고, 솔직히 나는 어제, 거기에 대해 뭐라고 말해야 좋을지 고민한 끝에, 굳이 내가 먼저 언급하지는 않았었다.

하지만, 이렇게 물어보면 거짓말을 해선 안 되겠지.

"응. 있었어."

"그, 그랬군요……."

말하면서, 키쿠치 양은 분위기를 수습하려는 것처럼 웃었다.

그건, 더 물어도 될지 망설이는 것 같은 표정이었고.

"저기……."

나는 고민했다. 레나와 있었던 일에 대해서, 어디까지

말해야 좋을까.

있는 그대로 전부 말하는 건 간단한 일이지만, 그것이 서로에게 좋을 게 없는 위험한 일일 것 같은 기분이 들고, 그렇다고 나 하나 살자고 숨기는 것도 성실하지 못한 짓이겠지.

그래서 나는, 키쿠치 양에게 그걸 물어보기로 했다.

"키쿠치 양은, 무슨 일이 있었는지 자세히 듣고 싶어? ⋯⋯키쿠치 양을 배신하는 짓은 안 했지만, 들으면 기분이 안 좋아질 수도 있다고, 생각하거든."

그랬더니 키쿠치 양은 약간 겁먹은 것처럼 입술을 흔들고, 나를 똑바로 바라보며 솔직한 목소리로.

"저⋯⋯ 가능한, 제대로 듣고 싶어요."

"⋯⋯알았어."

고개를 끄덕이고, 나는 오프 모임에서 레나가 했던 행동에 대해, 자세히 말하기로 했다.

레나는 20세 여성이고 '친구와 그런 일을 할 수 있다'라고 당연하다는 것처럼 말할 정도로 적극적이라는 사람이라고.

대전 모임에서는 거리를 좁히려고 행동했고, 아마도 날 노리는 것 같다고.

직접적으로 유혹한 적도 있었는데, 그때는 뭐랄까⋯ 자기 신체를 이용해서 흥정하는 것 같은 태도를 보였다고.

"그, 그런 사람이군요⋯⋯."

키쿠치 양은 한눈에 봐도 충격을 받았다. 당연히 그렇겠지. 고등학생 중에는 거의 없는 스타일의 사람이고, 전에 한번 키쿠치 양이랑 있을 때 전화가 온 적이 있어서 얼굴도 본 적이 있다. 일반적으로 봤을 때 외모가 엄청나게 좋은 부류니까, 위기감을 느끼는 것도 어쩔 수 없다는 생각이 든다.

그래서 나는, 안심시키기 위해서라도, 내 생각을 솔직하게 말했다.

"그런데 말이야. 나, 확실하게 '여자 친구가 있다'라고 말했고, 키쿠치 양 말고 다른 사람이랑 그런 걸 할 생각은……."

없다고, 까지 말하려다가, 알아차렸다. 그리고, 아마 키쿠치 양도 동시에 알아차린 것 같다.

그렇다. 나는 지금 간접적이기는 하지만 키쿠치 양과 그런 걸 할 생각이 있다는, 그런 소리를 해버렸다. 잠깐만, 이거 괜찮은 걸까. 순수한 키쿠치 양한테 이런 소리를 하다니, 경찰에 잡혀가는 건 아닐까.

"저, 저기…… 그, 그런 거라는 게……."

"아~! 그게 말이야! 그러니까~! 아, 아무것도 아냐!"

내가 엄청나게 당황하면서 횡설수설 얼버무리려고 했더니, 키쿠치 양은 왠지 풀이 죽은 것처럼 고개를 숙였다.

"아, 아무것도 아닌가요……?"

"뭐?"

"저, 저는 역시……."

그리고 고개를 든 키쿠치 양은, 어째선지 눈물을 글썽이고 있었다.

"역시 남자들은, 그런 야한 여자를 좋아하는 건가요……?"

"뭐, 뭐라고?!"

키쿠치 양한테서 튀어나온 키쿠치 양답지 않은 말에, 나는 충격을 받았다.

"아, 아니, 난 키쿠치 양이……."

내가 말을 하려고 했더니, 키쿠치 양은 그때 봤던 레나의 프로필 아이콘이 생각난 건지, 고개를 숙이고 자기 모습을 보면서.

"하지만…… 저는 그 사람처럼……."

풀죽은 것처럼, 목소리가 가라앉았다. 그리고 다시 고개를 들었을 때, 눈동자에 눈물이 고여 있었다.

"그러니까…… 그런 매력은, 없으니까……."

"!"

당장이라도 흘러내릴 것 같은 키쿠치 양의 눈물. 나는 그 눈물을 어떻게든 해줘야만 하기에. 그리고 그건 아마도, 흘러내린 눈물을 닦아주는 게 아니고.

고여 있는 눈물이 흘러내리지 않게 해주는 것이다.

그리고 그때. 내 머릿속에 떠오른 것은── 역시나, 내 진심이다.

"그, 그렇지 않아!"

정신을 차려보니, 나는 큰소리로 외치고 있었다.

왜냐하면, 나는 정말 어떻게 할 수 없을 정도로, 그렇게 느끼고 있었기 때문에.

"나, 나는! 키쿠치 양도! 그런 눈으로, 보기도 하니까——!"

말한 순간, 세상이 멈춰버렸다.

내 생각도, 키쿠치 양의 움직임도, 모든 게 다 멈춰버렸다.

단 하나. 두 사람의 얼굴색만이 빠르게, 지금까지 본 적이 없을 만큼 빠른 속도로 빨갛게 물들어가고 있다는 것만은 알 수 있었다.

마침내, 더이상 어쩔 수 없을 정도로, 키쿠치 양의 얼굴이 새빨개진 뒤에. 펑, 하고 터지는 것처럼, 키쿠치 양이 입을 열었다.

"지, 직접 그렇게 말하니까……!"

키쿠치 양은 몸을 움츠리면서 고개를 숙이고 말았고, 그 상태에서 날 바라보는 눈에는 아까와는 다른, 열기가 담긴 눈물이 맺혀 있었고.

"그런데…… 어떨 때…….."

그리고 키쿠치 양은, 자세한 내용을 물어봤다. 솔직히 조금 전에도 생각했는데, 키쿠치 양이 이런 걸 물어볼 것 같더라니까, 왠지.

하지만, 나는 키쿠치 양을 안심하게 해주기 위해서는, 내가 창피해지거나 말거나 상관하지 않고, 질문에 대답하

는 수밖에 없다.

"그, 그러니까…… 전에 영상 통화 했을 때라든지……
복장이 평소랑 달라서."

"~~!"

그랬더니 키쿠치 양은 몸을 옆으로 돌리고, 팔로 자기
몸을 감쌌다.

그리고는 뾰로통한 것처럼, 그러면서도 어딘가 기뻐하
는 것 같은 눈으로, 날 노려봤다.

"……엉큼해."

그 한마디 덕분에, 나는 한 단계 더 키쿠치 양을 뭐랄까,
그런 눈으로 보게 돼버리고 말았다. 아니 뭐, 건전한 거니
까 좋은 거잖아?!

* * *

그렇게 해서 우리는 디저트까지 먹은 뒤에, 식후 홍차를
마시고 있다.

"정말, 맛있었어요."

"그렇지! 그래서 나도 여기 좋아해."

우리는 거짓 없는 솔직한 감상을 주고받으며, 그 행복한
시간을 곱씹었다.

"홍차도 정말 맛있고, 멋진 시간이었어요."

"나도, 같이 먹을 수 있어서 기뻤어."

"저… 저도요."

여기 음식은 몇 번인가 먹어봤지만, 같이 있는 사람이 달라졌을 뿐인데도 그 시간의 색이 달라진 것 같은 기분이 들었다. 뭐, 물론 히나미랑 있을 때도 즐겁기는 한데, 키쿠치 양이랑 있을 때는 뭐랄까, 천천히 흘러가는 시간 위에서 흔들리며, 그 따뜻함을 공유하는 것 같은 감각이랄까. 참고로 히나미와 있을 때는 서로가 날카로운 무기를 들고서 시합을 하는 것 같은 감각이다.

"자, 그럼 슬슬 나갈까."

"그래요. 나가요."

그렇게 우리가 자리에서 일어나려고 한, 바로 그때.

"——어라? 후카랑 토모자키 군?"

내 귀에, 밝고 쾌활하게 꾸민, 귀에 익은 목소리가 들려왔다.

"어?"

고개를 돌려보니 거기 있는 사람은 이럴 수가, 히나미였고. 나는 너무나 황당한 타이밍 때문에 어깨가 크게 들썩이고 말았다. 어, 뭐야, 이 사람은 자기 생각을 하면 소환되는 타입의 마수 같은 건가요.

"어라, 아오이 학교 친구니?"

품위 있고 친근감 있는 투로 말한 사람은 히나미 뒤쪽에 있는 삼사십대 가량의 여성이다. 그 옆에는 히나미와 많이 닮고 조금 어려 보이는 여자애가 있는데… 그렇다면, 한마디로.

"저…… 아오이 양네 어머니하고 동생분, 인가요?"

내가 부모님 앞에서 '아오이 양'이라고 제대로 말할 정도로 진보했다는 기분을 맛보면서 물었더니, 그 여성은 어린애처럼 싱긋 웃으면서 고개를 끄덕였다.

"예. 항상 우리 아오이가 신세 많이 지고 있어요."

"아, 아뇨, 저야말로 아오이 양한테 신세 많이 지고 있습니다."

"저, 저도…… 저기, 키쿠치 후카라고 합니다."

"아, 저는 토모자키 후미야라고 합니다."

내가 키쿠치 양을 따라서 자기소개를 했더니, 히나미네 어머니가 또다시 가볍게 웃었다.

히나미네 어머니는 목까지 올라오는 하얀 니트 위에 까맣고 고급스러운 질감의 롱코트를 입었고, 목에는 진주처럼 하얗고 고급스러운 느낌의 장식이 달린 목걸이를 하고 있다. 그 움직임과 표정은 전체적으로 아주 친해지기 쉬울 것 같고, 나이나 분위기와 비교하면 많이 젊어 보였다.

"정중하게 소개해줘서 고마워요. 앞으로도 우리 아오이 잘 부탁해요."

친근하면서도 싫은 기색이 없는 투로 말하고, 또 빙긋 웃었다. 그 웃는 얼굴은 제2 피복실의 히나미라기보다는 교실에서의 퍼펙트 히로인 히나미와 비슷했고. 그러면서도 최소한 내 눈에는 작위적인 것처럼 보이지 않았다.

"얘, 하루카."

어머니의 말에, 옆에 있던 여자아이가 우리들 쪽을 봤다.

"저기, 히나미 하루카예요! 언니가 신세 많이 지고 있어요!"

약간 딱딱한 목소리로 말하고는 꾸벅, 인사했다. 외모를 보면 중학생 정도려나. 그런 것 치고는 말투가 조금 어린 애 같다는 느낌도 들지만, 고등학생 입장에서 보는 중학생은 의외로 그런 건지도 모르니까 뭐라고 말하기는 힘들다.

"들은 대로 동생 하루카. 잘 부탁해요."

어머니가 장난스레 말했다. 이쪽은 역시나 친근한 느낌이 들어서, 대화를 나눈 시간이 얼마 안 되는데도 나는 벌써 호감을 느끼기 시작했다.

"별일이네! 벌써 가려고?"

키쿠치 양도 있는 탓인지, 히나미는 퍼펙트 히로인 히나미로서 나한테 말을 걸었다. 나는 거기에 "응, 맞아"라고 대응하면서, 시선은 슬쩍슬쩍 히나미의 어머니와 동생 쪽으로 향하고 말았다.

이게 히나미네 가족, 인가.

그건 뭐랄까, 보기에도 따뜻한 가정이라고 할까, 나와 키쿠치 양이 히나미의 초등학교 때 같은 반 친구에게 이야

기를 들었을 때, 부모님이 눈에 띄는 존재였다는 이야기가
나올 만도 했다는 생각이 들었다.

"그렇구나, 그럼 내일 학교에서 보자!"

히나미가 우리한테 빨리 가라는 것처럼 말하자, 히나미
네 어머니가 피식 웃으면서 입을 열었다.

"어머나, 얘기 좀 더 하다 가면 좋을 텐데."

"됐·거·든·요!"

그건 뭐랄까, 너무나 자연스러운 어머니와 딸의 대화였
는데, 뭐 부모님과 있는 모습을 같은 반 애들한테 보여주
고 싶지 않다고 생각하는 건, 그게 히나미 아오이라는 요
소만 제외한다면, 흔히 있는 감정 중에 하나라고 할 수 있
겠지.

……하지만.

"응, 그래. 그럼 갈까."

"아, 예!"

"그럼, 내일 봐."

"히나미 양, 그럼."

그렇게 해서 우리 둘은 계산을 마치고 가게에서 나왔다.

"둘 다 정말 예쁘고 잘 생겼네."

"아하하, 그렇지. 얼마 전부터 사귀기 시작했다는 것 같
던데——."

뒤에서 들려오는 히나미 일가의 목소리.

나는 그 목소리를 어렴풋이 들으면서, 한 가지 사실을

생각하고 있었다.

　　——히나미는, 가족들 앞에서는 '그쪽 얼굴'이구나.

　　　　＊ ＊ ＊

　한참 동안, 정처 없이 겨울의 키타요노를 걸었다.

　우리 집에서 가까운 역이니까 익숙한 키타요노의 거리지만, 평소에 다니던 길에서 조금 벗어났을 뿐인데도 마치 전혀 모르는 동네처럼 느껴지고. 그런데 정말, 가까운 역이기 때문에 더더욱, 역으로 가는 길 말고는 거의 안 다닌 것 같네.

　키쿠치 양은 한 걸음 한 걸음 걸을 때마다 톡, 톡, 발끝으로 뭔가를 차는 것 같은 걸음걸이로 천천히, 내 옆에서 걷고 있다. 나한테도 들릴까 말까 할 만큼 작은 소리로 콧노래까지 흥얼거리고 있는, 그 기분 좋은 발걸음은 마치 어린 소녀 같다. 발끝이 둥그스름한 가죽 신발이 겨울 햇살을 받아서 시원하게 빛나고, 긴 치맛자락이 바람처럼 부드럽게 흔들린다.

　그런 연인의 모습을 슬쩍 보면서, 나는 충족되고 있었다. 아마도 나는 아직, 아시가루 씨가 말한 것처럼 나 말고 다른 사람을, 키쿠치 양을, 내 인생의 안쪽까지 받아들이지는 못했다. 하지만 이렇게 말을 주고받고, 가끔씩 틀어지기도 하면서, 그저 옆에서 걷기만 해도 행복해지는 관계고.

그렇다면 그걸로 충분하지 않을까—— 그렇게 생각하는 것 자체가, 그 업보라는 걸까.

"토모자키 군은, 좋은 가게를 많이 알고 있네요."

"응? 그런가?"

몸을 내 쪽으로 빙글 돌리고, 존경한다는 것처럼, 기분 좋은 것 같은 투로 말하는 키쿠치 양.

"예! 그러니까, 오오미야에 있는 카페도 그렇고, 지금 갔던 가게도 정말 좋았거든요!"

"아…….'

"토모자키 군을 따라다니면 언제나 새롭고 멋진 것을 알게 돼서, 저는 정말 기뻐요."

그렇게 말하고는 빙긋, 하고 웃었다. 나는 그 모습을 보고 행복한 기분을 맛보면서도, 아주 조금, 복잡한 기분이 들기도 했다. ——왜냐하면.

"이런 가게들은, 어떻게 찾아내는 건가요?"

생각하고 있는데, 정확히 그 부분에 대한 질문이 날아왔다. 거기에 대한 대답은—— 뭐, 딱히 나쁜 얘기는 아니지만, 키쿠치 양한테는 조금 말하기 힘든 얘기였다.

"그러니까, 오늘 갔던 가게는…… 몇 번인가, 히나미랑 간 적이 있거든, 그래서."

"……히나미, 양."

키쿠치 양의 걷는 폭이, 아주 조금 짧아졌다. 조금 전까지 기분이 좋았던 발걸음이 평소의 걸음걸이로 돌아왔고, 그 눈은 깜박깜박하면서, 조금 불안하다는 것처럼 날 보고 있었다. 아으, 역시나.

"그, 그렇구나, 그래서 아까……."

"응…… 맞아."

그렇다. 거기서 히나미를 만난 걸 엄청난 우연이라고 생각할 뻔했지만, 잘 생각해보면 거기는 히나미가 소개해준 가게다. 그리고 히나미가 아주 좋아하는 가게니까, 당연히 히나미가 다른 사람과 같이 와도 이상하지 않겠지. 솔직히, 히나미도 부모님이 데려가 줘서 알게 된 가게일 수도 있고.

"저기, 그럼 오오미야에 그 가게는……."

"아……."

새삼 아차, 싶었다.

그러니까, 생각해보면 그 카페도.

"그러니까…… 거기는 히나미랑 가본 적은 없지만, 가르쳐준 사람은…… 히나미였어."

"그, 그랬군요……?"

키쿠치 양이 딱, 걸음을 멈추고 말았다.

"전에, 제가 아르바이트하는 가게도…… 단둘이 왔었죠."

"아……."

내가 인생 공략을 정말로 막 시작했을 무렵. 나와 히나미가 우연히 들어갔던 카페에서 키쿠치 양이 일하고 있었다.

……그렇게 생각해보면 키쿠치 양은 우리 반에서 나와 히나미가 단둘이 만나는 모습을 실제로 목격한 유일한 사람이네.

"그때는…… 토모자키 군이 아직, 다른 사람들과 사이좋게 지내기 전이었죠…."

키쿠치 양이 그걸 눈치채고 말았다. 그래, 그 시기는 내가 아직 같은 반 애들과 친해지기 전이었으니까, 지금보다 위화감이 크게 느껴졌겠지.

하지만, 거기에는 이유가 있는데.

"저기, 키쿠치 양."

그래서 나는 키쿠치 양을, 모든 것이 담겨 있는 **그 장소**에 데려가려고 생각하고 있었다.

"내일 아침에, 같이 갔으면 하는 곳이 있거든."

"아침에……. 도서실 말고 다른 곳…… 인가요?"

나는 고개를 끄덕였다.

"어떤 교실이 있는데…… 거기서, 하고 싶은 말이 있어. 가능하다면 거기서, 말하고 싶어."

그랬더니 키쿠치 양은 잠깐 생각한 뒤에, 뭔가 느낌이 왔다는 것처럼 말했다.

"히나미 양 얘기…… 인가요?"

나는 놀라면서도 키쿠치 양을 똑바로 보며, 고개를 끄덕였다.

"얼마 전에 얘기했던, 히나미와의 관계에 대해서. 히나미한테 물어보고, 키쿠치 양한테는 얘기해도 된다고 했거든."

"……!"

그것은, 기대와 불안이 뒤섞인 것 같은 표정이었고.

"그래서 내일. 거기서 전부, 얘기하고 싶어."

확실하게 말했다.

"알았어요……!"

지금까지 그 원인을 말하지 못했던, 히나미와 내 특별한 관계. 그걸 말할 수 있다는 건, 나와 키쿠치 양의 관계에서 정말 크나큰 일이겠지.

"이제야 겨우…… 키쿠치 양한테도 알려줄 수 있게 됐네."

그런데 그때.

내 말에 반응한 건지, 갑자기 키쿠치 양이, 큰 결심을 했다는 것처럼 이런 말을 했다.

"저…… 토모자키 군에 대해서, 더 알고 싶어요……."

"……나에 대해서?"

키쿠치 양이 고개를 끄덕였다.

"왠지 전, 토모자키 군이랑 사귀고 있는데, 토모자키 군에 대해서, 아무것도 모르는 것 같은 기분이 들어서……."

"그, 그런 건……."

키쿠치 양은 고개를 살짝 숙인 채로, 저었다.

"여러 가지를 가르쳐 줬지만, 전부 그냥 듣기만 했고…… 같이 지낸 시간도, 만나서 함께 해온 시간도, 그러니까…… 제가 진 것 같고."

뭔가에 대항하는 것처럼 말하는 키쿠치 양은, 서툴게나마, 내 눈을 보고 있었고.

"저, 토모자키 군을, 제일 잘 아는 사람이 되고 싶어요……."

그 달콤한 말은, 내 뇌를 흔드는 마약처럼, 내 고막에서 녹아버렸다.

"왜냐하면, 저는…… 토모자키 군, 여자 친구니까……."

"……!"

애처로운 눈동자와 술렁이는 마음을 미처 억누르지 못한 손가락의 움직임에, 나는 빨려들고 말았다. 그것은 너무나 강한 인력이라서, 약캐인 나조차도, 이 사람은 내가 지켜줘야 한다는 기분이 들게 만드는, 그런.

"그, 그러니까, 저기……."

그리고 키쿠치 양은 고개 숙인 채 내 옆에 나란히 서서, 옆에서 날 보며——.

하얗고 가느다란, 내가 좋아하는 키쿠치 양의 손끝이, 내 소맷자락을 잡았다.

"지금부터 집에…… 가도 될까요?"

그 둥그스름하고 부드러워 보이는 볼에 깃든 빨간색은, 역시나 나한테도 전염되고 말았다.

* * *

그렇게 해서 우리는 지금, 내 방에 있다.

그렇다. 나는, 이 아니라 **우리는**이다.

"……시, 실례할게요."

키쿠치 양은 살짝 갈라진 목소리로 말하면서 날 따라 방에 들어왔고, 몸은 움츠린 채 시선만 이리저리 움직이고 있다. 참고로 부모님과 동생은 외출한 것 같고, 지금 집에는 나와 키쿠치 양 둘만 있다.

"아…… 어~."

그리고 나는 목소리가 갈라지는 정도가 아니라 아예 제대로 나오지도 않는 데다, 심장 고동은 평소의 5억 배는 거세게 뛰고. 내 방인데도 어디에 앉아야 좋을지도 모르는 지경이 돼버렸다.

나는 일단 침대에 걸터앉을까 했지만, 그렇게 되면 자연스럽게 키쿠치 양도 그 옆에 앉는 모양이 될 것 같고 그건 왠지 위험하다는 기분이 들어서 회피했다. 그래서 침대에 등을 기대는 모양으로 앉아서, 정신을 가다듬으려는 것처럼 허리를 똑바로 세웠다. 자세를 바꾸면 마음도 달라진다고, 히나미 선생님도 말씀하셨으니까.

그랬더니 키쿠치 양도 날 따라 하는 것처럼 나한테서 살짝 거리를 두고서 옆에 앉았고, 쭈뼛쭈뼛 앞쪽을 봤다. 키쿠치 양은 한눈에 봐도 알 수 있을 만큼 딱딱하게 굳어 있지만, 물론 나도 키쿠치 양의 얼굴을 똑바로 볼 수는 없다.

"아…… 저기."

"아, 예……."

별생각 없이 일단 뭐라고 소리만 내 봤는데, 역시 이런 정신상태에서는 아무 생각도 안 나온다고나 할까, 뭔가 말을 해야 한다는 압박감 때문에 입을 열기는 했지만 내 머릿속도 몸도 새하얗게 물들어가기만 했다.

"아…… 그게."

"……예."

"아…… 그러니까."

"으, 응."

그렇게, 아무런 진전도 없던 그때.

갑자기 내 방의 문이 벌컥 열렸다.

"후미야 왔니~. 잠깐 빨래…… 어머나."

거기에 있는 사람은 바로 조금 전까지만 해도 집에 안 계셨던 내 어머니 되시는 분이고, 빨래바구니를 들고서 내 문 앞에 서 있었다. 그 시선은 나와 그 옆에 있는 키쿠치 양 사이를 계속 오갔고. 마침내 빙긋, 미소를 지었다.

"어머나, 친구가 왔구나. 편하게 있으렴."

어머니는 그 억지로 지은 것 같은 웃는 얼굴인 채로 문을 닫았고, 그리고 몇 초 뒤에 우당탕탕 계단을 내려가는 소리가 들려왔다.

"후, 후미야가 여자애를…… 뭐야, 아무도 없잖아~!"

동생과 아버지는 아직 집에 안 왔는지, 덕분에 어머니 혼자서 부산을 떠는 모양이 됐다. 뭐 하는 거냐고 우리 엄마는.

"저, 저기……."

키쿠치 양은 완전히 난처한 표정이고, 나도 마찬가지다. 하지만 내 안에 있던 긴장감은 아까보다 훨씬 줄어들었다. 그리고, 덕분에 공통된 이야깃거리도 생겼다.

"아하하…… 미안해. 우리 부모님이, 항상 저러시거든."

내가 장난스러운 목소리로 말했더니, 키쿠치 양은 잠깐 눈이 휘둥그레진 뒤에 피식, 하고 웃었다.

"어머니가 재미있으시네요."

그렇게 해서 나와 키쿠치 양은 서로 얼굴을 마주 보면서 쿡쿡 웃었다. 좋았어, 어떻게든 분위기가 좋아졌다. 이 세상에는 여자 친구를 집에 데리고 왔을 때 어머니가 좋은 역할을 하는 경우가, 실제로도 있구나. 만화에서밖에 본 적이 없는 나한테는 아주 신선한 일이다.

──하지만.

"저기~, 어, 어떻게 할까……."

"그, 그러게요!"

키쿠치 양이 나에 대해 알고 싶다고 말해서, 둘이서 여기까지 왔다. 하지만, 방에 온 것까지는 좋은데 대체 무슨 말을 해야 좋을까. 제일 큰일이었던 히나미와의 비밀에 대해서도 말해버렸고, 더 이상 말하지 않은 일은 없는 것 같은데.

"저…… 그게."

그리고 키쿠치 양은 슬쩍, 책상 위에 있는 모니터를 봤다.

"토모자키 군이 제일 좋아하는 건, 저 게임이죠……?"

"응. 맞아."

생각지도 못한 각도에서 던져온 말이지만, 거기에 대해서는 엄청나게 자신이 있으므로, 나는 확실하게 고개를 끄덕였다.

"그렇다면 저…… 어택 패밀리즈에 대해서, 알고 싶어요."

"뭐."

"저도…… 같이 플레이하고 싶어요."

"뭐어?!"

나는 깜짝 놀라서 소리를 질렀다. 하지만 그 놀라움 결코 마이너스적인 이유 때문이 아니고, 오히려 엄청나게 기쁜 마음에서 나온 비명이었다.

솔직히, 내가 좋아하는 사람과 같이, 좋아하는 게임을 할 수 있잖아. 이렇게 행복한 시간이 또 있겠어?

내가 너무 기쁜 나머지 완전히 정지해 있었더니, 키쿠치 양이 시간을 메우려는 것처럼 말했다.

"저기…… 그, 토모자키 군도……."

"응?"

그리고 키쿠치 양은, 행복한 시간을 떠올리는 것처럼.

"앤디 작품에 대해서—— 알려고 해줬으니까."

"아….."
거기서 무슨 얘기인지 이해했다.
처음에는 앤디 작품을 읽고 있다는 착각에서 시작된 우리 두 사람의 관계인데, 나는 그 뒤에 정말로 앤디 작품을 읽었고, 그 좋은 점을 알았고, 키쿠치 양과 영화를 보러 가고, 같이 신간을 사러 가고—— 어느새 그건 우리 둘 사이를 이어주는, 너무나 소중한 것이 되어 있었다.
"그래서, 저도 알고 싶어요. 토모자키 군이…… 좋아하는 걸."
살짝 쑥스러워하면서, 그러면서도 날 감싸주는 것처럼 웃는 키쿠치 양. 나는 그 모습을 보기만 해도, 미칠 듯이 사랑스럽다는 기분이 들었고.
"좋았어!"
나는 항상 연결돼있는 컨트롤러를 컬러 박스에서 꺼내고, 게임기 스위치를 켰다.
"그럼, 같이 하자. 뭐든지 가르쳐줄게."
"후후. ……전국 1위라고 했죠."
"아하하. 응, 맞아."
그리고 나는, 두근두근하는 기분으로 화면을 보고, 마침내 깨달았다.
이건 어쩌면, 이지만.

키쿠치 양 나름대로, 틀어졌던 시간을 메우려고 해주는 건지도 모른다.

바로 모니터에서 귀에 익은 오프닝 음악이 들려왔고, 화면에는 어패에 등장하는 수많은 캐릭터가 각자 개성을 발휘하면서 종횡무진 뛰어다니는 영상이 나왔다.

"그러니까, 이 게임은 여러 게임 타이틀에 나오는 유명한 캐릭터들을 모아놓은 격투 액션 게임인데——."

나는 적절히 화면을 넘기면서 게임에 관해 설명했다. 키쿠치 양은 내 이야기를 정말 흥미롭게 흠흠, 하고 추임새까지 넣어가며 들어줬고, 나는 그게 너무나 기뻐서 계속 말했다.

일단 이 게임이 태어난 역사. 그리고 대회가 인기를 끌게 된 경위와 단순한 파티게임으로서의 인기 등을 순서대로 설명했다. 거기까지는 굳이 말할 필요 없겠지, 같은 부분에 대해서도 자꾸만 말이 튀어나왔다.

"——이런 식으로, 깊이 있는 게임성과 대중성을 양립한 갓겜이…… 헉!"

그리고, 나는 정신이 번쩍 들었다.

키쿠치 양이 생글생글 웃으면서 열심히 이야기를 들어준 탓에, 자기가 좋아하는 것에 너무 뜨거워지는 오타쿠의 피가 끓어오르고 말았다. 정신을 차려보니 손짓, 발짓까지 거창하게 하는 게, 거의 연설하는 게 아닌가 싶을 지경이었다. 안 돼, 냉정해지자. 초장부터 뭘 하는 거야, 나는.

"……아, 미, 미안, 혼자 너무 떠들었네."

그랬더니 키쿠치 양은 잠깐 깜짝 놀랐다는 것처럼 눈이 휘둥그레지더니, 하늘이 나를 용서한다는 것처럼 생긋, 웃었다.

"전 괜찮은데요? 더…… 얘기해주세요."

그것은 내 폭주마저도 받아들여 주는 것 같은 웃는 얼굴이었고.

"천사……."

"예?"

나는 지금까지 머릿속에서는 실컷 말했지만, 입으로는 단 한 번도 말한 적이 없는 말을 결국, 중얼거리고 말았다. 솔직히 어쩔 수 없잖아. 지금 그건 그야말로 완전히 빛이 날 포옹해주는 것 같았으니까.

그 말을 들은 키쿠치 양은 깜짝 놀라더니, 눈을 돌리고는 머리카락 끝을 만지작거리면서 쑥스러워했고, 그러더니 살짝 뚱한 표정으로 날 쳐다봤다

그리고, 약간 삐친 목소리로.

"뭐예요…… 너무 극단적이잖아요."

보호 욕구를 너무나 자극하는 것 같은 그 언행에, 나는 컨트롤러를 툭, 떨어트릴 뻔했다. 하지만 이것은 언젠가 내 사업 수단이 될 물건이라고 생각하면서 꽉 쥐었고, 숨을 깊이 들이쉰 뒤에 다시 한번 키쿠치 양을 봤다.

"……창피하니까, 그렇게 쳐다보지 마세요."

하지만 거기에는 아까보다 얼굴이 빨개지고, 신성 속성이 더욱 강해진 키쿠치 양이 있었다.

"요정……."

"그, 그러니까!"

그리고 나는 또다시, 이성을 잃고 말았다.

　　　　* * *

그리고 몇 분 뒤.

"에, 에잇! …어라?"

"아하하, 아마 버튼 잘못 눌렀어."

모니터 앞에서, 나와 키쿠치 양이 컨트롤러를 잡고서, 트레이닝 모드로 캐릭터를 조작하고 있었다.

생각해보니까 이 상황은, 여자 친구가 내 방에 와서 단둘이 있다는, 남자 고등학생이라면 엄청나게 침을 흘릴 상황이라고 생각하지만, 일단 어패를 시작하면 그냥 게이머가 돼버리는 나는 그런 생각은 반쯤 잊어버리고, 키쿠치 양이랑 같이 그냥 게임을 즐기고 있었다.

화면 속에 있는 여성 캐릭터 빅토리아는 키쿠치 양의 "에잇!" 하는 힘찬 기합 소리와 함께, 딱히 아무것도 안 했다. 아마도 버튼을 잘못 눌렀다. 하지만 어패에 아무것도 안 한다는 버튼은 없으니까, 아예 버튼을 안 눌렀을 가능성이 있다. 그리고 빅토리아는 레나가 사용하는 캐릭터니까, 좀 자제해줬으면 싶다는 생각도 하고 있다.

"그게 아니라, 여기."

"여기…… 에잇."

그랬더니 빅토리아가 마법 지팡이를 번쩍거리면서, 전방으로 공격을 펼쳤다.

"돼, 됐다!"

"응, 잘했어!"

"자, 잘한 건가요?!"

키쿠치 양은 눈을 반짝거리면서 기뻐했다. 참고로 지금 했던 조작을 설명하자면 '키쿠치 양이 A 버튼을 누르는 데 성공했다'일 뿐이지만, 키쿠치 양이 좋아하고 있으니까 마구마구 칭찬하기로 했다. 많이 칭찬해 줘야지. 토모자키류 어패 도장은 칭찬해서 키우는 스타일이다.

"그럼, 다음에는……."

그런 생각을 하면서 캐릭터를 대충 움직이고 있다가, 키쿠치 양이 깜짝 놀란 표정으로 내가 조작하는 캐릭터를 보고 있다는 걸 알았다.

"뭐, 뭐예요 그 움직임은……?"

"아, 아무것도 아냐, 그냥 버릇이야……."

화면에서는 잭이 소 점프로 살짝 뛰거나 '순(瞬)'을 사용해서 지면을 미끄러지는 동작을 반복하고 있었다. 완전히 무의식적으로 하고 있었다. 그래도 뭐, 초보자한테는 무지무지 재빠르게 움직이는 것처럼 보일 테니까, 뭐야 저거 무서워, 같은 느낌으로 질려버릴 수도 있겠지. 생각해보니까 예전에 이즈미도 움직임을 보고서 질려버린 적이 있었던 것 같다. 지금은 내 제자지만.

그리고, 키쿠치 양의 시선이 내 컨트롤러 쪽으로 향했다. 하나의 행동에 대응하는 버튼 입력 횟수가 많은 탓에, 아마도 내 손가락은 약간 징그러울 정도로 자잘하고 섬세하게 움직이고 있다. 화면 속의 움직임보다 손가락 쪽이 더 이상하게 움직이고 있겠지.

"이건…… 얼마나 연습한 건가요?"

"음, 글쎄……. 하지만, 이 움직임을 안정시켰다는 의미만 생각해보면 일주일 정도였을 거야. ……시합에서 무의식적으로 쓸 수 있게 되는 데까지, 라는 기준에서 생각하면 몇 달은 되겠지."

"헤에……."

키쿠치 양이 감탄했다는 것처럼 고개를 끄덕였다.

"이 게임을 전체적으로 따져보면, 얼마나 연습한 거죠?"

"글쎄~. ……시간으로 따지면, 1만 시간은 했으려나?"

"마, 만….."

아무렇지도 않게 대답한 말에, 키쿠치 양은 말문이 막혔다. 하지만 뭐, 게임을 즐기는 수준까지만 하는 사람이라면, 게임 하나를 1만 시간도 넘게 하는 건 상상도 못 하겠지. 입시 공부조차도 다 합해서 3천 시간 정도만 하면 상위권 대학에도 합격할 수 있다고 하는데, 그야말로 그 세

배도 넘는 시간이다. 어때, 대단하지.

내가 어패를 시작한 게 약 3년 전, 대충 1000일 전이라고 가정하면, 하루 평균 열 시간씩 연습했다는 뜻이 되고, 내 청춘 대부분을 어패에 바쳤다는 뜻이 된다. 잠깐만, 내 청춘 대부분을 어패에 바쳤다는 뜻이 되는 건가.

"뭐, 게이머로서는 그렇게까지 신기한 일은 아니지만, 대충 그 정도는 한 것 같아."

그랬더니 키쿠치 양은 잠깐 생각하고, 신중한 투로 말했다.

"그런데…… 캐릭터를, 바꾼 거죠?"

"아…….."

역시, 그걸 물어보는 건가. 뭐, 그건 아시가루 씨나 히나미도 이상하다고 했었으니까, 게임에 조예가 그다지 깊지 않은 키쿠치 양이 보기에는 더 이상하게 여겨질 수도 있겠지.

"응. 그쪽이, 더 강해질 수 있을 것 같아서."

"……대단해요."

나는 자신 있게 대답했다. 이건 아시가루 씨가 물어봤을 때 한번 머릿속에서 정리했던 일이니까, 라는 이유가 있기도 하지만, 어쨌거나 그 점이 키쿠치 양을 더 놀라게 만든 것 같다.

"저기…… 토모자키 군은, 이 게임에서 전국 1위라고 했죠?"

"응. 온라인 랭킹에서는."

마침내 키쿠치 양은 조심스레 내 얼굴을 보면서, 이렇게 말했다.

"그렇구나. 토모자키 군은…… 뼛속까지, 게이머네요."

"!"

그 키쿠치 양의 아무렇지도 않은 한 마디에, 내 심장이 벌컥 뛰었다.

어제 아시가루 씨가 했던 말. ──게이머로서의 업보.

그, 내 본질을 표현하는 것 같은 말이, 머릿속에 다시 떠올랐기 때문이다.

"……왜 그러세요?"

얼굴에도 드러났는지, 내가 왜 그러는지 물어보는 키쿠치 양에게, 나는 뭐라고 대답해야 좋을지 망설였다. 그것은 내가 처음으로 자각한 어둠 같은 것이고, 아직 나조차도 정리하지 못한 것이라서.

그래서 아무렇지도 않다고 얼버무리고, 다른 이야기를 꺼내는 게 좋겠다고 생각했다.

하지만.

"저기…… 사실은 나, 어제 대전 모임에서 어떤 얘기를 들었거든."

"……어떤 얘기라뇨?"

갑자기 다른 이야기를 꺼냈더니, 키쿠치 양이 고개를 갸웃거렸다.

솔직히, 그렇잖아.

그건 레나 때도 마찬가지였다. 나와 키쿠치 양이 틀어져 버렸던 건, 내가 오프 모임에서 있었던 일이나 생각했던 것들을 제대로 전하지도 않고, 확실하게 이야기를 나누지 않았기 때문이니까.

그렇다면 이런 말 하기 힘든 것들도, 전해야만 한다고 생각했다.

"난 어쩌면, 연애가 안 맞는 사람인지도 모른다는, 그런 얘기."

그랬더니 키쿠치 양은 내 속뜻을 알아내려는 것처럼, 어딘가 불안해 보이는 표정으로 나를 봤다.

"그, 그건 어째서……?"

그래서 나는, 키쿠치 양도 알 수 있게,

"뭐라고 할까…… 난 내 선택이라든지, 판단 같은 걸 엄청나게 믿거든, 그래서 개인은 개인이라고 생각하는데……."

"……예."

"하지만 그건…… 지금 키쿠치 양이 말한 것처럼, 내가 게이머라서 그런 거거든."

"……스스로 목표를 향해 노력하고, 스스로 결과를 내기 때문에, 라는 얘기죠?"

"어?"

적지 않은 시간을 들여서 생각하고 도출한, 완전히 본질을 찌르는 해답에, 나는 깜짝 놀라서 그런 소리를 내고 말았다.

솔직히, 바로 그거잖아. 개인경기 게이머로서의 본질은, 목표를 향해서 노력을 거듭하는 거니까.

"응. 그렇긴 한데…… 어떻게 알았어?"

그랬더니 키쿠치 양은 슬쩍 눈을 돌리고, 내가 상상했던 것과 다른 말을 했다.

"토모자키 군에 대해서는…… 혼자 있을 때도, 많이 생각하고 있으니까."

그 귀여운 한마디에, 나는 조금 전과 다른 의미로 심장이 벌컥 뛰었다.

"고, 고마워."

하지만 어째서인지, 키쿠치 양은 쓸쓸해 보이는 표정이었고, 그리고 또 한 걸음 파고드는 것처럼, 이렇게 말했다.

"토모자키 군이 개인으로 있고 싶다는 건…… 아마도, 연인 관계가 된다고 해도, 변함이 없겠죠?"

"……!"

키쿠치 양이 조용히 토한 그 말은, 내가 말하기 힘들었던 급소를 명확하게 찔렀고.

"……지금으로서는, 그래."

"그렇구나……."

그래서 나는, 그걸 긍정하는 수밖에 없었다.

"그건…… 누구에 대해서도 마찬가지, 인가요?"

키쿠치 양의 말에, 이번에도 고개를 끄덕였다.

"아마도 난…… 누군가에게 호의를 품거나 감사하는 일은 있어도, 나 말고 다른 사람에게 깊이 관여하지는 못할지도 모르거든……."

나는 아시가루 씨가 했던 말을 인용하면서, 내 마음을 키쿠치 양에게 전했다. 그건 틀림없이, 지금 내가 품고 있는 큰 고민 중에 하나고.

"그래서, 조금 불안하다고 할까…… 나는 개인으로서만 살아갈 수 있고…… 진정한 의미로 누군가와 이어지지는 못하는 게 아닐까, 라고 생각하면, 무섭기도 해."

그랬더니 키쿠치 양은 서글픈 눈으로 고개를 끄덕이고, 테이블 위에 올려놓은 손을 꼬옥, 쥐었다.

"그건…… 정말, 쓸쓸하겠네요."

그 자리에 내려놓는 것처럼 말했다.

"역시…… 그러려나. 이래서는, 계속 쓸쓸한 채로……."

내가 자조하는 것처럼 말했더니 키쿠치 양이 살짝, 입술을 깨물었다.

그리고 키쿠치 양은, 눈에 살짝 눈물을 머금으며, 쓸쓸하게 웃었다.

"쓸쓸한 건…… 저도 마찬가지예요."

그 말을 듣고, 마음속에 후회가 밀려왔다. 난 또 내 생각만 하기에도 버거워서, 그 말을 듣는 키쿠치 양의 기분 같은 건 생각도 못 했고. 아무튼, 어떻게든 수습해보려고 입은 벌렸지만, 아무 말도 못 했다. 적당히 아무 말이나 할 바에는, 안 하는 게 낫겠지.

"그랬지, 미안해."

그래서 나는 그냥, 사과했다.

"아니에요."

키쿠치 양은 여전히 쓸쓸한 미소를 지으며, 고개를 저었다.

"고민하는 건 토모자키 군인데, 저는 제 생각만 하고……."

"아, 아냐, 나야말로 내 생각만……."

그런 느낌으로 또, 나와 키쿠치 양은 서로 사과를 해버
렸고.

하지만—— 그다음에 키쿠치 양한테서 나온 말을 듣고,
나는 한 방 먹은 기분이 들었다.

"——아마, 히나미 양도, 똑같다는 뜻이겠죠."

"뭐…."

두 사람 사이에 찌릿, 한 의문이 지나갔다.

"스스로 목표를 향해 노력하고, 스스로 결과를 내는 건,
히나미 양도 마찬가지잖아요?"

그 시선에는 예리함과 불안이 동거하고 있었고.

그 시선이 히나미, 또는 우리의 본질을 꿰뚫고 있다는
기분이 들었다.

"……맞아. 그 녀석도, 그 부분은 똑같을 것 같은데……."

어째서 또 그 얘기가 나온 거냐고, 그 말은 못 하고 있는
데, 키쿠치 양은 고개를 살짝 숙였고.

자기 손끝을 쳐다보는 키쿠치 양은 역시나, 어딘가 쓸쓸
해 보이는 눈빛이었다.

* * *

"오늘 고마웠어요. 정말, 재미있었어요."

키쿠치 양네 집 앞.

어두워진 하늘 아래에서, 나와 키쿠치 양은 서로 마주보고 있다.

"나야말로 고마워. 같이 게임 해서, 정말 재미있었어."

"예. 그리고… 일부러 여기까지 바래다줘서, 정말 고마워요."

"괜찮아. 최대한 같이 있기로, 했잖아."

"……응."

미안하다는 것처럼, 그러면서도 살짝 기쁘다는 것처럼 수줍어하며, 키쿠치 양은 고개를 숙였다.

"오늘, 토모자키 군 얘기를 많이 들어서, 좋았어요. ……덕분에, 저도 열심히 할 수 있겠어요."

"그렇구나…… 그렇다면, 다행이네."

고개를 들고 그렇게 말하는 키쿠치 양의 표정에 불안한 기색은 하나도 없었다고, 그렇게 말할 수는 없었지만, 그 눈동자에는 틀림없이 긍정적인 기색이 담겨 있었고.

"그럼, 내일 학교에서 봐."

"예. 그럼, 잘 자요."

"아하하. 좀 이르긴 하지만, 잘 자."

그렇게 헤어진 뒤의 기분은, 전혀 차갑지 않았다.

* * *

그날, 새벽 한 시.
"……어?"
나는 트위터를 보면서 놀라고 있었다.

『캔 리드에 소설 최신화를 업데이트했습니다.
  순혼혈과 아이스크림 002 – 학교』

발견한 건 2분 전에 올라온, 키쿠치 양이 소설을 업데이트
했다는 트윗이었는데, 나한테는 약간 예상 밖의 일이었다.
  항상 LINE으로 대화할 때나 오늘 헤어질 때 인사한 걸
보면 키쿠치 양은 항상 꽤 이른 시간에 자는 것 같았고, 무
엇보다 오늘은 키타요노에서 점심을 먹은 뒤에 히나미와
조우, 그리고 오늘 우리 집에서 어패까지 하는 꽤나 농밀
한 하루를 보냈으니까, 키쿠치 양은 집에 가자마자 씻고
바로 잠들었을 거라고 생각했었다.
  그런데, 12시가 조금 지난 이 타이밍에 업데이트. 미리
써둔 걸 굳이 지금 올렸을 리는 없으니까, 키쿠치 양은 이
시간까지 소설을 쓰고 있었다는 얘기가 되겠지.
  "……흐음."

하루 동안 활동한 고양감 때문에 글이 죽죽 써진 건지, 아니면 그냥 거의 다 써놨던 글이 우연히 지금 완성됐을 뿐인지. 어쨌거나 그다음 부분이 궁금했던 나로서는, 소설이 올라왔다는 게 의외라는 생각도 들었지만 어쨌거나 기뻤다.

──하지만, 올라온『순혼혈과 아이스크림』제2화는 또 다른 의미로 내 예상을 벗어나는 것이었다.

무혈 소녀 아르시아는 잡종 중의 잡종이라고 생각했던 리브라가『순혼혈』이라는 걸 간파하고, 왕성의 아카데미에 초대했다. 아르시아가 왕성에서 산다는 건『내가 모르는 나는 방법』과 공통된 점이지만, 그 주요 무대는 다른 곳이었다.

아카데미는 전 세계의 최고 부유층들이 다니는 학교고, 그 혈통을 신경 쓰면서 결혼하는 가문들이 많았다. 그래서 대부분 학생이 순혈이거나 하프였고, 그 이상으로 많이 섞인 사람들은 천한 것으로 여겼다. 그런 풍조가 있는 학교다.

리브라는 특별한 혈통인『순혼혈』이기는 하지만, 그 사실을 널리 알리는 건 금지였기 때문에, 원래는 아카데미에 어울리지 않는『잡종』으로서 입학하게 됐다. 전학생이자 잡종. 그런 리브라는 당연하게도 소위 말하는 카스트 최하위 계급 같은 취급을 받게 됐지만, **아르시아의 조언을 받으면서 테크니컬하게 처세했다.** 그게 이야기의 굵직한 줄기다.

　——그나저나, 이거.

　거기까지 읽고, 나는 오싹, 소름이 돋는 기분이 들었다.
　왜냐하면 그건, 거의 **히나미와 내가 지나온 길을 있는 그대로 그린 것 같았고.**

　마치—— 히나미와 나를 주인공으로 삼은 실화를, 내가 읽고 있는 것 같은 감각이었으니까.

　이야기는 아르시아가 아카데미에서 지내는 요령을 가르쳐주는 수업 파트와, 리브라가 그걸 실천하는 학교 파트를 반복하면서 진행된다. 리브라는 실패를 거듭하면서도 몇 번이고 다시 일어나서 서서히 성공에 다가가고, 노력과 성공이라는 의미에서 보면, 어떤 의미에서는 정통파 스토리라고 할 수 있었다.
　노력이 빗나가서 실패하기도 하고, 그러면서도 그게 돌고 돌아서 성공으로 이어지기도 하고, 내가 지나온 길을 다른 사람이 보면 이런 느낌이 되려나, 같은 감상까지 들었다.
　하지만, 그건 내가 이야기하지 않은 부분의 자세한 곳까지, 완전히 똑같다고 할 수는 없어도, 상당한 수준까지 똑같았고.

리브라의 특징은 적응력이었다. 그 단계에서는 나도 그런 걸까, 하고 고민했지만, 계속 읽는 사이에 이해해버리고 말았다.

리브라는 그 세계에서도 특히 외진 곳에 있는 시골 출신이고, 내성적인 성격이었던 리브라 주위에는 친구조차 없었다. 그것도 어딘가 내 처지와 비슷했고, 그래서 리브라는 혼자서 할 수 있는, 그 세계에서 가장 유명한 장기 같은 보드게임을 몇 번이고 몇 번이고 반복하면서 놀았고, 그것을 끝까지 파고들었다. 내가 어패를 하는 것만큼 극단적인 묘사는 아니었지만, 분명히 내가 리브라 같은 처지였다면 그렇게 했을지도 모르겠다는 생각이 들 정도였다.

그렇게 계속 연습한 경험 덕분인지, 일반적으로는 불편했을 생활도 발상의 전환을 통해서 근본적으로 다른 것처럼 받아들인 덕분에, 강하게 살아나갈 수가 있었다. 아마 그것도 나와 마찬가지일 테고── 이야기를 읽는 사이에 내 인생과 리브라의 인생이 뒤죽박죽, 내가 리브라가 돼가는 것처럼, 뒤섞여가는 기분을 맛봤다.

리브라는 그 게임의 경험 덕분에 다른 사람보다 많이 노력하는 걸 당연하게 받아들였고, 이해가 빨랐고, 나처럼 지는 걸 싫어했다. 분명히 나도 게임 하나를 끝까지 파고들면 그런 효과가 생긴다는 걸 실감하고 있으니까, 어쩌면 나도 리브라처럼, 다른 사람이 보면 이해가 빠른 사람처럼 보이는 게 아닐까.

리브라는 '순혼혈'이라는 특별한 혈통이기는 했지만, 피하나하나의 비율은 낮으니까, 그 능력도 약하다. 그것은 얼핏 보면 나와 똑같은 '약캐'라고 할 수도 있지만, 리브라의 순혼혈은 동시에 '모든 종족의 특징을, 아주 조금씩만이라면 전부 다 다룰 수 있다'라는 의미이기도 했고, 그것은 노력하는 걸 아무 저항 없이 받아들인 나한테도 부러운 것이고, 리브라와 정말 궁합이 좋아서, 나도 인간이라는 종족이 리브라 같았으면 좋겠다고 생각했다.

리브라, 나, 리브라, 나. 테마의 도가니라고 불러야 할까, 이야기의 압력이라고 해야 할까, 내 인생을 바탕으로 리브라를 해석하고, 리브라의 묘사를 통해서 내 인생을 재해석하는 것 같은. 지금까지 겪어보지 못한 감각이, 마음을 휘젓고 있다는 걸 느낄 수 있었다.

분명히 연극 『내가 모르는 나는 방법』 때도 리브라는 나를 모델로 삼았었다. 하지만 그건 자신의 진심을 있는 그대로 전하는 걸 잘 한다든지, 서툴면서도 앞으로 나아간다는 성격이 공통되는 등등, 어디까지나 표면적인 부분뿐이었다.

하지만, 이번에는 다르다.

거기에 그려져 있는 것은 내가 이야기했던 에피소드를 키쿠치 양이 '해석'하면서 밝혀진, 내 진정한 모습이었다.

그리고 나는, 제2화 마지막 부분에 있었던, 한 구절을 통해서 그것을 확신했다.

리브라는 모든 피를 가지고 뭐든지 할 수 있다 보니 매사에 집착이 없고, 변화하는 데 거부감이 없는 소년이었다.
그래서 한 종족의 스킬을 자신이 할 수 있는 만큼 끝까지 익혔어도, 그걸 버리는 데 망설임이 없었다. 시골에서 아르시아를 따라 도시로 올라왔고, 그 뒤에는 잡종 전학생으로 살아가는 선택조차, 자신의 운명을 크게 바꿀 수 있는 것인데도 불구하고, 마치 삶 그 자체를 게임처럼 생각하면서, 즐기고 있었다.
그리고 어느 날, 리브라는 아르시아에게 이런 독백을 한다.
자기 혼자만 순혼혈이고, 그래서 다른 사람들과 종족이 달랐던 리브라.

──나는 개인으로서만 살아갈 수가 있고, 누군가와 진정한 의미로 관여하는 건, 불가능할지도 모른다, 고.

순간, 내 안에 있던 혼란과 놀라움이 전부, 오한과 확신으로 변하는 게 느껴졌다.

왜냐하면, 그 말은.
그, 갈등은.

——내가 그때 키쿠치 양한테 고백했던, 나라는 인간의
업보니까.

"……."
그리고, 나는 모든 것을 이해했다.
그날, 키타요노에서.
키쿠치 양한테 토모자키 군이 좋아하는 걸 알고 싶다는
말을 듣고, 굳이 내 방에 가보고 싶다는 말까지 듣고, 그리
고 거기서 말했던 내 인생, 사고방식.
또는 아침에 도서실에서 처음부터 순서대로 가르쳐달라
는 말을 듣고서 이야기했던, 내 사고의 궤적. 그리고, 지금
부터 내가 가려는 곳.
내 과거와, 현재와, 미래.
그때 도서실에서, 키타요노에서, 방에서 물어본 것들
은—— 물론 나를 있는 그대로 알고 싶어서 물어본, 그런
부분도 있겠지.
하지만 나는—— 그것과 동시에.

소설가 키쿠치 후카의, 취재를 받았다.

등줄기를 따라 올라온 한기 같은 무언가는 마침내, 공포 같은 감정으로 바뀌었다.

키쿠치 양이 틀어진 사이를 메우기 위해, 또는 단순히 나한테 관심을 가져줘서, 내 이야기를 들어줬다고 생각했던 그 시간.

그것은, **내 연인 키쿠치 양**으로서가 아닌, **소설가 키쿠치 후카**로서의—— 관찰이었다.

그리고 그때, 내 머릿속에 키쿠치 양이 했던 말이 되살아났다.

'토모자키 군에 대해서는…… 혼자 있을 때도, 많이 생각하고 있으니까.'

만약 그 한 마디에, 내가 생각했던 것과 다른 의미도, 포함돼 있다면.

한참동안 조작하지 않은 스마트폰 화면이, 갑자기 꺼졌다. 그 화면에 찾아온 예상치 못한 어둠이, 내 모습을 비추고 있었고.

나 자신도 알아차리지 못했던 것들을, 이 세상을 부감하는 것 같은 맑은 존재가 꿰뚫어 보고, 그것이 테마로 반영된 이야기가 되어간다. 그것은 마음속 밑바닥에 가라앉아 있던 앙금을 천천히 섞어주는 것만 같았고. 나는 이 이야기의 다음 부분을 읽기가 무서워졌다.

그리고──.
"……히나미."
내 일이 돼보고. 거기서, 오한과 공포 같은 걸 느끼고.
나는, 비로소 이해했다.
그래, 왜냐하면.

이건 그때, 우리가 히나미한테 했던 것과 똑같은 일이니까.

연극『내가 모르는 나는 방법』. 그 이야기에 나오는 아르시아라는 캐릭터는 분명히 히나미를 모델로 삼았고. 히나미한테 취재한 건 물론이고, 아직 그 누구의 눈에도 드러나지 않은, 그 녀석의 본질을 파헤치는 것 같은 캐릭터 조형이었다. 오히려 그것을 적극적으로, 깊이 도려내는 것 같은, 이야기 구조이기도 했고.
그렇게 생각해보면, 그 녀석은.
난 이렇게, 그냥 소설을 읽기만 해도 나 자신이 파헤쳐지는 것 같은 기분을 맛보고, 영문 모를 공포를 느끼고 있는데.
히나미는 그걸, 그냥 각본으로서 읽고 끝난 게 아니라.
그냥, 관객으로서 보기만 한 게 아니라.

──연기자로서, 자신의 어둠 그 자체를 연기했었다.

열쇠가 되는 대사.

난 전부 가지고 있어──. 하지만── 그렇기 때문에, 아무것도 없어.

그건 아마도 히나미에게는, 자신도 자각했는지 아닌지 모를 정도로 마음속 중심에 가까운 부분에 자리 잡은, 어둠 같은 것이겠지.

그것을 구체적으로 들이대고, 참회하는 것 같은 대사로서 다른 사람들 앞에서 말하도록 강요받은 히나미 아오이는, 마음이 얼마나 흔들렸을까.

"......큭."

어째서, 알아차리지 못했지.

자기 자신이 텅 비었다는 대사를, 그게 그 사람의 본질일지도 모른다고 생각하면서도, 그걸 본인에게 말하게 한 것──.

그게 얼마나, 잔혹한 일인지를.

나는 그때, 이해했다.

키쿠치 양이 연극을 통해서 결심한 '소설가 지망'.

그건 아마도, 내 어패를 인생으로 삼는다는 결의와 마찬가지로, 굳고 강한 것이고.

누군가에게 상처를 줄지도 모른다는 가능성보다, 하고 싶은 것을 우선하는.

아마도 상처를 줄 가능성에 대해 누구보다 잘 알고, 누구보다 많이 생각했을 텐데도, 그럴 수밖에 없었던 키쿠치 양은——.

아마도, 나처럼.

——소설가로서의, 업보를 짊어지고 있다.

5 숨겨진 능력에는 반드시 대가가 필요하다

다음 날 아침. 나는 오랜만에 제2 피복실에 와 있었다.

여기에는 나와 히나미의 반년이 담겨 있고, 나와 히나미만 아는 곳이고.

그리고.

나를 따라서 여기에 온 **그 여학생**은, 그 공간을 이리저리 둘러봤다. 마침내 내 정면에 앉더니── 평소처럼 인사했다.

모든 것이 들어 있는 이곳에서, 나는 항상 앉던 의자에 손을 대면서, 선 채로 키쿠치 양과 마주 봤다.

"······저기. 히나미에 관한 얘기, 인데."

나는, 분위기를 바꾸려는 것처럼 말했다.

키쿠치 양은 깜짝 놀라서 눈을 번쩍 뜨더니, 예를 갖추려는 것처럼 허리를 곧게 폈다.

그리고는 각오했다는 것처럼 크게 숨을 크게 들이쉬고, 강한 눈으로 나를 봤다.

"예. 가르쳐주세요······!"

그것은 기대로 가득 찬 표정이고, 분명히 이 히나미의 비밀에 관한 문제는, 키쿠치 양의 질투와 창작자로서의 흥미 양쪽과 관련된 이야기다.

"어쩌면, 어느 정도 알아차렸을지도 모르지만──."

천천히 이야기를 시작했더니, 키쿠치 양은 진지하게, 내 눈을 쳐다봤다.

나는 지금까지 누구에게도 밝히지 않은 그것을, 드러내기 시작했다.

"전에 말했던, 내 인생의 색을 바꿔준 '어떤 사람'. 그게, 히나미야."

짧게, 심플하게 말했다. 하지만, 키쿠치 양은 틀림없이, 이것만 가지고도 이해해주겠지.

"……역시, 그랬군요."

놀라움과 이해가 뒤섞인 것 같은 목소리. 약간 풀이 죽은 것처럼 보이기도 하지만, 내가 제대로 본 건지는 모르겠다.

"응. 그러니까, 처음부터 얘기하자면……."

그리고 나는, 지금까지 지내온 '인생' 중에서도 말도 안 될 정도로 진하고, 믿을 수 없을 만큼 모든 것들이 변해버린 소중한 시간에 대해, 정직하게 이야기했다.

"만난 건 학교지만…… 아니, 애당초 현실조차도 아니었어. 전부, 모든 게, 어패 세상에서 시작됐지……."

어패 전국 랭킹 2위 플레이어가 있었다는 이야기. 그 플레이어가 나랑 플레이 스타일이 닮았는데, 아마도 내 플레이를 참고로 했을 거라고 생각했다는 것. 하지만 그 흉내

내는 플레이의 정확도와 노력하는 자세는 굳이 말로 할 필요도 없이 싸워보기만 해도 알 수 있을 만큼 성실했고, 나는 그런 NO NAME을 만나기 전부터 존경했고, 인정했다는 것까지 말했다.

"그렇다면, 그건……."

"응. 그런 NO NAME이랑 오프에서 만나기로 약속했고, 그리고 만났더니—— 그게, 히나미였어."

"어, 엄청난 우연이네요….."

"아하하, 그렇지. 그런데, 처음에 엄청난 우연이 있었지만…… 거기서부터는, 전부 필연이었어."

그리고 나는 히나미한테 '인생은 갓겜'이라는 걸 배우고, 어디까지나 **그걸 확인하기 위해** 시키는 대로 해보기로 했다고.

인생을 진심으로 대하는 사이에 점점, 인생이라는 게임이 재미있어졌다고.

그리고 인생이라는 게임도, 그런 게임이 빠져 있는 나 자신도, 좋아하게 됐다고.

히나미 덕분에—— 인생도, 키쿠치 양도 좋아하게 됐고.

이렇게 지금 키쿠치 양과 함께, 컬러풀한 풍경을 볼 수 있게 됐고—— 그러므로, 나는 그 녀석한테 인생의 즐거움을 가르쳐주려고 한다는 것까지, 천천히 말했다.

그리고 그다음은, 나도 아직 모른다.

사실 나는 이렇게 많은 걸 받았지만, 아직까지도 히나미라는 인간 자체를, 제대로 이해하지 못했으니까.

"그렇구나…… 그랬군요."

키쿠치 양은, 어째서일까. 눈물을 살짝 글썽이면서, 그 이야기를 듣고 있었다.

"그건…… 토모자키 군한테는, 더할 나위 없을 정도로, 소중한 존재겠네요."

"……응."

"그래서 역시, 특별한 거예요…… 저 같은 사람보다."

"그, 그런 건……."

하지만, 더는 아무 말도 할 수가 없었다.

왜냐하면, 내가 키쿠치 양과 사귀기로 했을 때 부여한 이유는, 그 언밸런스가 특별하다는 것과 동시에, 종족으로서의 성질이 모순됐다는 의미 때문이기도 했고.

실제로, 그게 원인이 돼서 틀어지기도 했고── 몇 번이나, 키쿠치 양한테 상처를 주고 말았다.

"히나미 양은 매일, 이 교실에서 토모자키 군이랑 회의를 했다는 거죠?"

"……그렇게 되지."

내가 고개를 끄덕였더니 키쿠치 양은 움찔, 하고 입술을 떨었다.

그것이 자기 자신을 유지할 수 있는 강함인지, 아니면 다른 무언가인지는 모르겠지만.

키쿠치 양은 나한테, 이런 말을 던졌다.

"그런데…… 그거, 정말 신기한 이야기 같지 않나요?"

그 표정은 또, 소설가로서의 키쿠치 양이었고.

"왜냐하면 히나미 양은, 토모자키 군 세상의 색을 바꿔주는 마법을 부리는 건 물론이고, 그야말로 공부에 동아리 활동까지 열심히 하면서, 결과를 남겨야만 한다고 생각해요."

거기에는 질투심에서 나온 것 같은 일그러진 느낌과 진실을 추구하는 고집이 담겨 있었고.

"그렇기에, 모든 이가 가치가 있다고 생각하는 일 외에는 시간을 쓸 리가 없어요."

그건 아마도, 미즈사와는 몰랐고, 나는 파고들지 못한, 키쿠치 양에게만 허락된 질문이었다.

"그런데──. 어째서 누군가를 바꾸기 위해, 마법을 부리려고 생각했을까요?"

거기서 떠오른 것은, 나만이 알고 있는 히나미 아오이의 커다란 블랙박스.

그때 NO NAME과 만났을 때, 나는 인생은 망겜이고, 규칙도 콘셉트도 없는, 약캐로 태어나면 캐릭터를 바꿀 수도 없는 부조리한 게임이라고 말했다. 그랬더니 그 녀석은 내 팔을 붙잡고 자기 방으로 데려가더니, 그 말을 뒤집어주겠다고 말했고, 인생 공략법을 가르쳐주기 시작했다.

지금까지는 막연하게, 내 말을 뒤집어주겠다는, 그 녀석의 지기 싫어하는 성격 때문일 거라고 생각했지만, 생각해보니까 그런 이유만 가지고 이렇게까지 계속하는 건, 쉽게 이해할 수 없는 일이겠지.

어쩌면 방으로 끌려갔을 때, '유일하게 존경했던 nanashi가 이렇게 시시한 인간이면, 나까지 시시한 인간이 된 것 같잖아'라고 했었는데, 그런 이유로 어떤 의미에서 보면 헌신적이라고까지 할 수 있는 서포트를 해주는 것도, 이유라고 하기에는 너무 약한 것 같다.

"히나미 양은—— '모든 행동에, 이유가 있다'라고 했었죠?"

——그렇다면, 왜.

키쿠치 양의 말은, 역시 나는 파고들지 못한 곳까지 사정거리로 잡았고.

나와 키쿠치 양의 두 줄기 평행선. 그 너머에 있는 문은 두 개였지만, 이 이야기에 대해서만은, 목표 지점이 같다는 생각이 들었기 때문에.

"사실은── 나도 그거, 계속 마음에 걸렸거든."

협력을 요청하는 것처럼, 말했다.

그렇게 말한 건 어쩌면, 내가 알고 있는 것과 키쿠치 양의 관찰력이 있다면.

그 장소에, 도달할 것만 같은 기분이 들었기 때문에.

내 '중간 정도 목표'를, 달성할 수 있을 것 같았기 때문에.

"그래서, 나랑 같이 생각해줬으면 싶어…… 히나미의, 진짜 이유에 대해서."

내가 말했더니, 키쿠치 양의 눈이 진실을 들여다보는 것처럼 빛났다. 그건 분명, 키쿠치 양의 소설가로서의 눈이겠지.

"예. ……그런데."

키쿠치 양의 시선은, 똑바로 날 보고 있다.

"토모자키 군은, 개인은 개인이라고, 생각한다고 했죠?"

"응, 맞아."

그건 내가 키쿠치 양한테 했던 말인데, 왜 지금 여기서 그 얘기가 나오는 걸까.

"그런데── ."

그 답은, 바로 알 수 있었다.

"──어째서 토모자키 군은, 히나미 양에 대해서 그렇게까지 알고 싶어 하는 거죠?"

"……!"

말의 칼끝이 나한테 향했다.

그것은 내 안에 있는 동기에 대해 깊이 캐묻는 말이고.

히나미가 행동하는 이유를 캐내려고 하는 것과 같은 만큼 예리한—— 즉, 키쿠치 양의 소설가로서의 업보가.

이 순간, 나에게도 향했다.

'히나미 아오이에 대해 알고 싶다'.

그건 내가 타마와 그 일이 있었을 때, 히나미가 콘노한테 그렇게 한 방 먹였을 때부터 계속 생각해왔던 것이고. 하지만 그건 감정에서 나온 것뿐이고, 이유는 내 안에서도, 확실하지 않았고.

"그러니까……."

하지만, 키쿠치 양은 마치 무언가를 이야기하는 것처럼, 감정을 결정체로 만들어가는 것처럼, 나한테 이런 말을 던졌다.

"아마도…… 토모자키 군 마음속에서, 히나미 양이 특별한 사람이라서 그런 게 아닐까요?"

나보다 나를 잘 아는 것 같은, 맑은 눈.

"특별……."

그 질문은, 내가 보고도 못 본 척했던 것들을 가리키는 것처럼, 깊은 곳까지 찌르고 들어왔다.

"전 이렇게 생각해요. **아르시아**는 아마도, 자기 피가 없어서, 하고 싶은 게 없어서. 그래서 눈에 보이는 세상이 예전의 저나 토모자키 군처럼…… 흑백이죠. 정답만을 추구하고, 자기가, 자기 기분에 따라서 이렇게 하고 싶다든지 그런 게, 하나도 없고."

"……응."

이야기를 이용해서 깊이 파고 들어가는 것처럼. 날, 이끌어주는 것처럼.

"토모자키 군은 그런 **여자아이**를 보고, 어떻게 생각하나요?"

애매한 표현과 함께, 나한테 물었다.

하지만 키쿠치 양의 눈에 깃든 색에는, 불안과 질투도 포함돼 있고.

나는 그런 키쿠치 양의 모순을 머금은 말에, 내 감정이 이끌려가는 걸 알 수 있었다.

"난…… 아마도, **히나미**의 세상이 흑백인 게, 싫어."

"응……."

나는 말을, 현실로 치환해서 표현했다. 키쿠치 양이 어른스러운 표정으로 미소를 지었지만, 그 웃는 얼굴 너머에 있는 눈동자에는, 희미하게 눈물이 맺혀 있고.

"……난 아마도, 그 녀석이, 히나미가 소중한 존재이기 때문에. 그 녀석한테서 지금까지, 셀 수도 없을 만큼, 소중한 것들을 받아왔기 때문에—— 그 녀석이 그렇게, 쓸쓸한 일을 겪는 게 싫어."

나는, 마치 키쿠치 양에게 이끌리는 것처럼, 감정을 말로 표현해 갔다.

"그렇…… 군요."

그런데.

키쿠치 양은 내 말을 들으면 들을수록, 눈에 고인 눈물이 커져만 갔다.

"그건…… 히나미 양이, 세상에 색을 입혀준 사람…… 이라서 그런 건가요?"

떨리는 목소리로, 눈물을 머금고. 하지만 나는 키쿠치 양의 질문 때문에, 또 다른 감정을 알아차리고 말았고. 그것이 말로서, 감정으로서, 넘쳐나고 있었다.

"히나미는…… 그때 키쿠치 양이 가르쳐준 것처럼, 나한테는, 마법사야. 그래서……!"

키쿠치 양이 내 마음을 꼼꼼하게 휘저으면 휘저을수록, 내 입에서는 히나미를 생각하는 감정이 흘러나왔다. 그 이야기를 들으면 들을수록 키쿠치 양의 눈에 맺힌 눈물이 커져만 가는데, 키쿠치 양은 내 마음에서 진심을 캐내는 일을, 절대 멈추지 않았다.

아마도—— 그건, 업보고.

"토모자키 군을…… 이 세상에서도 포포루가 되게 해준 사람이죠?"

키쿠치 양은, 두려워하면서.

"이 세상을…… 컬러풀하게 만들어준 사람이고요?"

아마도, **그래야만 하기에.**

동기를 묻는 말을, 나에게 던져댔다.

"그 녀석은, 자기도 모르는 사이에, 그런 생각도 없는데, 내 세상에 너무나 멋진 마법을 부렸고……. 자기가 그런 걸 했다는 것도 모르고…… 내가 히나미한테 받은 걸 얼마나 소중하게 생각하고, 내가 히나미한테 얼마나 감사하는지도, 그 녀석은 몰라."

일단 흘러나오기 시작한 말은, 진실은. 더 멈출 수가 없었다.

그건, 내가 히나미를 특별하게 생각한다는 무엇보다 확실한 증거고.

"……예. 그럴 거라고, 생각해요……."

떨리는 목소리로 말하면서, 키쿠치 양은 커다란 눈물을 한 방울 흘렸다.

──그런데.

"왜냐하면…… 두 사람은 똑같고……. 둘 다, 개인으로서 살아가고 있으니까…!"

키쿠치 양은 내 마음을, 히나미에 대한 감정을, 소중한 이유를. 파헤치는 걸 멈추지 않았다. 한없이 깊이, 깊이, 이끌어 내는 것처럼 말을 던지고, 그 말이 또, 내 마음속 밑바닥에 잠들어 있는 감정을 깨웠다.

"그래⋯ 그래서 그 녀석은, 내가 고마워해도, 자기는 아무것도 안 했다고 말해. 그건 자기가 하고 싶어서 한 일일 뿐이라고. **자기 의지로 선택한** 거라고. ⋯⋯하지만, 나는 그 심정을, 누구보다 잘 알아! ⋯⋯왜냐하면 나도 답이 없을 만큼 게이머고, 개인주의고⋯⋯, 그렇게 해서 어패를 해왔으니까."

마구 휘저어진 내 마음의 흐름은, 그 기세를 타고 소용돌이치면서, 멈출 줄을 몰랐다.

마음속 깊은 곳까지 짓밟히면서, 나 혼자서는 볼 수가 없었던 기분이, 끝도 없이 흘러나왔다.

"고마워해도 전해지질 않아. 받아주질 않아. ⋯⋯그래서, 나는 말이야."

시야가 조금씩, 눈물 때문에 흐릿해진다.

"내 의지로, 히나미의 세상을 컬러풀하게 만들어주고 싶어.

그 녀석이 보고 있는 세상을 컬러풀하게 만들어서, 인생이라는 게임을 즐기게 해주고 싶어."

나는 내가 생각하는 것을, 내 업보와 함께.

"내가, 그리고 싶어."

감정을 있는 그대로 말했다.

그것은 키쿠치 양이 이끌어낸, 지금까지 자각한 적이 없던 생각이고.

하지만, 말로 표현해보면 하나도 틀린 게 없다고 확신할 수 있을 정도로, 본질적인 생각이고.

그리고 그건── 내가 지금까지 품고 있는 개인주의를, 아주 조금 뛰어넘은 것이었다.

"……역시, 그랬군요."

그리고 고개를 들어보니, 키쿠치 양은, 눈물을 뚝뚝 흘리고 있었다.

"그래서 히나미 양은…… 토모자키 군한테, 특별한 사, 사람…… 인, 거죠."

마치 타이르는 것처럼 말했다.

키쿠치 양은 계속 내 마음속으로 파고들어서, 깊숙한 곳에 있는 말을 끌어냈다.

하지만, 그 말 때문에 이렇게 감정적으로 눈물을 흘리고 있는 것도, 키쿠치 양이고.

그 눈물은 분명, 이상과 감정의── 아니, '업보와 자기 자신'의 모순이다.

키쿠치 양은 눈물을 닦으면서 웃었고, 그러면서도, 떨리는 목소리로.

"미안해요…… 이야기를 듣고, 이렇게 멋지고, 아름다운 관계가 있다는 게 너무나 눈부셔서, 기뻐서, 눈물이 나왔는데."

뭔가를 이야기하는 것 같기도 하고, 감정을 그래도 흘려내는 것 같기도 한 그 말투는.

"……하지만, 동시에…… 그렇구나, 그럼 난 죽어도, 히나미 양을 이길 수 없겠구나 하는 생각에… 슬퍼져서."

왠지 자조하는 것 같기도 했지만, 그건 그 특별한 관계를 축복하는 것 같기도 했고.

"같은 게임을 사랑하고, 서로를 존경하고, 자신을 위해서 한 일로, 상대에게 소중한 것을 주고, 그래서 그걸 돌려주기 위해서…… 토모자키 군도 열심히 노력하겠다고 하는…… 그건 너무나 이상적인 관계고, 멋지고….'

키쿠치 양은 밝게 웃어 보였지만, 다음 순간, 그것은 질투가 섞인 목소리로 변했다.

"……그래서! 내가 들어갈 여지는, 하나도 없어……!"

갈가리 찢어진 감정을 드러냈다. 그건 틀림없이, 업보 때문에 상처받은, 소녀 키쿠치 양의 외침. 그래서 그건, 뼈저리게 이해할 수 있는 감정이었고.

하지만 나는, 지금 키쿠치 양이 알아차린 감정에서, 눈을 돌릴 수는 없다.

왜냐하면 그건 분명, 내 안쪽 한복판에 있는 감정이고.

나한테는, 무엇보다 우선해야만 할 정도로 소중한 '목표'였으니까.

"난 말이야…… 키쿠치 양이 좋아."

"……!"

진지한 톤으로 말했다.

하지만 키쿠치 양은, 지금부터 나올 말을 예감한 것처럼, 긴장했다.

"그 감정에 거짓은 없고…… 이렇게 히나미에 대한 소중한 감정을 자각했으면서도, 역시 키쿠치 양을 좋아하는구나, 그렇게 생각하고 있어. 뭐랄까, 난 어떤 의미에서는, 거기에 안심하고 있고."

"……응."

키쿠치 양도 눈물을 글썽이면서, 진지한 표정으로, 그이야기를 들어주고 있다.

"그런데 말이야…… 히나미한테 인생의 즐거움을 가르쳐주고 싶고, 내가 그 녀석의 세상을 컬러풀하게 만들어주겠다는 생각은──."

그리고 나는, 빛 같은 말에 이끌린, 답을 말했다.

그건 틀림없이, 나보다 먼저, 키쿠치 양이 알고 있던 것인지도 모른다.

"──내 안에서는 분명, 연애라든지, 그런 감정보다, 소중한 거야."

그건 내가 명확하게, 내가 품고 있는 소중한 것 중에서,

하나를 선택한 순간이었다.

"예…… 그럴 거라고 생각했어요."

그건 잔혹한 일이었을 텐데, 키쿠치 양은 조용히, 내 말을 받아들여 줬다.

"그 녀석이랑 연인이 되고 싶다든지, 그런 의미도 아니고 말이야. 아마도, 은인이나 동지, 동료 같은… 그런 방향에서, 그 녀석이 소중한 것 같아."

그래서 불안할 수도 있지만 계속 나와 사귀어줬으면 싶다—— 그런 건, 내 이기적인 생각일 뿐이라서. 나는 그 말을 할 수가 없었다.

"……한번 생각해줬으면 싶어. 난 계속 히나미랑 어울리고 싶고, 키쿠치 양을 좋아하니까, 앞으로도 계속 사귀고 싶어. 하지만 그건, 키쿠치 양한테 쓸쓸한 걸 참으라고 하는 것과 마찬가지니까."

나는 사귀기 시작한 그 날을 떠올렸다.

"연극이 끝나고…… 한번 답을 내렸던 키쿠치 양을, 말이라는 마법을 써서 선택한 건 나였으니까. 내가 확실하게 생각하고, 답을 낼게."

그때 추상적으로 고민했던, 리브라와 아르시아가 특별한 이유를, 리브라와 크리스가 특별한 이유. 이상과 감정 사이에서 고민하는 키쿠치 양.

리브라는 원래 아르시아와 맺어져야 한다고 말하는 키쿠치 양에게, 나는 감정을 긍정하기 위한 '나중에 만든 이유'를 부여하고, 이상적인 관계를 추구하는 키쿠치 양을 설득해서, '리브라가 크리스를 선택하면 된다'는 논리로 감정을 우선하게 했고── 나는 토모자키 후미야로서, 키쿠치 후카를 선택했다.

그래서 그건 내 선택이고, 성실해지고 싶다면 그 책임은, 내가 져야만 한다.

적어도 내가── 계속 **게이머**이고 싶다면.

"……알았어요. 기다릴게요."

특별한 것과 동시에, 언밸런스하다는 의미이기도 했던, 불꽃 사람과 포포루의 관계.

특별하다는 것은 어느새 종족 간의 모순이 되었고, 마침내 인간으로서의 업보로 바뀌었다.

우리 관계에는, 특별을 긍정하기 위한 이유가, 부족했던 걸까.

"토모자키 군은, 말해줬어요. 이상도 감정도, 전부 추구하면 된다고."

그건 정말로, 그때와 똑같았고.

"저한테, 중요한 건 감정만이 아니에요. 둘 다 소중해요. 그래서…… 하나만은 싫어요. 저한테는, 제 감정만이 아니라, 토모자키 군과 히나미 양의 관계도 소중해요."

키쿠치 양은 또, 강한 척하는 것처럼 웃었다.

그리고, 그 손을 피복실 의자 등받이 위에 얹었다.

생각해보니 거기는, 항상 히나미가 앉던 자리였다.

"그러니까, 토모자키 군. 만약, 토모자키 군의 짐이 감당할 수 없는 것이 돼버려서, 뭔가를 버려야만 하는 날이 온다면——."

그리고 키쿠치 양은 천천히, 눈을 가늘게 뜨더니, 볼에 일그러진 자국을 남기면서, 눈물로 제2 피복실 바닥을 적셨다.

"포기하는 게, 저라도, 괜찮아요."

　　　* * *

그날, 나와 키쿠치 양은 더이상 아무 말도 하지 않았다.
원래 학교에서 알콩달콩하는 성격도 아니었기 때문에 우릴 보고 이상하다고 생각하는 사람도 없었고, 가 아니라, 어쩌면 조금이나마 생각한 사람도 있었을 수도 있지만, 최소한 그걸 굳이 드러낼 만큼의 위화감은 아니었겠지.
사실 점심시간에 키쿠치 양에 관해서 물어봤던 미즈사와도, 특별히 위화감이 든다는 건 아니었던 것 같았다.

학생식당. 나카무라가 갑자기 변덕을 부려서 타케이라든지 미미미라든지 그런 힘이 넘치는 애들은 캐치볼 하러 밖으로 나가버렸고, 지금 여기에는 나와 이즈미, 미즈사와만 남아 있다. 정확하게 말하자면 내가 그런 분위기에 맞춰 줄 기분이 아닌 걸 걱정한 것 같은 미즈사와가 남아줬고, 이즈미는 이즈미대로 '무슨 애들도 아니고~'라고 어른처럼 굴면서 마찬가지로 내 곁에 남아 있었다.

"그래서, 어떻게 됐어, 후미야? 그 뒤에."

미즈사와는 어디까지나 잡담이라는 분위기였지만, 나는 당장 오늘 아침에 다툰 입장이다 보니까, 아무래도 목소리 톤이 어두워지고 말았다.

"그 뒤에라니…… 키쿠치 양 얘기야?"

그랬더니 이즈미가 걱정된다는 목소리로 말했다.

"아! 그거 궁금했는데! 배지 받을 수 있겠어?"

"저기, 미안……. 사실은, 오늘 아침에도 조금 싸웠다고 해야 하나……."

내가 모호하게 말했더니 이즈미가 깜짝 놀라서 큰 소리를 냈다.

"뭐~?! 지금이라도 다른 커플 찾아야 하는 거야?"

"하하하, 요즘 들어 자주 싸우네. 괜찮은 거야?"

미즈사와는 가볍게 말했지만, 나는 그 분위기에는 맞춰 줄 수 없었다.

"아니, 이번엔…… 어쩌면 말이야."

"응?"

"해결 자체가…… 힘들지도 모르겠네."

의미심장하게 말했더니, 이즈미가 진지한 얼굴로 고개

를 갸웃거렸다.

"······그거, 무슨 소리야?"

나는 키쿠치 양과 했던 이야기를 떠올리면서.

"그 배지 말인데··· 특별한 관계가 된다고 했었지?"

"응."

"그렇다면······ 아마, 나랑 키쿠치 양은 처음부터 모순된 관계였고······ 그래서, 특별한 존재가 되는 건 힘들지 않을까 싶거든······."

애매한 느낌으로, 그렇게 말했다.

"그게 무슨 소리야?"

"모순?"

그렇게 물어보는 두 사람을 보면서, 나는 지금의 관계성을 생각했다.

"뭐랄까······ 나한테는 원래, 꼭 해야만 하는 일이라든지, 떼려야 뗄 수 없을 정도로 소중한 사람이 있는데."

그 말에 미즈사와가 움찔, 하고 반응했지만, 딱히 아무 말도 하지 않고 날 보고만 있다.

"하지만, 그 존재 자체가 키쿠치 양을 쓸쓸하게 만들고, 질투하게 만드는데······ 그래도 키쿠치 양은, 내가 하고 싶은 것도, 다른 관계도 존중해주고 싶다고 했거든······."

"음······ 여자 사람 친구와 여자 친구 중에 누굴 선택할지 같은, 그런 얘기야?"

"비슷하기도 한데, 아마 그것보다 좀 더, 그 친구가 특별

하다고 할까…….'

"그렇겠지. 나도 이해해."

나는 그냥 토해내는 것처럼 말해버렸지만, 미즈사와는 그걸 가볍게, 그러면서도 진지하게 받아들여 줬다. 미즈사와는 그 '다른 사람'이 누구인지, 알고 있는지도 모른다.

"난 하나도 모르겠네…… 토모자키 너, 연애를 너무 어렵게 하고 있는 거 아냐?"

그리고 이즈미는 한계치를 넘어버렸는지 머리가 펑, 하고 터져버린 모양이다. 하지만 그걸 솔직하게 말해준 덕분에 나도 마음이 훨씬 편해졌다.

미즈사와가 한쪽 눈썹을 들어 올리고, 손가락으로 턱 언저리를 쓰다듬었다.

"뭐 솔직하게 말해서, 그건 완전히 네 문제니까 내가 뭐라고 할 수는 없지만……."

"여, 역시 그렇겠지…….'

내가 주눅이 들면서 말했더니, 미즈사와는 여유 있고 가벼운 말투로,

"하지만, 네가 착각하고 있는 걸, 딱 하나만 가르쳐줄게."

"착각하고 있는걸……?"

내가 그렇게 물었더니 미즈사와는 빙긋 웃으며, 자신만만하게 고개를 끄덕였다. 이즈미는 눈이 휘둥그레져 있고.

"너 말이야, 뭐, 내가 그런 말을 해서 그런 것도 있겠지만…… 지금, 네가 선택한 책임이라든지, 특별한 무언가라

든지…… 배지에 어울리는 관계라든지. 그런 괜히 어려운 문제만 생각하고 있지?"

"……맞아."

고개를 끄덕였더니 미즈사와는 역시나, 라면서 웃었다.

"그런데 말이야…… 뭐, 이런 건 유즈가 있는 앞에서 할 말은 아닌 것도 같지만……."

"뭐, 뭔데?! 내가 뭐?!"

갑자기 자기 이름이 나온 이즈미는 허리를 곧게 펴고, 충격을 견디려는 것처럼 경계했다.

그리고 미즈사와는, 아무렇지도 않게 이런 말을 했다.

"──운명의 배지라고 해도 말이야, 누가 그렇게 이름을 붙였을 뿐이지, 원래는 그냥 낡은 쇳조각이잖아? 그딴데 어울리고 자시고가 어디 있겠어?"

"무슨 소리를 하는 거야?!"

그 쇳조각과 관련된 실행위원을 맡은 이즈미는 충격을 견디지 못하고 소리쳤다.

"그래도, 후미야 넌 무슨 말인지 알겠지?"

그 말을 들은 난, 미즈사와가 무슨 말을 하려는 건지 알 것 같다는 기분이 들었다.

"본질은 쇳조각이고…… 하지만 거기에 로맨틱한 이야기라는 '형식'이 붙어 있다는, 그런 얘기지?"

그랬더니 미즈사와가 빙긋 웃었다.

"맞아. 그래서 여자애들한테 인기가 있는 거고."

"이 인간이 또 이상한 소리를 하네……."

"뭐, 뭐야……?"

조금 전에 했던 이야기를 전제로 한 대화였기 때문에, 앞에 한 이야기를 이해하지 못했던 이즈미는 머리 위에 물음표를 잔뜩 띄우고 있지만, 그래도 열심히 따라오려고 하는 모습이 참 기특하다.

"그러니까 말이야. 분명히 신경이 쓰일 수도 있겠지만, 그런 형식 따위에 휘둘리지 말고, 후미야 네가 자신 있는 걸로 싸우면 되지 않을까~."

"……그렇긴 한데 말이야."

나는 바로 그 문제가 너무 어려워서 머리를 쥐어뜯었다.

"같이 각본을 만들고, 서로의 마음속에 있는 소중한 부분을 말하고, 맞추고…… 형식이 아닌, 진심에서 나온 말을 나누고."

연극 때 주고받은 말들은 결코 가벼운 말도, 표면적인 말도 아니었을 테니까.

"거기에 있었던 문제들을 전부 해결한 다음에 사귈 줄 알았는데……."

하나하나 조심해서 진행했다고 생각했는데, 그랬는데도 또 이렇게 문제가 겉으로 드러났고.

"……연애라는 게, 원래 이렇게 어려운 건가."

내가 그렇게 말했더니, 미즈사와는 또 그 의기양양한 표정으로, 눈살을 찌푸렸다.

"너 말이야, 뭘 착각하고 있는 거야. 문제를 다 해결한 다음에 사귀기 시작했다고? 인간관계를 뭘로 보는 거야."

그리고는 쓱, 내 가슴께를 손가락으로 가리키면서, 조용히 말했다.

"사람과 사람이 정말로 소중한 얘기를 하는 건── 사귄 다음에나 하는 게 아니겠냐고."

　　　＊ ＊ ＊

그리고 방과 후. 나는 생각하고 있었다.

난 히나미에게 관여하고 싶다.

하지만 키쿠치 양하고도 같이 있고 싶고, 상대한테만 참아달라고 강요하는 그런 불성실한 선택은 하고 싶지 않다.

그렇다면 난 역시, 지금 이대로 히나미한테도 키쿠치 양한테도 관여하는 선택지를 고르고 싶은데. 어느 한쪽을 표기해야만 하는 걸까.

키쿠치 양은 소설가로서 히나미에 대해 알고 싶어 하고, 그래서 그 '특별성'을 알아차렸다.

하지만 키쿠치 양은 소설가의 업보를 품고 있는 동시에 평범한 여자이기도 하니까, 거기에 대해 알면 알수록 불안해지고, 그것이 새로운 질투와 불안으로 이어지고 말았다. 키쿠치 양이 업보를 품고 있는 한 히나미에 대해 알고 싶어 할 테고, 그것은 소녀로서의 키쿠치 양과 모순되고 만다. 언젠가 그게, 나와의 관계를 무너트리겠지.

그걸, 내가 어떻게든 할 방법은 없는 걸까.

나는 지금까지 익숙하지 않은 연애라는 길을 걸어가는 방법을 찾아내기 위해서, 여러 사람에게 의견을 물었다. 그런 연애에 대한 생각을 이어붙이면서 어떻게 해야 좋을지 모색하고, 광명을 찾아다녔다. 하지만, 이번 경우에는.

"……아."

그때, 내 머릿속에 떠오른 것은 생각지도 못한 인물의, 생각지도 못한 말이었다.

그것은 백전노장인 미즈사와의 말도, 지금 한창 현역으로 연애 중인 이즈미와 나카무라의 말도, 물론 인생의 스승인 히나미의 말도 아니라.

『불안하게 만드는 게 잘못이라니, 대체 왜? 연애는 그런 게 재미있는 건데.』

오프 모임에서 들었던, 레나의 말이다.

그때 들었던 레나의 사고방식은, 어딘가 극단적이라는 생각도 들기는 했지만, 그 사고방식의 구조만 놓고 본다면 다른 사람은 아무도 말하지 않았던, 연애에서 오는 '불안'

을 긍정하는 것이었다.

물론 그걸 키쿠치 양에게 강요하고 싶다고 생각하는 건
아니다. 하지만 그 사고방식 중에 일부는 틀림없이 내가
가지고 있지 않은 가치관이고. 완전히 꽉 막힌 모순이라도
할 수 있는 곳으로 흘러 들어가 버린 나한테는, 새로운 뭔
가를 찾아낼 가능성처럼 보이기도 했다.

"……좋았어."

뭐라고 할까, 이 타이밍에서 레나랑 만나는 데는 엄청나
게 거부감이 들었지만, 내 주변에 그런 사고방식에 대해서
자세한 얘기를 물어볼 사람은, 레나 밖에 없다.

그래서 나는 LINE 앱을 켜고, 레나한테 이런 문장을 보
냈다.

『저기, 좀 물어볼 게 있는데 괜찮을까?』

＊ ＊ ＊

이케부쿠로역에서 조금 걸어가면 나오는 골목에 있는,
어둠침침한 바.

입구에서 조금 떨어진 카운터 자리 모퉁이에, 나와 레나
는 나란히 앉아 있다.

"후후. 후미야 군이 먼저 연락을 주다니, 기쁜데."

"그, 그거 다행이네."

내가 말을 흐렸더니, 왼쪽에 앉아 있는 레나는 내 얼굴을 들여다보려는 것처럼 몸을 기울이고, 눈 안쪽 깊은 곳을 들여다봤다.

"그런데, 말이야……. 하나 물어봐도 돼?"

아까보다 아주 조금 더, 나한테 가까이 다가왔다. 달콤한 향기가 나를 감싸고, 주변 분위기와 함께 내 마음을 어지럽게 만들었다.

그리고── 그 시선을, 내 오른쪽 옆자리 쪽으로 보냈다.

"……왜 아시가루 씨도 있는 건데?"

"하하하, 왜냐고 해도 말이야."

아시가루 씨가 내 오른쪽 옆자리에서 시원하게 웃었다.

그렇다. 나는 레나한테 연애에 관한 이야기를 물어보겠다고 생각하기는 했지만, 아무래도 혼자서 만나는 건 위험할 것 같아서 아시가루 씨한테도 연락했다. 그랬더니 의외로 그 상황을 재미있겠다고 생각한 아시가루 씨가, 시간이 맞으면, 이라는 느낌으로 와줬다.

"아니 뭐, 단둘이 있으면 여러모로 위험할 것 같으니까……."

내가 그렇게 말했더니, 레나는 헤에, 하고 짓궂게 웃었다.

"하긴, 둘이 있으면, 욕망을 못 이길 수도 있겠지?"

"저기 말이야……."

나한테 확 파고드는 요염한 웃는 얼굴에 마음이 어지러워지면서, 역시 연락하지 말 걸 그랬다는 생각이 들려고 했지만, 앞으로의 연애를 위해서라고 나 자신을 달랬다. 뭔가를 얻기 위해서 대가를 치르는 건, 게임에서는 상식이니까.

"그래서, 무슨 일인데? 물어볼 게 있다며."

"그러니까……."

나는 눈앞에 있는 논 알코올 카시스 시럽에 오렌지 주스를 섞고, 보라색 체리를 얹은 음료를 보면서 말했다.

"지난번에, 연애는 불안이 재미있는 거라고 했었는데, 그게 무슨 뜻인지, 물어보고 싶어서……."

"으~웅? 왜 그런걸?"

"사실은…… 여자 친구랑 이래저래 일이 있어서."

그리고 나는, 내 마음속에 있는 여자 친구와 별개로 소중한 사람이 있다는 것, 그 사람이 이성이라는 것, 여자 친구가 그 사람에 대해 알아버리고 충격을 받아서 불안해하고 있다는 것 등을 간결하게 말했다.

그것은 나한테 있어 더할 나위 없을 정도로 심각한 문제였지만, 레나는 그 이야기를 왠지 따분해하면서 듣고 있었다.

"……다 했어?"

"다, 다 했는데……."

그랬더니 레나는 반투명한 핑크색의 거품이 나는 음료가 들어 있는 가늘고 긴 잔을 수평으로 빙글빙글 돌리고, 잔을 불빛에 비쳐서 멍하니 바라보면서 말했다.

"음~ 왠지 후미야는 말이야. 연애를 너무 신성하게 여기는 거 아냐?"

"그, 그런가……."

말을 흐리면서도, 나는 조금이지만 그 말이 무슨 뜻인지 알고 말았다.

"후미야 군, 처음 사귀는 여자 친구지?"

"응."

"그래서 갑자기 이상적인 관계를 만들면 서로가 불안해하지 않을 거라든지, 상대를 쓸쓸하게 만드는 건 성실한 게 아니라든지, 그런 소리 하다가는 아무하고도 못 사귀거든."

"으……."

딱 잘라 말하는 얘기에, 나는 할 말을 잃어버리고 말았다.

"사람마다 다른 일이기는 하지만, 연애란 결국, 이해의 일치라고."

지난번과 또 다른 의미로 어른스러운 말이 튀어나와서, 깜짝 놀랐다.

"그러니까, 상대가 불안해하더라도 계속 쫓아다니면, 그걸로 되는 거야. 왜냐하면 연애는, 뭐든지 다 해결해서 완벽한 모양이 되기 위한 게 아니니까."

"하지만, 그렇게 되면 너무 자기중심적이라고 할까…… 가능한, 아무도 불안해하지 않는 형태를 목표로 삼는 게 좋지 않을까 싶은데……."

내가 자신 없는 목소리로 말했더니, 레나는 멍하니 음~ 하는 소리를 흘렸다.

"어쩌면 불안하지 않은 관계를 만드는 사람도 있을 수 있겠지만, 그건 정말로 극히 일부고, 어패로 따지자면 톱 플레이어 같은 거거든?"

"그, 그래도 극히 일부라도 있다면, 그걸 목표로 하는 게……."

그랬더니 레나는 하아, 하고 한숨을 쉬었다.

"후미야 군은 말이야, 어패도 인생도 현실적으로 생각하고 있으면서, 연애 문제만 되면 갑자기 꿈꾸는 소년이 돼버리네?"

그렇게 말하면서, 레나는 귀에서 흔들리는 금색 피어스를 손끝으로 건드렸다.

"그럼, 내가 하나 물어볼게."

그리고, 날 시험하는 것처럼 쳐다봤다.

"엄청난 어패 초보자를 데리고 와서, 그 사람한테… 지금 사귄 지 한 달 됐다고 했지? 그럼 한 달 동안 열심히 어패를 가르쳤다고 했을 때, 그 사람을 **전국 톱 플레이어로 만들 수 있을 것 같아?**"

"아……."

그건 언젠가 히나미가 했던 질문과도 비슷했고, 하지만, 일부가 전혀 달랐다.

"……톱 플레이어는, 무리일 것 같아."

"그렇지?"

레나는 약간 풀어진 것 같은 말투로, 그러면서도 유창하게 자기 생각을 말했다.

"그렇다면, 그렇게 사귀자마자 바로 이상적인 관계가 되는 건 무리라고. 같이 자기는 했어?"

"그, 그런 건 안 했다니까!"

내가 당황하면서 받아쳤더니, 레나는 피식 웃었다.

"후후, 지금 그건 놀린 게 아니거든? 그런데도 그렇게 얼굴이 새빨개지고, 귀엽다."

"그, 그러니까……."

그리고 레나는 재미있다는 것처럼 내 귀에 입술을 대고, 숨결을 불어넣으면서.

"어때. ……내가 이것저것 가르쳐줄까?"

"됐 · 거 · 든 · 요!"

나는 레나의 머리를 쭉 밀어버렸다. 술에 취해서 그런지 체온이 무지무지 뜨겁네, 이 사람. 틀렸다, 난 이런 얘기에 엄청나게 약하니까, 어떻게든 방향을 원래대로 되돌리려고 했다.

"그런 게 아니라, 난 평범하게 해결하고 싶다고!"

"같이 자는 거도 평범한 건데 말이야."

말하면서, 레나는 기분 좋게 입꼬리를 끌어 올리고는.

"불안하게 만들었다면, 그 원인이 있겠지? 그걸 전부 없앨 수 있는 마법 같은 방법은 없으니까, 그렇다면 하나하나 해결해나가는 수밖에 없잖아. 게임도 마찬가지지?"

레나의 게이머로서의 일면이 보이는 말. 그건 엄청나게 맞는 말—— 이라고나 할까.

"까, 깜박했다……."

"응~?"

"원인과 결과. 그래서, 그걸 해결. 그건, 어패에서건 어디서건, 기본 중의 기본이었는데……."

내가 말했더니, 레나는 풀어진 표정으로 웃었다.

"어패의 기본은, 인생의 기본이잖아?"

"마, 맞는 말씀입니다……."

나는 엄청나게 초보적인 것을 배우고 말았다. 그것은 내 사고방식의 기초라고도 할 수 있는 가치관이었는데, 그걸 깜박했던 건가. 즉, 나는 그런 것도 생각 못 할 정도로 연애를 너무 특별하게 생각해버렸다는 뜻이고, 판단도 제대로 못 할 지경이었다는 뜻이겠지.

내가 이해했다고 생각했는지, 레나는 응응, 하고 끄덕이면서 눈앞에 있는 술을 크게 두 모금 마셨다. 그리고는 "아……" 하고 뜨거운 열기가 담긴 숨결을 흘리면서, 볼이 빨갛게 달아오른 채로 다시 나를 봤다.

"……이상적인 관계를 만들 수 있다면 그래도 좋고~ ……그렇지 않은 언밸런스가 돼버린다면, 그 불안도 흥분도 쾌감도, 전부 즐기면 되는 거야."

"그렇구나……."

흥분도 쾌감도, 부분에서 슬쩍 내 허벅지로 다가온 손을 뿌리치면서 맞장구를 쳤다. 그랬더니 레나는 어째선지, 기쁘다는 것처럼 웃었다. 그렇게 생각해보니까 이 사람, 분명히 수용도 거부도 전부 즐기고 있네.

"불안해지는 사람은 말이야, 마음이 약하거나 불안정해지는 법이니까…… 후미야 군이 잘 지켜줘야겠지?"

그렇게 연애의 모든 것을 긍정하는 레나의 말이, 지금은 너무나 마음 든든했다.

"불안정, 말이지……."

나는 미미미와 타마가 했던 이야기를 떠올렸다. 혼자서 서 있는 사람과 거기에 기대는 사람.

그랬더니, 지금까지 아무 말이 없던 아시가루 씨가 갑자기 입을 열었다.

"아마, nanashi 군은 약한 사람의 마음을 모르는 거야."

나는 그 말을 듣고서 깜짝 놀랐다.

"그, 그럴 리가……."

왜냐하면 나만큼 '약하다'라고 자부해온 사람도 없을 텐데.

"아니, 분명히 제가, 제 생각을 믿는 편이라고 생각은 하지만…… 그게 아니라. 제가 얼마 전까지는, 조금 달랐었거든요."

"달랐다고?"

나는 고개를 끄덕였다.

"지금이야 이렇게 어느 정도 사람들이랑 얘기도 할 수 있게 됐지만, 원래는 친구도 없고, 위험할 정도로 약캐였거든요."

그랬더니 아시가루 씨가 흐음, 하더니 날 시험하려는 것처럼 눈을 들여다봤다.

"nanashi 군은 '자신감'이라는 게 뭐라고 생각해?"

"자신감, 말인가요?"

나는 잠시 망설이고, 내 머릿속에 있는 자신만만한 사람을 떠올리면서 답을 찾았다. 그리고 그 답으로 생각되는 것은 의외로 빨리 찾아냈다.

"난 이러니까 대단하다는, 확실한 근거가 있는, 그런 걸까요?"

머릿속에 떠올리고 있던 사람은 다름 아닌 히나미 아오이였다. 그 녀석은 항상 자신만만하고, 그리고 실제로 결과도 내고 있으니까. 하지만 그 뒤에는 압도적인 노력과 분석이라는, 흔들리지 않는 근거가 있다.

그랬더니 아시가루 씨는 고개를 가로젓고는 빙긋, 지적으로 웃었다.

"nanashi 군. 그건, 반대야."

"……반대?"

그 말을 듣고, 나는 의미를 이해하지 못했다. 레나도 고개를 갸웃거리고 있다. 이건 그냥 취해서 못 알아들었을 가능성도 있지만.

"그러니까 말이야……."

말하면서, 아시가루 씨는 잔 테두리에 하얀 가루 같은 게 묻어 있는 칵테일을 한 모금 마시고, 천천히 이야기하기 시작했다.

"잘 들으라고? 진짜 자신감이라는 건 말이지, 근거 따위는 없는 거야."

"예?"

나도 모르게 눈만 껌벅거리고 말았다. 솔직히 그건, 분명히 반대였으니까.

"그런 사람은 한번 얻은 결과를 아주 간단히 버리거든."

그건 얼핏 들으면 이해하기 힘든 이야기였다.

"변화라는 것을 정의한다면 말이야, 그건 현재 상황에서 다른 상태로 옮겨갈 뿐이고, 그 방향은 따지지 않아. 좋은 방향이건 나쁜 방향이건 변화는 변화일 뿐── 즉, 변화라는 건 진화도 퇴화도 될 수 있어."

"……듣고 보니 그러네요."

아시가루 씨의 증명하는 것 같은 말투. 하지만 '잘 될지 아닐지 모르는 변화'를 되풀이하고 있는 내 입장에서는 아주 잘 이해할 수 있는 이야기였다.

"어패를 기준으로 생각해보면 알 수 있을 텐데? 자기 실력에 한계를 느끼고, 노력해서 지금까지 했던 플레이 스타일을 바꿨을 때. 또는 사용하는 캐릭터 자체를 바꿨을 때. 그렇게 해서 진화한다고── 반드시 전보다 강해진다고 장담할 수는 없겠지."

"예. 저도 그렇게 생각해요."

자신을 바꾸는 게, 반드시 좋은 방향으로 간다는 보장은 없다.

실제로 나는 캐릭터를 파운드에서 잭으로 바꿨고, 그 승률은 아직 파운드 때만큼은 아니고—— 어쩌면, 다시는 그 정도 승률을 내지 못할 가능성도 있다.

"그래서 보통 사람은 변화하는 데 두려움이 따르는 법이야. 노력해서 자신을 바꿨는데 그게 퇴화가 돼버렸을 때. 변화하기 위해서 했던 노력과 시간이 부정당하게 되니까."

그것은 간단히 변화할 수 있는 나한테는 이해하기 힘든 감각이었지만, 일반적으로는 그러리라는 정도는 상상할 수 있었다.

"하지만 nanashi 군은 충분히 만족할 수 있는 상황인데, 그런데도 변화하는 걸 무서워하지 않아. ……지금까지 들은 이야기를 생각해보면, 꼭 어패에서만 그런 것도 아닌 것 같고 말이야."

"……그럴지도 몰라요."

"역시 그렇지."

나는 고개를 끄덕였다. 왜냐하면, 그 말이 맞았으니까.

예를 들자면 인생에서의 '캐릭터 변경'. 일단 인생이라는 게임이 갓겜인지 아닌지도 모르면서, 히나미가 시키는 대로 그 말에서 그럴듯한 부분을 찾아낸 나는, 오로지 그걸 확인하기 위해서 '외톨이지만 나름대로 즐거운 나날'을 보내고 있던 나 자신을 버리고 캐릭터를 변경하는 쪽을 선택했고, 인생과 진심으로 마주했다.

"어패에서도, 인생에서도…… 저는 제가 그렇게 생각한 쪽으로, 변화할 수 있다고 생각했어요."

그리고—— 그건 말할 필요도 없이, nanashi로서의 선택이었다.

아시가루 씨는 미소를 지으며 고개를 끄덕이고는, 딱히 뭔가 의미가 있는 건 아니겠지만, 집게손가락으로 카운터 테이블을 톡톡 두드리고는, 자신 있는 표정으로 나를 쳐다봤다.

"틀림없이 그게, nanashi 군이 전국 랭킹 1위 플레이어가 될 수 있는 이유야."

나는 깜짝 놀라서, 평소에 컨트롤러를 조작하던 내 손을 봤다. 지금은 차가운 잔을 잡은 손. 하지만 거기에는, 분명한 자신감이 깃들어 있다.

"예를 들어서 말이야, nanashi 군은 처음 만났을 때 3선승제 시합에서는 나한테 졌지만, 종합 승률을 보면 nanashi 군이 더 높았지?"

"예…… 아마 그랬던 것 같아요."

"즉, 단순한 실력만 보면 nanashi 군이 더 강했어."

잠깐 망설였지만, 나는 겸손하게 굴지 않고 그냥 고개를 끄덕이기로 했다. 결과가 그렇다면 그것이 현실. 그게 승부의 세계이기 때문에.

"그 뒤에, 나 말고 다른 프로 플레이어하고 만난 적은 없었지?"

"예, 없었어요."

아시가루 씨는 그렇겠지, 라고 하면서 고개를 끄덕였다.

"그리고, 여전히 온라인에서도 안정적으로 1위를 유지

하고."

"물론이죠. 독보적이에요."

내가 바로 대답했더니, 아시가루 씨는 유쾌하다는 것처럼 입꼬리를 끌어 올렸다.

"그렇다면 말이야. 정리하자면 이런 얘기가 돼."

그리고 그대로, 말에 아주 조금 열기를 담으면서 빙긋, 입꼬리를 올렸다.

"nanashi 군은 지금까지 인생에서—— 자기보다 강한 사람을, 아직 한 번도 만나본 적이 없다는 거야."

그 이야기만 들으면 말도 안 되는 소리 같지만, 잘 생각해보니까, 그것이 현실이었다.

"그럴…… 지도, 모르겠네요."

이번에는 정말로 고민했지만, 역시 긍정했다. 아시가루 씨는 여전히 빙긋 웃으면서, 턱을 만졌다. 그런 우리 둘의 대화를 레나가 관찰하는 것처럼 보고 있었는데, 그러면서도 한 마디도 끼어들지 않았다.

"그렇다면, 원래는 캐릭터를 바꿀 이유도 없었을 거야. 그런데 지금, 플레이 스타일은 고사하고 메인 캐릭터 자체를 바꾸려 하고 있지…… 이건 분명히 말하는데, 엄청나게 이질적인 거라고."

그리고 아시가루 씨는 차가운 눈으로 잔을 봤다.

"약한 사람은 행동하는데, 변화하는데. 그걸 믿기 위한 '이유'가 필요해."

"……!"

그 말을 듣고, 깜짝 놀랐다.

행동에 반드시 '이유'를 필요로 하는 사람이 —— 내 근처에 한 사람, 있기 때문에.

"하지만 nanashi 군은 아마도 '내가 그렇게 생각한다'라는 이유만 가지고도, 얼마든지 변화할 수 있어."

"예…… 그럴 거라고 생각해요."

"그게 옳다고 생각하는 이유나 근거는 부족하지만, 당연하다는 것처럼 앞으로 나아가지. 그건 뭐라고 할까, 다른 사람한테는 없는 걸 가지고 있는 것처럼 말이야."

짐작 가는 게 있었다. 아니, 몇 번이나 비슷한 이야기를 한 적이 있었다. 그건 아마도 미미미나 히나미와 다른. 오히려 타마랑 똑같은.

나한테 필요한 것은, 나만의 정답뿐이었다.

"너한테는 자연스러운 일인지도 몰라. 하지만 그건 정말로 귀중하고, 이질적이고, 특별한 일이야."

아시가루 씨는 딸랑, 하는 얼음 흔드는 소리를 내면서, 눈앞에 있는 칵테일 잔을 비워버렸다.

"그리고, 말이야."

잔을 내려놓고 날 보더니, 감정이 없는 시선으로 날 바라봤다.

"그건 틀림없이 nanashi 군이. 아니, 토모자키 군이, 인간으로서── 그러니까, 인생에서."

거기서, 아시가루 씨의 입에서 나온 말은──.

"누구보다, **강캐**라는 뜻이야."

──나 자신에게 새겨져 있던 가장 큰 전제를, 흔들어버리는 말이었다.

"그걸 받아들이지 못하면, nanashi 군의 문제는 해결하지 못할 거야."

파충류의 이빨처럼 날카로운 말이었지만, 그것이 찢어버린 것은── 틀림없이.

무의식중에 쓰고 있었던, 내 가면이었다.

6 소중한 것을 버리려고 하면, 항상 누군가가 말린다

돌아오는 길. 술을 마신 것도 아닌데 눈에 보이는 것들이 일그러지는 것처럼 어지러웠고. 그건 뭐라고 할까, 내 안에 있는 가장 큰 전제가 뒤집혀버린 것 같은 감각이었다.

"——내가, 강캐?"

뒤쪽에 있는 가로등 불빛을 받아서 길게 늘어진 내 그림자를 보며, 혼자서 중얼거렸다.

난 지금까지 내가 약캐라고 생각했고, 오히려 그게 내 정체성 같은 것이라고까지 생각하고 있었다. 약캐이기에, 스스로 자신을 키워가고 있다는 긍지 같은 것도 있었고. 약캐이기에, 내가 누군가를 선택하는 걸 두려워하기도 했었고.

약캐이기에, 내가 인생에서 졌을 때, 변명을 할 수 있었고.

하지만, 아시가루 씨가 말했던 '강캐' 이야기는 분명히, 내가 지금까지 키워온 모든 것들과 앞뒤가 맞고, 너무나 분명하게 이해할 수 있었다. 이해할 수 있는 만큼, 내 마음 속에 있는 얇은 가죽이 한 꺼풀씩, 잔혹하게 벗겨지는 것 같은 기분이 들었고.

머릿속은 어질어질, 발은 비틀거렸다.

"변화를 두려워하지 않는다. 분명히 거기에 대해서는 자신이 있기는 한데……."

나는 몇 년이나 계속 컨트롤러를 잡아 온, 나 자신은 얼마든지 긍정할 수 있을 만큼 확실한 자신감이 깃들어 있는 내 손을 봤다.

"아무래도 이 변화는, 좀 무섭네⋯⋯."

그건 내가 잡종에서 순혼혈이 된 것만 같은 역전 현상이고.

언젠가 히나미가 말했던 것보다 훨씬 커다란 '캐릭터 변경'이라는 생각이 들었다.

그렇게 나는, 키쿠치 양과 같이 걸었던 키타요노 시내를 걸어가면서, 지금까지 부딪쳤던 문제들에 대해서 생각했다.

어제 점심때에 같이 걸었던 행복한 시간. 하기만 어두워진 거리를 혼자서 걸어보니까, 전혀 다른 쓸쓸한 곳처럼 느껴졌고. 그건 분명히 키쿠치 양이, 내 반경 수백 미터 이내의 세계까지도 다른 색을 물들여줬다는 뜻이겠지.

──나는 그 연극이 끝난 뒤에 도서실에서.

내 손으로, 내 의지로 키쿠치 양을 받아들이기로 선택했다.

난 내 선택을 믿고 있다. 그 선택에는 정면으로 마주할 생각이다.

궁극적으로는 다른 사람에게 관여하지 않는 개인주의로 살아왔지만, 키쿠치 양을 선택한 건 내 선택이었고.

하지만, 내 변화를 두려워하지 않고 계속 앞으로 나아가는 성질이 키쿠치 양을 불안하고 쓸쓸하게 만들었고, 개인은 개인으로 있고 싶다는 업보가 그것을 해결하는 걸 거부하고 있다면. 이 문제는 틀림없이, 내가 지금까지의 나로 있는 동안에는 끝나지 않는다.

그건 내 성격이나 가치관, 판단 기준 자체가 낳은 문제고, 만약 내가 이대로 계속 키쿠치 양과 사귀고 싶다면, 더 근본적인 뭔가를 바꿔야만 하겠지.

미미미나 타마가 말했던 것처럼, 내가 혼자서 서는, 누군가가 기대는 쪽의 인간──즉 '강캐'라면. 난 그걸 선택해야 한다.

레나가 말했던 것은 내 사고방식 자체였다. 문제나 결과가 있다면 거기에는 원인이 있고, 해결하고 싶으면 하나하나 없애나가는 수밖에 없다. 연애를 신성하게 생각하다가 잊어버리고 말았지만, 그것은 내 피와 살에 배 있는 게임의 기본이다.

그리고 키쿠치 양을 불안하게 만든 원인이, 여러 개라면.

미즈사와가 말했던 것처럼, 난 그것들을 하나하나 **선택해 나가는** 수밖에 없겠지.

그래서 먼저, 내가 감당할 수 있는 짐을, 선택하기로 했다.

* * *

나는 집에 돌아왔고, 내 방에 와서 LINE 앱을 켰다.

화면에 표시된 것은 스포차에 놀러 가는 스케줄을 정하기 위해서 만들었던 단체 대화방 화면이다.

나는 생각하고 있다.

나한테 있어 소중한 것은, 또는 성실하게 마주해야 할 것은 틀림없이, 어패를 내 인생으로 삼고 싶다는 길과 히나미에게 인생의 즐거움을 가르쳐주고 싶다는 생각—— 그리고, 계속 키쿠치 양과 연인 관계로 있고 싶다는 생각뿐이고.

그 이외의 것들이 키쿠치 양을 불안하게 만드는 원인이 된다면.

억지로 끌어안을 필요 없이 버리는 쪽이 좋겠지.

필요하다면 파운드라는, 주로 사용하는 캐릭터까지 바꿔버릴 수 있는 나라면, 인생에서도 똑같은 걸 할 수 있을 테니까.

대화방 안에서 오가는 대화. 이미 나를 뺀 멤버들끼리 한번 갔다 왔고, 대화방에서는 '재미있었고, 수고했어~!' '또 가자!' 같은 이야기가 오간 뒤에 대화가 멈춰 있다. 그렇다면 여기서 조용히 빠져나가더라도 아무도 모르겠지. 뭐, 조금 이상한 행동일 수도 있지만, 난 원래 조금 이상한 녀석이었던 것 같으니까, 누가 뭐라고 하진 않겠지.

"……그래."

그래서 나는 그 LINE 대화방에서 조용히 나왔다.

그랬더니 내 대화 목록에서 그 대화방이 사라졌고, 대화 내용도 볼 수 없게 돼버렸다. 약간 쓸쓸한 느낌을 맛보면서도, 이걸로 됐다고 혼자서 납득했다.

아마도, 만약에 그 대화방을 다시 사용하게 돼서 두 번째로 모임을 하게 되더라도, 날 불러줄 가능성은 아주 낮겠지.

──이걸로 한 가지, 내가 들고 있던 짐이 줄었다.

그리고 마찬가지로, 내가 만든 '자기 자신을 찾는 모임'의 대화방을 열었다.

거기에는 '또 같이 놀자~'같은 가벼운 메시지가 오가고 있는 게, 아까 봤던 스포차 놀러 가기 그룹과는 또 다른 편한 느낌이 있었다.

이 그룹에도 일주일 정도는 아무런 이야기가 없었으니까, 지금 빠져나간다고 해도 큰 문제는 없겠지. 솔직히 말해서 이 대화방은 마음이 편했고, 나한테 소중한 뭔가가 될 것 같은 예감도 들었으니까, 미련이 없다고 하면 거짓말이다. 하지만 나는 틀림없이, 인생이라는 게임에서도 다른 즐거움을 찾아낼 수 있을 테니까. 그래서, 이 변화를 받아들일 수 있었다.

나는 아까처럼 대화방에서 나왔다. 마음속 온도가 또 한 단계, 낮아졌다.

——이걸로 또 한 가지, 내가 들고 있던 짐이 줄었다.

그리고 '자기 자신을 찾는 모임'의 LINE 대화방에서 나온 건, 그냥 짐을 하나 줄이는 정도의 일이 아니다. 왜냐하면—— 그건 나한테 주어져 있는 것 중의 하나를, 거절하는 행위니까.

나는 히나미와의 대화를 열었다.

그리고, 이런 문장을 입력했다.

『미안. 네가 내줬던 '내가 중심이 되는 4명 이상의 그룹을 만든다'라는 과제는 달성 못 할 것 같아. 그러니까 이 과제는 포기할게.』

한 번 더 읽어보고, 보냈다.

솔직히 그렇잖아.

내가 중심인물이 돼서 그룹을 만들기 위해서는 반드시 나 자신의 세상을 넓히고, 많은 사람을 끌어들이고, 그 속에서 커뮤니티를 만들어간다는 과정이 필요하게 된다.

그러기 위해서 만들었던 것 중의 하나가 그 대화방이고, 앞으로도 그 과제를 달성하기 위해서는 비슷한 결과를 거쳐야 하겠지.

하지만 그건 키쿠치 양은 불안하게 만들고, 시간도 잔뜩 쓰게 만든다.

그렇다고 키쿠치 양을 그 커뮤니티 안으로 끌어들이는 것도 키쿠치 양의 '불꽃 사람'이라는 성질과 모순되고.

그렇다면, 내가 그룹 만들기를 그만두는 수밖에 없다.

그래서 나는, 그걸 위한 노력을 그만둔다.

그걸 위해 사용하는 시간을, 더 소중한 것을 위해 사용한다.

그렇게 결심했다.

이건 틀림없이, 불꽃놀이 대회에서 고백하지 않았던 때보다, 조금 더 무거운 결의.

왜냐하면 그때 포기했던 건 어디까지나 **그날의 과제**. 하지만, 지금 버리려고 하는 건 그것보다 한 걸음 안쪽에 있는, 히나미가 가장 중요하다고 했던 것이고.

나는 그 녀석과 같이 인생 공략을 시작한 뒤로 처음——**중간 정도 목표**를 스스로 포기했다.

"……이걸로."

나는 지금 당장 할 수 있는 내 마음속 정리를 마치고, 미지근한 한숨을 쉬었다. 마음속에 소용돌이치고 있는 건 축축한 체념과 위화감, 그리고 그것과 유사한 질퍽한 중력이었지만, 그걸 선택하면서 내 안에 있는 소중한 것에 대해서 성실할 수 있게 됐다는 기분도 들었고.

내 마음속에서는 아직, 이게 정답인지 아닌지도 알 수가 없었다. 하지만 만약에 잘못된 선택이라고 해도, 언젠가 시간을 들이면 다시 한번, 또 다른 나를 만들어낼 수 있다는 자신감도 있었다.

그래서, 말하자면 이건 '캐릭터 변경'.

언젠가는 잘하게 될 거라는 예감을 품고서 파운드에서 잭으로 바꾼 것처럼, 내가 품고 있는 모순을 해소하기 위해서, 인생이라는 게임을 끝까지 살아나가기 위한 기본적인 자세를 크게 바꾼 것뿐이다.

"……아."

문득 주위를 둘러봤더니, 방 한쪽에 대충 던져놓은 책가방이 굴러다니고 있었다.

거기에는 새해 첫날에 샀던 키쿠치 양과 똑같은 부적과 여름방학 전에 미미미가 줘서 친구들도 다들 들고 있는, 하니와처럼 생긴 귀엽지도 않은 스트랩이 달려 있었다.

그리고 나는, 생각이 났다.

색이 다른 스트랩을 달고서, 모두가 같이 있으면 컬러풀한 불꽃처럼 되는, 내 책가방과.

나와 똑같은 부적만 달고 있는, 키쿠치 양의 책가방을.

그 대조적인 두 개가 왠지, 지금 내가 처해 있는 상황과 나한테 달라붙어 있는 모순을 보여주는 것만 같았고.

그 모순을 해결하려면, 나는 이것마저도 선택해야 하는지도 모른다.

만약, 둘 중에 하나만 선택해야 한다면.

"……큭."

나는 차가운 피가 흐르는 것만 같은 팔을 뻗어서, 그 책가방을 집었다.

그리고—— 일단 내 손에 넣었던 컬러풀한 경치의 일부를, 내 몸에서 떼어내는 쪽을 선택했다.

* * *

그리고 며칠 뒤, 나는 지금까지와 별로 다를 것도 없는 일상을 보내고 있었다.

그런 일이 일어났지만, 내가 원하기만 하면 키쿠치 양은 같이 등교해줬고, 같이 있는 시간을 최대한 늘리고 싶다고 말하면 그것도 받아들여 줬다.

같은 반 애들이 왜 LINE 대화방에서 나갔냐고 물어보지도 않았고, 그래서 나는 소중한 것에 들이는 시간을 빼앗기지 않는 정도 수준에서, 다른 애들과도 어울렸다. 다행히 내 표정 근육은, 그 위화감을 알아차리지 못할 수준의 표정을 지어내고 있었다.

"좋았어! 패밀리레스토랑 가자! 뚝돌이 너도 갈 거지?!"

"물론이지! 그러니까, 난 오늘은 됐어!"

"물론이라더니 그게 무슨 소리야?!"

메마른 농담과 텅 빈 웃는 얼굴을, 그 세상에서 떨어지기 위해. 그렇게 누구에게도 폐를 끼치지 않도록 조금씩, 거리를 뒀고.

분명히 이 세상은 히나미한테 배우고 내 의지로 얻은 것이지만, 난 그 일부를 잃게 되더라도 틀림없이 앞으로 나아갈 수 있다. 새로운 풍경을 찾아낼 수 있다. 왜냐하면, 이 학교가 세상 전부는 아니니까.

그래서 나는 소중한 것을 위해, 짐을 살며시 내려놓는 쪽을 선택했다.

스스로 떠올린 모래가 손가락 사이에서 사라락 흘러 떨어지고, 알갱이가 커다란 것만이 남는다. 하지만, 내가 원하는 건 분명, 그 커다란 알갱이뿐이고.

그 커다란 몇 알을 소중하게 여기는 게, 내 인생의 플레이 스타일일 거라고 생각했다.

* * *

"그럼, 내일 보자."

키타요노역. 나는 같이 전철에서 내리고 개찰구를 통과한 뒤에, 평소처럼 가볍게 손을 들어 보이면서 미미미한테 잘 가라는 인사를 했다. 그건 최근 일주일 정도 계속되고 있는, 키쿠치 양을 고려한 나와 미미미의 습관이었다.

그런데.

"……왜 그래?"

오늘 미미미는 평소처럼 손을 흔들어서 대답하지 않고, 뭔가를 고민하는 것처럼 입술을 핥으면서, 시선을 이리저리 돌려대고 있었다.

"저기…… 브레인."

"응?"

미미미는 말하기 힘들다는 것처럼, 눈을 이리저리 옮겼다. 마침내, 그 시선은 내 책가방—— 며칠 전까지는 스트랩이 달려 있던 그 자리 쪽으로 향했다.

그리고 그대로, 입술만 깨문 채 아무 말도 하지 않았다.

"아…… 저기."

내 입에서는 변명거리라도 찾는 것처럼, 한심한 소리가 흘러나왔다. 하지만 나는 이성을 동원해서 입을 꾹 다물고, 말을 멈췄다. 이건 어디까지나 내가 선택한 것이고, 미미미한테는 틀림없이 배신일 테고. 용서받기 위한 이유를 찾는 건, 그저 내 이기심에서 나온 행동일 뿐이고.

그래서 나는 다시 웃는 얼굴을 지어 보이고, 미미미한테 손을 흔들었다.

　"……왜 그래? 깜깜해지면 무서워서 혼자 집에 가기 힘들 텐데~? ……자, 빨리 가라고."

　메마른 농담은, 틀림없이 제대로 말했다. 그런데 미미미는, 날 빤히 노려본 채로 떠나질 않는다. 그건 분노라고도 슬픔이라고도 할 수 없는 표정이고, 그러면서도 나를 그 자리에 붙잡아놓을 정도의 힘을 지니고 있었고.

　마침내, 미미미는 결심했다는 것처럼 한 걸음 앞으로 내디디더니,

　"싫어. 나, 오늘은 브레인이랑 같이 갈래."

　내 팔을 붙잡고, 억지로 잡아끌었다.
　"뭐? ……잠깐만."
　내 말을 무시하고, 미미미는 평소에 가던 길로 날 끌고 갔다.
　그렇게 해서 나는 오랜만에, 미미미와 같이 역에서 집으로 가는 길을 걸어가기 시작했다.

　　　　　　　* * *

　"그나저나 지난번에는 갑자기 스포차에 못 가게 돼서 미안해! 어땠어?"

나는 진심을 감추려는 것처럼, 무의식중에, 시시한 이야기를 던졌다. 그건 뭐랄까, 가면이 만들어낸 자기 방위 행동 같은 것이라서, 말을 하면 할수록 마음이 어두워지는 기분이 들었고. 하지만, 나 자신을 지키기 위해서는 그렇게 하는 수밖에 없었다.

"그러니까, 타케이가 뭔가 사고 쳤다는 얘기는 들었는데……."

"브레인, 말이야."

미미미는 내 말을 자르고, 또 한 걸음 파고들겠다는 것처럼. 날 똑바로 쳐다봤다.

그 시선은 어딘가, 타마를 떠올리게 만드는 강한 힘이 담겨 있었다.

내 안에 있는 비뚤어진 부분을 꿰뚫어 보고 있는 것 같은, 변명을 할 수 없는 눈동자였다.

"지금, 그때 나처럼 돼 있어."

"……."

그 말을 듣고, 나는 미미미가 무슨 말을 하려는 건지 이해하고 말았다.

——그건, 잊을 수 없는 기억.

소중한 것을 위해, 다른 소중한 것을 버리려고 하는 사람이 있고. 그걸 누군가가 말렸고, 같이 집에 가는 길을 걸었다. 그런 상황이, 분명히 딱 한 번 있었다.

그리고 그때, 같이 가자고 누군가를 붙잡았던 사람은——

미미미가 아니라, 나였다.

미미미는 기억을 떠올리는 것처럼, 그러면서도, 밝은 목소리로 말했다.

"나 말이야. 그때 브레인이 같이 가자고 말해주지 않았다면, 틀림없이…… 지금쯤, 전혀 다르게 살고 있었을 것 같아."

"미미미……."

그건 미미미가 질투 때문에 히나미를 싫어하게 될 뻔했던 때. 너무나 좋아하는 친구를 싫어하고 싶지 않으니까, 그런 자신이 되는 걸 용서할 수 없으니까. 그래서 그 대신에, 육상부라는 소중한 것을 버렸다.

소중한 친구라는 커다란 알갱이가 손에서 떨어지기 전에, 그걸 밀어내고 있는 짐을, 그 자리에 내려놓는다. 미미미가 그런 선택을 했던 날, 방과 후였다.

"그대로 있었다면, 나 말이야. 다시는, 육상부에 돌아가지 못했을 것 같거든. 아마 아오이하고도…… 좀 틀어졌겠지. 타마는 착하니까 용서해줬겠지만, 그래도 좀 질려버리지 않았을까."

그때 나는 미미미를 억지로 잡아끌고, 타마까지 불러서 같이 갔고. 타마가 해준 말 덕분에, 미미미는 주박 같은 것에서 구원받았다.

"그날 그 방과 후에, 브레인이 애들 앞에서 용기를 내고, 창피한 걸 무릅쓰면서까지, 날 잡아 끌어준 건…… 아마도 내 인생에서, 정말 소중한 일이라고 생각하거든."

미미미는 내 옆에서 하얀 숨을 내쉬면서, 그립다는 것처럼 미소를 지었다.

"그리고── 말이야."

그리고 미미미는 눈두덩이 언저리를 손끝으로 훔치고, 이번에는 슬픈 미소를 지었다.

"아마, 그게 없었다면 난…… 브레인을 좋아하는 내가, 되지 못했을지도 몰라."

내 마음을, 묵직한 말이 덮쳐왔다. 그것은 내가 버린 것들의 무게보다 훨씬 무겁고, 슬픈 감각이었고.

"난 말이야. 이뤄지지 못했지만, 내 마음은 전해지지 않았지만…… 브레인을, 역시 좋아해. ……하지만, 그렇게 생각하는 나도, 좋아할 수 있거든. 그렇게 생각하게 해준 브레인한테, 감사하고 있어."

옆에서 콧물 훌쩍이는 소리가 들린다. 그게 추위 때문인지 아니면 다른 것 때문인지는, 나도 알 수 있었다.

"그러니까 말이야, 대답해 줄래? ……브레인은, 말이지."

그리고 또다시 나를 똑바로, 꿰뚫어 보는 것 같은 눈으로 쳐다봤다.

"날, 싫어하게 된 거야?"

"……!"

그럴 리가 없다. 하지만, 그걸 버리는 쪽을 선택한 내가, 어떻게 설명해야 좋을까. 어떤 변명을 해야 할까.

미미미는 슬픔과 함께 말을 토해냈다.

"나 말이야. 브레인을 계속 봐왔기 때문에, 눈치챘거든? LINE 대화방에서도 전부 나가버렸고, 애들이랑 있을 때도 농담 센스는 평소보다 좋은데, 하나도 안 재미있어 보였어."

그리고 미미미는, 자기 책가방에 달려 있던 컬러풀한 풍경의 일부를, 살며시 쥐었다.

"얼마 전부터…… 스트랩도, 안 달고 다녔잖아."

"……."

그 미안한 마음 때문일까 한심한 기분 때문일까, 아니면, 어쩔 도리가 없기 때문일까. 내 시야도 조금씩, 흐릿해져 가는 게 느껴졌다.

"나는 브레인한테 고마워하고 있으니까 말이야, 그런 브레인은, 보고 싶지 않아. ……그러니까, 내가 할 수 있는 게 있으면, 가르쳐줄래?"

눈에 눈물이 고인 미미미. 하지만, 나는 아직도 고민하고 있었다.

"……미안해."

나는 나약한 눈물을 흘릴 것만 같아서, 주먹을 꽉 쥐고, 또 꾹 참았다.

"내 선택 때문에 슬퍼하고 있는데, 그런 것까지 부탁하는 건…… 나한테는."

주먹에 힘이 들어간다. 하지만, 내 선택과 그리고 미미미가 성실하기 때문에, 나는 미미미의 말을 거절했다.

여기서 약한 모습을 보이는 건, 내 선택의 책임 중에 일부를, 미미미한테도 떠맡기는 행위라고 생각했으니까.

그랬더니 미미미는 그렇구나, 라고 쓸쓸하게 한숨을 흘렸다. 그리고는.

"그럼―― 다르게 물어볼게?"

그리고 미미미는 내 한 걸음 앞에서 내 쪽으로 고개를 돌렸다.

정면에서 마주 본 그 표정은, 어째서일까. 굳이 말하자면, 투지를 불사르는 것 같았고.

"아오이를 쓰러트리고 싶은 마음으로 같이 싸웠던 '전우'로서, 대답해줬으면 싶어."

"……!"

그건 언젠가, 내가 했던 말이고.

그건 언젠가 나와 미미미가, 하나의 목표를 공유하는 동지였던 때 했던 말이고.

나는 그 정도 강한 무언가로, 미미미와 이어져 있었다는 게 생각났다.

지는 걸 싫어하고, 같은 목표를 향해서. 노닥거리면서도 때로는 진지하게, 소중한 시간을 보냈다.

"그건…… 치사한데."

나는 흐릿해진 눈으로 미미미의 시선을 마주 보면서, 더듬더듬 말했다.

"그렇게 말하면…… 거짓말을 못 하잖아……."

그랬더니 미미미는 코미컬하게 소매로 눈을 훔치고는 빙긋, 격려해주려는 것처럼 의기양양하게 웃었다.

"훗훗훗! 그때 브레인이, 그만큼 치사했다는 뜻입니다!"

그리고 으하~ 하고 웃는 미미미는 틀림없이 내 전우이며, 언제나 내가 가라앉아 있을 때, 자신보다 날 소중하게 여겨주는 은인이다.

"난…… 지금까지 계속 외톨이였고……."

나는 어느샌가, 내 약한 부분을 미미미한테 말하고 있었다.

"……나 혼자 살아왔으니까, 다른 사람과 제대로 관계를 맺는 방법을 몰라서."

"……응."

드러내는 건, 도망치는 거라고 생각했지만, 그만둘 수가 없었다.

"……난 말이야, 내가 키쿠치 양을 선택했어. 자기는 어울리지 않는다고 말하는 키쿠치 양한테, 억지로 이유를 부여해서. 이상 따윈 상관없어, 난 키쿠치 양이 좋아, 라고……."

연극 속에서 한번 거절당했는데, 그때도, 미미미가 나한테 용기를 줬다.

그리고 달려간 도서실에서, 나는 다시 한번 키쿠치 양을 선택했다.

"그러니까 제대로, 상대해야만 하는데…… 키쿠치 양을 쓸쓸하게 만들기만 했고."

그래서, 나는.

"――내가 감당할 수 있는 것 말고는, 다른 사람들과의 시간은, 내려놓기로 했어."

내 안에서, 결론을 내렸다.

"그게 나한테 있어, 키쿠치 양과, 확실하게 한다는 뜻이 되니까."

"…그렇구나."

미미미는 내 옆에서 천천히 두 번, 고개를 끄덕였다.

"저기, 브레인."

그리고 미미미는 뭔가를 생각하는 것처럼, 다홍색 석양을 바라봤다.

"얼마 전에 우연히 키쿠치 양이랑 만나서, 얘기했는데 말이야. ……나도, 키쿠치 양도, 똑같았어."

"똑같아?"

미미미는 천천히 고개를 끄덕이고, 그 커다란 눈동자로

나를, 똑바로 봤다.

"……토모자키를, 좋아하는 이유."

"……뭐."

그 말을 들은 나는, 눈동자에, 빨려 들어갔다.

"열심히 하고, 자기를 바꾸고, 자기 세상을 점점 넓혀가고. ……그런 브레인의 강하고, 올곧고, 반짝반짝하는 모습을, 우리 둘 다 좋아했어."

"세상을 넓혀……."

그건 직접적인 말은 아니었지만—— 다른 표현으로, 키쿠치 양도 말했었다.

그리고 미미미는, 감정을 억누르는 것 같은 목소리로.

그러면서도, 슬픔을 꾹 참는 것 같은 떨림을 담아서.

나한테 호소하는 것처럼, 필사적으로 말했다.

"지금 토모자키가 하는 건 말이야. 세상을 넓히는 걸 그만두고, 새로운 곳으로 향하는 걸 포기하고. 키쿠치 양이 질투하지 않게, 자기 세상을 좁히고……."

떨리는 목소리로, 미미미는 소리를 짜냈다.

"그건—— 나랑 키쿠치 양이 좋아하는 토모자키의 좋아하는 부분을, 바꿔버린다는 뜻이거든?"

나는, 깜짝 놀랐다.

"말했었지? 난 아직, 토모자키를 좋아한다고, 말이야."

그렇게 말하고, 미미미는 어깨를 떨면서, 힘없이 고개를 끄덕였다.

"어디까지나 내 생각이지만…… 난 그렇게 달라져 가는 토모자키는, 보고 싶지 않아."

미미미는 고개를 숙인 채 눈물을 닦고는, 그대로 툭, 하고 내 어깨에 이마를 댔다.

그걸로 뭘 숨기려고 하는 건지는 나도 알 수 있었고, 그렇기 때문에 나는, 아무 말도 못 했고.

"그리고, 말이야. ……**나만은**, 알거든?"

얼굴도 보여주지 않고 말하는 미미미는, 다시 한번 소매로 얼굴을 닦고는, 고개를 들고서 빨갛게 충혈된 눈으로, 날 쳐다봤다.

"키쿠치 양도, 그런 토모자키는, 보고 싶지 않아."

"……미미미."

거기까지 말하고, 미미미는 또 바로, 내 어깨에 툭, 얼굴을 묻었다.

그리고, 장난에 미련이 남은 어린애 같은 말투로,

"……박치기."

쑥스러움도 사실도 아무것도 감추지 않고서 말했다.

"그, 그러십니까……."

그리고 나는 미미미 손바닥도 미미미 춥도 아닌, 대미지가 하나도 없는 미미미 헤드벗을 어깨에 맞으면서, 눈앞이 맑아지는 기분을 느끼고 있었다.

"……고마워, 또, 도움을 받았네."

그랬더니 미미미는 얼굴을 묻은 채로 살짝 고개를 끄덕이고는, 또 힘없는 목소리로.

"그러니까 지금만. ……조금만, 이러고 있어도 될까?"

"……그래."

그리고 조금씩 축축해져 가는 내 어깨. 하지만, 전혀 아프지 않았다.

* * *

미미미와 헤어져서, 키타요노 거리.

나는 바로 집에 돌아가지 않고, 걸으면서 생각하고 있었다.

아니, 정확하게 말하자면 어떻게 해야 좋을지 몰랐다고 해야겠지.

키쿠치 양을 위해서 다른 짐을 버리려고 하면 미미미가 슬퍼하고── 그리고, 내가 달라져 버리면 미미미는 물론이고 키쿠치 양도 슬퍼한다.

하지만, 이대로 히나미와의 관계와 다른 사람들과의 관계도 지금까지 대로 계속 유지하면 이쪽도 역시 키쿠치 양을 불안하게 만들고, 어쩌면 연인이라는 관계 자체가 끝나버릴지도 모른다.

그건 마치 품질이 나쁜 퍼즐 같아서, 모양이 엉망인 조각이 몇 개 있으면 전체가 틀에 들어가지 못하게 되고, 특히 크고 컬러풀한 조각 중에 한 개를 맞추려고 하면, 뭔가 다른 부품 하나가 삐쳐 나오게 된다.

만약 나한테 히나미의 인생에 관여하는 걸 끝내버릴 각오가 있다면, 그걸로 해결됐을지도 모른다.

하지만 그건, 내가 진심으로 하고 싶다고 생각하는 일이고—— 무엇도 바꿀 수 없고, 버릴 수 없는 것이다.

한마디로, 그래.

미즈사와도 말했던 선택할 때가, 바로 지금 찾아왔다.

나는 지금부터 소중한 것 중의 하나를, 내 품 밖으로, 내려놓는다.

　　　　＊ ＊ ＊

나는 미미미와 헤어지자마자 바로 역으로 돌아갔고, 지금은 키쿠치 양네 집에서 가까운 키타아사카역에 와 있다.

미미미와 이야기하고, 스스로 필사적으로 생각하고. 내

안에서 하나의 결론 같은 것이, 모양을 갖췄으니까.

　나한테 진정한 의미로 특별한 건 그렇게 많지 않고.
　내가 세상을 좁혀버리는 건 키쿠치 양도 바라지 않고.
　하지만, 정말로 특별한 것 중에 두 개는, 모순돼버리고 말았다.

　그렇다면—— 내가 해야 할 일은, 선택하는 것뿐이다.

　수십 분 전에 키쿠치 양한테 LINE 메시지를 보냈다. 당장 얘기하고 싶다, 집 앞에서라도 좋으니까 이 메시지를 봤다면 밖으로 나와줬으면 좋겠다고 전했다. 그리고 지금 나는, 전철에서 내린 키타아사카역에서 키쿠치 양네 집을 향해 걸어가고 있다.
　몇 번인가 같이 걸었을 뿐인 길인데, 주변 풍경을 보기만 해도 이런저런 일들이 생각난다. 키쿠치 양을 좋아하게 된 이유를 이야기하고, 둘이서 얼굴이 새빨개지기도 했고. 바래다준 뒤에 혼자서 돌아오는 길이 어째선지 따뜻하게 느껴지기도 했고. 그런 시시하고 작은 추억들은, 역시 나한테는 둘도 없이 소중했다.
　하지만 지금은, 지금부터 키쿠치 양을 만날 예정인데, 손끝부터 마음속까지 전부 얼어붙어 있다. 그건 아마도, 지금부터 말하려는 내용이 **그것**이기 때문에.

몇 번이나 둘이서 건넜던 다리가 눈에 들어왔다. 저 다리를 건너서 세 집 정도만 지나면 키쿠치 양네 집이다. 이제 천천히, 여기서 기다리기만 하면 된다.

내가 다리에 들어서려고 한 그때── 조금 앞쪽에 있는 담장에서, 여자 그림자가 뛰쳐나오는 게 보였다. 가방도 들지 않고 빈손으로, 초조한 것처럼 주위를 이리저리 둘러보고 있다. 그리고 날 알아보고는 종종걸음으로 뛰어왔다.

──나와 키쿠치 양은, 다리 한복판에서 마주쳤다.

"……안녕."

"예. ……안녕하세요."

우리는 평소처럼 인사를 주고받았지만, 서로의 눈은 쳐다보지 못했다. 어쩌면 키쿠치 양도 눈치를 챈 건지도 모른다. 내가 지금부터 무슨 말을 하고, 어떤 걸 선택하려고 하는지.

"저기…… 일단 추우니까, 딴 데……."

"……여기서."

"응?"

내가 되물었더니, 키쿠치 양은 각오했다는 얼굴로 말했다.

"여기가…… 좋아요."

키쿠치 양은 이 장소에, 뭔가 특별한 감정을 느끼고 있는 걸까. 키쿠치 양은 다리 난간 너머에서 흘러가는 강을 보면서, 다시 한번 말했다.

"여기가, 좋아요."

지나가는 사람도 얼마 없는 다리에, 우리 둘만 있다.

그 여름방학의 수면과도 비슷한 풍경이지만, 불꽃놀이의 불빛만은 없고.

차가움과 고요함이, 우리를 감싸고 있다.

"알았어. …저기."

나는, 천천히 말을 꺼냈다.

"나, 여러모로 생각해봤어. 키쿠치 양을 불안하게 만들지 않으려면, 어떻게 해야 좋을지. 어떻게 달라져야 좋을지, 말이야."

"……예."

키쿠치 양은 조용한 목소리로, 대답했다.

"틀어지는 걸 없애기 위해서…… 특별하지 않은 짐을 내려놓으려고 했지만, 그거론 안 돼."

내가 세상을 넓혀가는 건 나한테, 그리고 미미미와 키쿠치 양한테도 소중한 일이라는 걸 배웠다.

"하지만…… 그렇게 되면 남는 히나미에 관한 일이랑, 어패는…… 아무리 키쿠치 양이 불안하게 생각한다고 해도, 바꿀 수가 없어."

왜냐하면 그건, 내 진심에서 나온 선택이고.

아무리 키쿠치 양을 선택한다고 해도, 포기할 수 있는 것들이 아니니까.

"그래서…… 나는 이대로 있을 수밖에 없고, 하지만 그것 때문에, 키쿠치 양이 힘들어 할 것 같다면… 키쿠치 양한테 상처를 주게 될 것 같다면⋯⋯."

특별한 이유 같으면서도, 언밸런스했던 우리 둘.

종족 차이를 서로 메우는 것 같으면서도, 거기에 모순이 있었던 우리.

하지만, 소중하지 않은 걸 바꾸려고 하면, 내가 포포루가 돼버린다.

그렇지 않은, 남은 소중한 것들은 내가 나로서, 바꾸고 싶지 않다고 생각하고 있다.

그것을 근본적인 룰부터 바꿀 방법이 없다면──.

──아마도 더는, 내가 할 수 있는 일은 없다.

거기까지 말했지만, 그다음을 말할 용기가 없었다. 왜냐하면 나한테 키쿠치 양은 소중한 존재고, 할 수만 있다면 다른 전부와 똑같이 소중하게 여기고 싶다. 하지만, 전부를 선택할 수는 없으니까, 다른 한 가지 소중한 것을──**히나미한테 계속 관여하는 걸 선택**한다면, 내 결론은 정해지게 된다.

키쿠치 양은 교복 치마를 꼭 쥐고, 고개를 숙이고서 입술을 깨물었다.

마침내 그 손을 놓았더니, 치마는 모양이 약간 찌그러진 채로 거기에 남았다.

"⋯⋯토모자키 군은, 저와 토모자키 군의 관계를, 감정에서 시작된 관계에 언어라는 마법을 사용해서 특별한 의미를 줬어요."

키쿠치 양의 손은 서툴게 허공을 헤맸고, 마침내 가슴 언저리에 도달했다.

"그 마법을 써서, 이 인생이라는 이야기의 주인공으로 저를 선택해줬죠."

그리고는 꼬옥, 셔츠를 쥐었다.

"하지만—— 그건 틀림없이, 나중에 붙인 이유였어요."

"……응."

나는 깜짝 놀랐다. 그건 내가 생각했던 말 그 자체였으니까.

서로가 정반대의 고민을 가지고 있었다는 건, 그걸 정반대의 논리로 메웠다는 것은, 특별하다는 증거라고 생각했다. 하지만 지금은 그게, 두 사람 사이를 틀어지게 했고.

"아마도 저와 토모자키 군의 관계에는, **한 가지 부족한 게** 있었어요."

키쿠치 양은, 시선을 어두운 하늘 쪽으로 돌렸다. 거기에는 별이 어렴풋이 보일 뿐이고, 그때의 아름다운 불꽃도 없고 초연이 남아 있지도 않았다.

"저는, 이상과 감정 사이에서 고민하고 있었을 뿐이고. 그런 저한테 토모자키 군이 손을 뻗어줬고, 이유를 만들어줬을 뿐이에요."

키쿠치 양은 난간 가까이까지 걸어가서, 거기에 두 손을 얹었다.

"그래서, 저랑 토모자키 군이어야만 하는 특별한 이유는…… 아마도, 진정한 의미에서는 존재하지 않고. 그런데도 저는, 그걸로 됐다고 생각해버렸어요."

한마디로, 나와 키쿠치 양에게 부족한 건——.

개인과 개인이 진정한 의미로 이어지기 위해서는, 특별한 이유가 필요하고.

적어도, 나와 키쿠치 양에게는 그렇고.

하지만 내가 그때 키쿠치 양에게 말했던 이유는, 진정한 의미에서 특별한 이유가 아니었다.

그렇다면.

이유가 형태를 바꿔서 모순이 되고, 마침내 업보가 돼버린, 두 사람의 관계는, 더——.

키쿠치 양은 고개를 돌리고, 천천히 입을 열었다.

"——그러니까 이번에는, 제가 선택하게 해주세요."

나는 깜짝 놀라고 말았다.

"그때부터 계속, 생각했어요."

키쿠치 양은 한 걸음씩, 자기 의지로, 자기 발로, 나한테 다가왔다.

"감정에서 시작되고, 말이라는 마법을 써서, 억지로라도 저를 특별하게 만들기 위한 이유까지 생각해줬는데. 토모자키 군이, 저를 선택해줬는데."

나는 그 자리에서 한 걸음도 움직이지 않았는데, 키쿠치 양이 아닌 쪽을, 선택했는데.

나와 키쿠치 양의 거리가, 조금씩 가까워져 갔다.

"저는 아직, 아무것도 선택하지 않았어요."

아마도 그건, 이번엔 키쿠치 양쪽에서—— 이유를 바꾸기 위한 마법이다.

"그런 건, 이상적인 관계 같은 게 아니에요. ……그러니까."

그리고—— 지금은, 손을 뻗으면 닿을 거리에, 키쿠치 양이 있다.

"저는, 토모자키 군이 좋아요."

그렇게 해서—— 그때처럼.

하지만 이번에는 키쿠치 양이, 내 손을 잡았다.

"저도, 토모자키 군을 선택하게 해주세요.

——이게 제가 생각하는, 단 한 가지 부족했던 점이에요."

그래, 그건.

고민하고, 모순되고, 완전히 궁지에 몰려 있던 내가 아니라.

키쿠치 양의 의지에 의한, 키쿠치 양의 선택이었다.

"하지만 난…… 키쿠치 양한테 선택받을 권리가……."

내가 말하고 있는데, 키쿠치 양이 중간에 잘랐다.

"——토모자키 군이 변하려고 한다는 얘기를, 나나미 양한테 들었어요."

"!"

그리고 키쿠치 양은, 차가운 공기 때문에 식어버린 쓸쓸한 목소리로.

"브레인이 이렇게 하려고 하는데, 그건 아마, 키쿠치 양을 위해서야. 라고."

키쿠치 양은 어깨를 떨면서, 열심히 그 말을 전했다.

"그러니까 브레인이 그렇게 열심히 하고 있다는 걸, 알아줬으면 싶어, 라고."

그 말에 질투가 약간 섞여 있는 것 같다는 기분도 들었지만, 그보다 큰 감사하는 마음이 느껴졌고.

"토모자키 군은, 반년도 넘게 걸려서 자신을 바꾸고, 세상을 넓히고…… 풍경이 컬러풀하게 변했는데. 그걸 버리면서까지…… 절 위해서, 달라지려고 했던 거죠?"

키쿠치 양은 내 손을 가슴 높이까지 들어 올리고,

"……저는, 그게 정말 대단하다고 생각했어요."

그대로 내 손을, 내가 좋아하는 하얗고 따뜻한 두 손으로, 감쌌다.

"토모자키 군은── **포포루인 자신을 버리려고 할 정도로 '포포루'였구나, 라고.**"

나선처럼 모순된 말은 '변화하는 자신'을 변화시키려고 하는 나조차도, 축복해줬고.

"……키쿠치 양."

내가 가냘픈 목소리를 흘렸더니, 키쿠치 양은 받아들인다는 것처럼 고개를 끄덕였다.

"그런 건…… 저한테는 정말 과분할 정도로, 이상적인 사람이에요."

그리고 키쿠치 양은 천천히 손을 놓고, 손바닥을 자기 가슴에 댔다.

"그러니까 토모자키 군. 억지로 자기를 바꾸려고 하지 마세요."

그리고 내 눈을 보면서── 그야말로 천사처럼, 상냥하게 미소를 지었다.

"저는, 저를 위해서 소중한 자신을 바꾸려고 했다는, 그 사실만으로도, 충분해요."

말 하나하나가, 내 행동과 사고를 긍정했고.

키쿠치 양을 가만히 보고 있으면 있을수록, 나는 점점 키쿠치 양이, 사랑스럽다는 생각이 들었고.

"······어?"

정신을 차려보니 나는 키쿠치 양의 팔을 붙잡고서 몸을 끌어당겼고── 두 팔로 안고 있었다.

"미안해······ 고마워."

나도 내가 이런 행동을 하고 있다는 데 너무나 놀랐다. 하지만, 그건 어째서인지, 내 감정에서 나온 자연스러운 행동 같기도 했고.

왜냐하면, 우리는 이번에야말로 진정한──.

서로가 선택한, 연인이 됐으니까.

"아니에요. ······저야말로, 고마워요."

둘이서 고맙다는 말을 주고받았다.

몇 센티미터밖에 안 되는 거리에 있으므로 표정도 안 보이지만, 그보다도 확실한 체온과 심장 고동과 그리고 말이, 두 사람의 마음을 서로에게 전해주고 있고.

강물이 흐르는 시원한 소리. 이름도 모르는 벌레가 우는 소리. 지나가는, 아마도 그때와는 다른, 자동차 전조등 불빛.

보이고 들리는 모든 것들이 다 아무래도 좋다는 기분이

다. 이러고 있기만 해도 지금까지 틀어졌던 일과 불안. 온
갖 것들이, 두 사람의 제로 거리에 녹아들어서 사라져버리
는 것만 같고. 그래서 언제까지고, 이러고 있을 수 있다는
생각이 들었다.

　마침내, 누가 먼저랄 것도 없이 힘을 풀었고, 나는 손을
어깨에 얹은 채로 키쿠치 양과 얼굴을 마주 봤다. 말할 필
요도 없이 엄청나게 창피했지만, 상대도 창피하다고 생각
한다는 건 알고 있으니까, 이상하게 당황하지도 않았다.
그냥 단순히, 두 사람 모두 얼굴이 새빨개져 있을 뿐이고.

　몸을 떼자, 이번에는 키쿠치 양의 옆에 섰다. 그리고 키
쿠치 양의 손을 잡고서, 농담처럼 이렇게 말했다.

　"바래다줄게."

　그랬더니 키쿠치 양도 피식, 재미있다는 것처럼 웃었다.

　"후후. ……바로 이 앞이지만, 잘 부탁할게요."

　그렇게 해서 우리는, 손을 잡은 채로, 다리 한복판에서
키쿠치 양네 집까지 수십 미터를 걸어가기 시작했다.

　의식하지 않아도, 저절로 발걸음이 맞았다. 손의 체온이
똑같아진다. 무슨 생각을 하고 있는지는 모르지만, 전부
알았다는 기분이 든다.

　그런 내 머릿속에 떠오른 것은, 아까 키쿠치 양이 날 선
택해줬다는 사실이었다.

　"저기, 그런데 말이야."

나는 짓궂은 장난을 하는 것처럼, 이렇게 물어봤다.

"나랑 키쿠치 양은, 서로를 감정으로 선택했을 뿐이고, 거기에 '특별한 이유'는, 아직 없는 게 아닌가?"

키쿠치 양은 난처하다는 것처럼 눈을 깜박거렸다.

"그, 그건⋯⋯."

마치 작은 동물 같은 표정과 동작. 그건 왠지 서로의 긴장이 풀리고, 약한 부분을 보여주는데 거리낌이 없어졌다는 것 같은 감각이고.

그래서 나는 바로, 털어놨다.

"⋯⋯미안, 짓궂은 소리를 했네. 사실⋯⋯ 난 이미, 그 답을 알고 있어."

"예?"

당황한 키쿠치 양에게, 나는 장난스레 웃어 보였다.

나는 여러 사람한테 연애에 관한 이야기를 들으면서, 중요한 것들을 많이 배웠다.

불안은 하나하나 해결해나가는 수밖에 없고, 사귀는 사이가 아니면 말할 수 없는 일들이 산더미처럼 많고, 애당초 사귄다는 건 연애의 마지막 목표가 아니라는 것 같다.

그리고 운명의 학교 배지도, 어떤 '특별'도 틀림없이. 그냥 단순히 '형식'을── 아니, 이야기를 거듭하면서 생겨나는 것이다.

그러니까.

"이건 말이야. 러브 코미디 애니메이션도 연애 게임도

아니고── 그냥 단순하게, 인생이야."

그래서 여기는, 이 장소는. 사랑에 마음이 이끌려서 만난 두 사람이 도달한 **공략 완료라는 골인 지점** 같은 게 아니고.

우리 두 사람에게는, 출발 지점이다.

"앞으로 둘이서 고민하고, 발버둥 치고, 지혜를 짜내서.

……때로는 상처도 주고, 불안하게 만드는 일이 있을지도 모르지만.

그래도, 연극 각본을 만들었던 때처럼── 둘이서, 특별한 이유를 찾아가자."

내 말을 듣고, 키쿠치 양의 손에 꼬옥, 힘이 들어가는 게 느껴졌다.

"아마도 그게, '사귄다'라는 거니까."

그건 아마도, 작은 공범 관계에 가깝고. 서로를 독점하는 게 목적이 아니고.

시작은 감정이라도 좋다. 거기에 특별한 이유는 없을지도 모른다. 하지만.

그렇게 생겨난. 아직 특별하지 않은 두 사람의 관계 속에서, 그 둘이어야만 하는 이유를 찾아간다.

"왜냐면 그건, 혼자가 아니라 두 사람이라야만, 할 수 있는 거잖아?"

그런 말은 궤변인지도 모른다. 이 상황을 넘기기 위한 거짓말일 수도 있다.

하지만 그건 틀림없이, 절대적으로 옳은 것도 마법도 없는 이 인생이라는 게임 속에서 아슬아슬하게 말할 수 있는, 사귄다는 것에 대한 특별한 이유다.

"……그런 건, 어떨까?"

내가 쑥스러워하면서 물었더니, 키쿠치 양은 깜짝 놀랐다는 것처럼 날 쳐다봤고, 마침내──.

──살며시, 내 손을 놓았다.

나는 깜짝 놀라서 키쿠치 양을 봤다.

"어…?"

키쿠치 양은 나한테 등을 돌린 채, 놀라서 멈춰버린 나한테서 몇 걸음 정도 떨어지더니, 거기서 발을 멈췄다.

마침내 빙글, 이쪽으로 몸을 돌리더니, 장난스레 피식 웃었다.

교복 치맛자락을 빙글빙글 펄럭이면서 천천히, 아름답게 춤췄다.

그것은── 내 머릿속에서 몇 번이나 재생했던, 그 장면과 똑같았고.

"기억나요? 둘이서 같이 봤던, 밤하늘에 그려진 불꽃. 마음을 녹여버리는 것 같은 빛이었고, 계속 회색이었던 풍경도, 색색으로 물든 것처럼 보였어요."

시선도 의식도, 빨려 들어갔다.
왜냐하면 그건 **나와 키쿠치 양을 위해서만 있는, 비밀 결말**이었고.

이다음에, 키쿠치 양이 무슨 말을 하려고 하는지는, 듣지 않아도 알 수 있었다.
왜냐하면 나도 몇 번인지 모를 만큼, 되풀이해서 읽었던 구절이니까.
"──하지만, 말이죠?"
키쿠치 양은 크리스처럼 천진난만한 웃는 얼굴로, 나를 봤다.
"토모자키 군이 저한테 가르쳐준, 제일 소중한 건 말이죠?"
내 시야 속에서 희미하게 빛이 나는 것처럼 보이기까지 하는 키쿠치 양은 마치, 정말로, 요정 같았고.

"억지로 자기 자신을 바꾸지 않아도, 소중한 사람과 같이 있을 수 있다는 것이거든요?"

하지만 키쿠치 양이 부르고 있는 사람은, 리브라가 아니라, 나였다.

"그래서, **쓰기는 했지만, 아직 한번도 말하지 않았던 그 말을**, 여기서 말하게 해주세요."

그리고 키쿠치 양은 장난스레, 이번에는 마치 천사처럼, 웃었다.

"——정말 좋아해요, 후미야 군."

키쿠치 양은 항상, 내 예상을 아주 조금 앞서나간다.
"후, 후, 후미야 군이라니…!"
내가 엄청나게 당황하고 있는데, 키쿠치 양은 짓궂게 입술을 삐죽 내밀면서,
"왜냐하면 그…… 오프 모임에 그 사람이 부르는 호칭이…… 그……."
"윽……."
그것은 너무나 사랑스럽고, 나한테는 파괴력이 너무 강한 질투고.
이런 상황에서 말하기는 그렇지만, 나는 그런 키쿠치 양의 표정, 말, 이 상황 때문에, 감정 부분이 폭주하려고 하는 걸 느끼고 있었다.

그건 한마디로── 그때 영상 통화를 하면서 봤던 키쿠치 양의 모습이기도 했고, 레나한테서 느꼈던 근질근질한 감각이나 '아직 아무것도 안 했지?'라는 말이기도 했고.

그런 것들이 단숨에 몰려와서는, 키쿠치 양에 대한 엄청난 사랑스러운 감정과 어우러져서.

나는, 움직이고 있었다.

"──."

한 가지를 제외한 모든 감각이 사라져버렸다. 나와 키쿠치 양의 입술이, 이 세상의 모든 것이 돼버렸다.

말로는 표현할 수 없는 생각이나 마음 같은 게 현실에 존재한다면, 이렇게 부드러운 게 아닐까.

그 뒤로 몇 초 동안, 사고와 시간이 멈췄고──.

"아……."

입술을 뗐을 때 흘러나온 키쿠치 양의 목소리는, 평소의 나였다면 도저히 견디지 못할 정도의 마력이 담긴 것이었지만, 지금의 나는 그런 걸 신경 쓸 상황이 아니었다.

왜냐하면 그 감촉이 너무나 달콤하고, 마치 감정과 감정이 직접 닿은 것처럼 기분 좋은 여운이 아직, 거기에 남아 있었으니까.

"저기……."

내가 뭘 망설이는지도 모를 정도로 망설이고 있었더니,

키쿠치 양은 멍~하니 힘이 빠진 것 같은 표정으로, 날 보고 있었다.

"저, 저기……."

그리고, 키쿠치 양은 울음을 터트릴 것 같은 눈으로 날 보면서,

"……하, 한 번 더."

"뭐?!"

내가 그런 소리를 흘렸더니, 키쿠치 양은 정신이 번쩍 들었다는 것처럼 눈이 휘둥그레졌다.

"아, 아니, 그게, 저기, 아무것도 아니에요!"

키쿠치 양은 얼굴이 새빨개져서 두 손을 열심히 저었다. 지금 그건 천사를 넘고 인간을 넘어서, 다시 되돌아온 천사였다.

"저, 저기……."

"그러니까…… 하하."

우리는 이상한 쑥스러움과 부끄러움을 품었지만, 그건 두 사람이 같이 품고 있는 같은 부끄러움이었고.

그래서 그런 심장 고동도 체온도, 변덕도, 전부 사랑스럽게 여겨졌다.

마침내 우리는 손을 잡은 채, 키쿠치 양네 집 앞에 도착했다. 여전히, 그 창문에서 흘러나오는 빛은 따뜻하다.

"저기……."

그런데, 키쿠치 양은 내 손을 잡은 채, 놓지 않았다.

"바이바이 하기 전에…… 물어보고 싶은 게 있는데."

"뭔데?"

내가 고개를 갸웃거렸더니, 키쿠치 양은 또 짓궂은 목소리로.

"어, 어쩌면 저는 아직…… 히나미 양보다, 토모자키 군에 대해서 모르는 건지도 모르지만……."

그리고, 집게손가락으로 그 연분홍색 입술을 건드리면서, 이런 말을 했다.

"토모자키 군이랑, ……하는, 키, 키스를 알고 있는 건…… 저뿐인 거죠……?"

질투가 섞여서 나온 그 뜨거운 말은, 내 의식을 완전히 날려버렸다.

7 타고난 특성은 쉽게 바꿀 수 없다

"왜 일일이 그렇게 드라마틱하게 다투는 건데. 니들 어떻게 된 거 아냐."

오오미야에 있는 튀김 덮밥 가게. 내 눈앞에서는 미즈사와가 팔꿈치를 탁자에 댄 자세로 이야기를 들으며, 놀리는 것처럼 입꼬리를 끌어 올리고 있다.

"야, 남이 고민하고 또 고민하는 데 그런 말로 끝내지 말라고."

내가 반론했더니 미즈사와는 크크큭, 하고 웃었다.

"싸움은 전희라고 볼 수도 있으니까, 그런 것도 경험이라고 해야겠지."

"너 말이야……."

난 그렇게 고생을 했는데, 연애 고수가 이렇게 간단히 결론을 내버리니까, 왠지 내가 해온 것들이 다른 사람들도 다 지나가는 길 중의 하나가 아닌가 하는 생각이 들 것만 같다. 아니, 실제로 그런 게 아닐까?

"뭐, 도전과제를 또 하나 달성했다는 느낌이네."

"게임처럼 말하지 말라고."

"인생은 게임이라고 하지 않았었나?"

어떠냐? 하는, 멋진 대사를 했다는 느낌으로 말했다. 이 자식이.

"그렇긴 한데 말이야. 연애를 그렇게 비유하는 게 왠지 순수하지 못한 발언이라는 기분이 든다고."

"그래 알았다, 알았어."

뭐 이렇게, 계속 미즈사와한테 휘둘리기만 했지만, 나는 무사히 모든 보고를 마쳤다.

그랬더니 미즈사와는 특상 튀김 덮밥 곱빼기를 먹으면서, 눈살을 찌푸렸다.

"……그런데 말이야, 조금 의외였네."

"의외라니?"

내가 보통 튀김 덮밥을 먹으면서 물었더니, 미즈사와는 물을 한 모금 마시고,

"아오이랑 어느 쪽이 중요해, 라는 얘기가 나왔을 때, 넌 꼭 아오이를 선택할 거라고 생각했거든."

"그건…… 뭐야, 어라?"

"왜?"

내가 말문이 막히자 미즈사와는 빙긋, 여유 있는 미소를 지었다.

"내가, 다른 사람이 히나미라고, 했었나?"

그랬더니 미즈사와는 크크크, 재미있다는 것처럼 웃었다.

"아니, 그 상황에서 네가 키쿠치 양이랑 저울질하면서 고민할 상대라면 아오이밖에 없잖아. 이유는 잘 모르지만 말이야."

"……그렇구나."

난 딱히 긍정하지는 않았지만, 반쯤 포기하고 맞장구를

쳤다.

미즈사와는 더 이상 날 추궁하지 않았다. 그런 점이 미즈사와답다고 생각했다.

"그런데—— 그렇구나. 이번에는 **후카가 널 선택**했으니까. 아오이도 연관돼 있으니까, 관계를 계속 이어가자면서."

"……그랬지."

그렇다. 그건 아직, 지금 단계에서는 완전히 해결된 게 아니고.

사실 그것보다는, 사람과 사람인 이상, 연애라는 것에 완전한 해결은 없고.

사실, 앞으로도 키쿠치 양은 나와 히나미에 대해서 불안하게 생각하는 일이 있을 것이다. 내가 포포루라는 것에 대해서 쓸쓸하게 생각하는 일도 있다. 내 업보 때문에 상처받는 일도 있겠지.

하지만, '그래도 좋다'고, 키쿠치 양이 말해줬다.

"……그렇기 때문에 난, 사귀면서, 특별한 이유를 찾아가고 싶어."

미즈사와는 아주 잠깐 손을 멈추더니, 다시 손을 움직여서 젓가락으로 붕장어 튀김을 집었다.

"음…… 그래. 그렇구나."

그리고 나 같으면 세 번에 나눠서 먹을 그것을 한입에 던져넣더니, 미즈사와는 젓가락 끝으로 나를 가리켰다.

"그럼, 그 배지는 받을 수 있다는 거지."

"……그래. 기껏 부탁받았으니까."

그랬더니 미즈사와는 응, 하고 고개를 끄덕이고는 장난스러운 말투로.

"내가 아오이한테 같이 받자고 할 필요는 없어졌다는 얘기네."

"그거 진심이었냐……."

"그야 당연하지. 좋아하니까."

그런 얘기를 아무렇지도 않게 했다. 미즈사와는 커뮤니케이션 능력이네 뭐네 하는 것보다, 이런 자신감이 가장 강한 캐릭터라는 느낌이라니까…….

그 말에 놀라고 있었더니, 미즈사와는 날 똑바로 보면서 빙긋, 미소를 지었다.

"네가 진심으로 특별하다고 생각하는 관계가── 어디에 있었는지. 찾으면, 가르쳐줘."

아무렇지도 않게 별일도 아니라는 것처럼 말하고는, 그대로 고개를 숙였다.

"……알았어."

"그럼 됐어. ……잘 먹었습니다."

"뭐야? 너무 빨리 먹은 거 아냐?"

이 인간, 곱빼기였는데 왜 보통을 시킨 나보다 빨리 먹는 거지.

"네가 느린 거야. 자, 빨리빨리 먹어."

"그, 그래……!"

그렇게 해서 나는 보통 덮밥을 서둘러서 입 안에 욱여넣었다. 흠, 내가 이만큼 다양한 경험을 했어도, 역시 인생에서도 밥 빨리 먹기에서도 미즈사와 선생님은 당해내지 못하는 걸까요?

　　　＊　＊　＊

'녹화(綠化) 위원 여러분, 재미있는 연극을 해주셔서 감사합니다.'

며칠 뒤. 오후의 체육관.

약 한 시간 전에 시작된 3학년 송별회도 다 끝나가고, 스피커에서는 실행위원인 이즈마의 목소리가 울리고 있다. 최근 몇 달 동안 문화제 실행위원이라든지 이런저런 경험을 한 덕분인지, 이즈미는 사회자 역할에 완전히 익숙해져서, 긴장하는 기색이 거의 보이지 않았다. 역시 환경이 사람을 키우는구나.

내 왼쪽 옆에서는 타케이가 지금 막 끝난 연극에 만족했는지 짝짝짝 손뼉을 치고 있다.

"엄청나게 재미있었지?!"

"타케이, 네 웃음소리 때문에 대사를 반 정도 못 들었거든?"

"너무하는 거 아냐?!"

내가 놀렸더니 근처에 있던 미즈사와와 나카무라, 타치

바나네가 웃었다.

적극적으로 커뮤니케이션을 하고, 다 같이 3학년 송별회를 즐기고 있는 나. 그렇게 친구들과 떠들썩하게 보내는 시간은, 그것이 정의라서 그런 것도 아니고, 그것만이 옳기 때문도 아니겠지.

하지만, 이렇게 얼마 전까지는 못 했던 일을 할 수 있게 되고, 나 자신을 바꾸고, 세상을 넓혀간다. 즉―― 포포루이자, 또는 순혼혈이라는 점을, 키쿠치 양과 미미미는 좋아한다고 말해줬다.

문득, 작년 송별회를 떠올렸다.

그때는 그냥 기척을 감추고 구석에 앉아서 어패 생각만 하면서, 내 안에서 시간이 흘러가는 속도를 빠르게 만들고 있었다. 그때와 비교하면, 지금의 나는 놀라울 정도로 변화했다. 그야말로, 캐릭터를 바꿔버린 것처럼.

하지만 틀림없이―― 그건 진화도 퇴화도 아닌, 단순한 '변화'라고, 나는 그렇게 생각한다.

떠들썩한 시간은 저절로 빠르게 흘러가고, 마침내 그때가 왔다.

'――이어서, 재학생 대표가 기념품을 증정하겠습니다.'

그 방송이 나오자, 체육관이 어딘가 조용히 끓어올랐다. 학생들 사이에서는 알려져 있지만 선생님들한테는 모르게 조용히 이어져 온 전통. 뭐, 이렇게까지 침투해 있으면 선생님들도 대충은 알고 있을 것 같다는 생각도 들지만, 그런 비밀 같은 이벤트는, 그냥 무작정 끓어오르는 것보다, 신기할 정도로 더 가슴이 두근두근하는 것 같은 기분이 들었다.

한 줄 뒤에 있는 여학생 자리. 키쿠치 양은 내 바로 뒤에 앉아 있다.

'3학년 대표, 미타무라 군. 토오다 양.'

그 목소리를 신호로, 출구 근처에서 조금 떨어진 자리에 있던 학생 두 명이 일어났다.

단발에 키가 큰 스포츠맨 스타일 남학생과 머리카락을 예쁘게 만 모델 스타일 여학생. 한눈에 봐도 잘 어울리고, 이즈미 말에 의하면 졸업하면 바로 동거한다고 했었지.

'재학생 대표, 토모자키 군. 키쿠치 양.'

이름을 불린 우리도 자리에서 일어났다. 뒤를 돌아서 바로 뒷자리에 있는 키쿠치 양과 눈을 마주치고, 나는 미소를 지으며 고개를 끄덕였다. 키쿠치 양은 굳은 표정이었지만 끄덕끄덕, 살며시 고개를 끄덕였다. 뭐 나도 이런 걸 잘하는 건 아니지만, 이런 상황에서는 내가 키쿠치 양을 리드해야 하니까, 조금이라도 여유 있는 척하자.

우리는 나란히 걸어갔고, 무대로 올라가는 계단 앞에서 선생님이 주신 방패와 꽃다발을 받았다. 내가 앞장서서 단상으로 올라가서는, 선배 두 사람과 마주 보고 섰다.

'재학생으로부터, 졸업 기념 방패와 꽃다발을 증정하겠습니다.'

이즈미의 목소리를 신호 삼아 나는 미타무라 선배에게 방패를, 키쿠치 양은 토오다 선배에게 꽃다발을 건넸다.

"졸업 축하합니다."

"……졸업, 축하드립니다."

최대한 자연스레 말하는 나와, 긴장하면서도 정중하게 말하는 키쿠치 양. 우리는 두 손으로 증정품을 내밀었다.

그때. 손끝에 뭔가 서늘한 감촉이 느껴졌다.

"자. ……부탁한다."

미타무라 선배가 작은 목소리로 말했다. 슬쩍 눈을 돌려 봤더니, 방패 뒤에 숨겨진 손에 탁하게 반짝이는 작은 금속 같은 것이 닿아 있었다. 그, 그렇다면.

"고맙습니다, 소중히 간직하겠습니다."

작은 소리로 대답하고, 나는 작은 금속 조각을 받았다.

아무 일도 없다는 것처럼 손을 내리고, 나는 손안에 있는 물건을 슬쩍 봤다.

손가락 사이로 보인 것은 낡고 녹슨, 벚꽃을 모티프로 삼은 흔히 있는 학교 배지다.

시간의 흐름이 느껴지는 그 배지에는, 이렇게 선생님 몰래 대대로 이어져 내려온 역사가 담겨 있는 것처럼 느껴졌고. 그중에 몇 명이 진정한 의미로 특별한 관계가 되고, 몇 명이 그냥 타인으로 돌아가 버렸을까. 아마도 그런 일은, 전해져 내려오는 로맨틱한 이야기들과는 상관없는 일이겠지.

"……고맙습니다. 두 사람 모두, 행복하세요."

같은 걸 받았는지, 키쿠치 양도 작은 소리로 선배에게 말했다.

그걸 보고 있는 무대 아래의 학생들. 무사히 배지를 건넸다는 걸 확인한 건지, 어디선가 또다시, 수군수군 술렁이기 시작했다.

우리 네 사람은 빙긋, 공범자들 같은 미소를 지어 보이고는 아무 일도 없었다는 것처럼 단상에서 내려왔다. 자연스럽게 앉을 수 있도록 여학생 자리 끝에 비워놓은 자리두 개에 나란히 앉은 뒤에, 우리는 몰래 그것을 확인하고 쑥스럽게 웃었다.

"받아버렸네."

"……그러게요."

따뜻함이 느껴지는 목소리로 말했더니, 키쿠치 양도 만족스럽게 웃었다.

"10년이나 이어졌다니, 대단하네요."

"그러게."

내가 고개를 끄덕였더니, 키쿠치 양은 뭔가를 생각하는 것처럼 살짝 위쪽을 봤다.

"그런데, 후미야 군."

키쿠치 양은 나른 새로운 호칭으로 부르면서.

"딱 하나, 짓궂은 말을 해도 될까요?"

"······응?"

그리고 키쿠치 양은, 낡은 배지를 보면서, 놀리는 것처럼.

"구 교사에 구형 배지. 이거 역시······ 마치 토모자키 군과 히나미 양을 위해서 있는 것 같지 않나요?"

"윽······ 복수하는 거야?"

"후후. 맞아요."

키쿠치 양은 장난스러운 웃는 얼굴로 말했다. 그것은 내가 키타아사카에서 '특별한 이유'에 대해 말했던 때와 같은 논리고.

내가 이야기했던 히나미와의 반년. 분명히 그렇게 지내온 비밀의 시간 대부분은, 이 배지를 사용했던 시절의 건물인 구 교사에 있는, 제2 피복실에서 보냈다.

나와 히나미한테 그 장소는, 그 시간은. 틀림없이 특별했다.

"하긴, 난 매일 아침, 거기로 등교했었지······."

몇 번이나 들었던, 나와 히나미의 특별성. 거기에 구 교사와 **구형 배지**까지 더해지면, 분명히 그렇게 되기 위해서 만들어진 것 같은, 운명 같은 게 느껴져도 이상하지 않겠지.

나와 히나미가 이 배지를 달고 원래 그것을 사용했던 교사에 둘이 모이는, 그런 광경을 머릿속에 그렸더니── 분명히 이 배지가, 마치 처음부터 그러기 위해서 있는 것 같다는 생각이 들었다.

내가 곤란해하면서 대답을 못 하고 있었더니, 키쿠치 양이 피식, 하고 웃었다.

"아니에요, 미안해요. 사실은…… 또 하나의 답도, 생각했어요."

"……답?"

내가 물었더니, 키쿠치 양은 시선을 구형 배지 쪽으로 옮겼다.

"후미야 군.……이런 건 어때요?"

그리고, 손가락을 천천히 들어 올려서──

벚꽃을 모티프로 삼은 **꽃 장식**을 살짝, 자기 귀 언저리에 댔다.

"아……."

거기서, 나도 알아차렸다.

그래서 나는. 그때 키쿠치 양이, **이야기 속에서만 했던 말**을 해줬던 것처럼.

마찬가지로 그것을 내 귀 언저리에 대고서, 이렇게 말했다.

"이렇게 똑같은 거, 한번 해보고 싶었는데."

그것도, 그 마지막 장면에 나오는 말이고.

하지만, 이번에는 그 대사를 말하는 게── 키쿠치 양이 아니라 나였다.

"하긴 이거라면, 나와 키쿠치 양의, 특별한 일이 되겠네."

그런 말을 했더니, 키쿠치 양은 꼭 크리스처럼 빙긋, 천진난만하게 웃었다.

"후후. 그런데 그거…… 리브라가 아니라 크리스 대사거든요?"

"아, 들켰나?"

"예. 제가 썼으니까요."

아마도 그 자체에는 아무런 힘도 없는 학교 배지. 그냥 쇳덩어리에 이야기가 붙고, 누군가가 그것이 가진 의미와 이어져 내려가는 이유를 찾아내고.

"이건 따지고 보면 그냥 낡은 학교 배지지만…… 사람들이 그걸 믿으니까―― 어느샌가 이 녹도, 때도. 정말로 특별해졌다고 해야겠지."

그건 틀림없이, 쌓여온 이야기의 힘이고.

"그러니까…… 우리 관계도, 틀림없이."

거기까지 말했더니 키쿠치 양도 기쁘다는 것처럼 고개를 끄덕이고, 그 배지를 가만히 쳐다봤다.

그리고 사랑스러운 무언가를 어루만지는 것처럼 배지의 흠집을, 녹을. 손가락으로 상냥하게 만졌다.

"저희가 틀어졌던 것도, 모순도 언젠가…… 이 흠집처럼."

그렇게 말하면서 미소 짓는 키쿠치 양의 눈동자는, 똑바로 앞을 보고 있었고.

그리고는 또다시 웃고 있는 우리들의 시간은――.

"응. ……우리가, 특별하게 만들어가자."

틀림없이, 앞으로 두 사람의 색으로 새롭게 칠하기 위한, 이야기를 만들어가고 있다.

* * *

그렇게 해서 송별회는 무사히 끝났고, 그날 방과 후.
나는 제2 피복실에 와 있었다.
이어져 온 이야기, 벚꽃 모양 배지. 거기에 나 자신을 맡겨버린 건 아니지만, 왠지 거기에 어울리는 장소에 가고 싶었다. 거기서 또 한 가지, 중요한 이야기를 하고 싶어서.
낡은 공기와 익숙한 풍경이 느껴지는 이 장소에서, 나는 녹슨 빛을 보고 있었다.

결국 우리 사이의 틀어짐은, 어떤 의미에서는 키쿠치 양의 인내를 강요하는 모양으로 해결되고 말았다.
연인으로서의 관계는 계속되지만, 히나미에게도 관여하고 싶다. 그런 내 고집을 반영한 것 관계로 정착된 것은, 나한테 히나미가 소중한 존재이고 양보할 수 없는 선이었기 때문이다.
한번은 키쿠치 양과의 관계를 포기하겠다고 결심했을 만큼, 둘도 없는 것이었기 때문에.
——그리고, 그런 나를 있는 그대로 전부, 키쿠치 양이

선택해줬기 때문이고.

감정과 시간을 이상이 연결해준 이야기가, 녹슨 금속조차도 특별한 것으로 만들어준다면.
아마 나와 키쿠치 양의 관계도, 나와 히나미의 관계처럼, 특별하게 만들어갈 수 있겠지.

머릿속에 떠오른 것은, 두 이야기에 나오는 '아르시아'였다.

무혈이기 때문에 온갖 지식을 얻을 수는 있지만, 몸속 깊은 곳에서까지 익힐 수는 없고.
그래서 자기 대신 리브라를 키워서, 스킬을 익히게 하고.
피가 없는 자신이 피를 가지고 있던 순간을, 리브라에게 새겨나가고.

그것은 마치, 결코 특별해질 수 없는 무혈의 아르시아에 의한, 항전 같다는 생각이 들었다.

그 녀석은 나랑 똑같이, 개인주의고.
나보다 더 극단적인 현실주의자고.

옳다는 걸 증명하기 위해서 사는 것 같은 히나미의 행동에 딱 하나 존재하는, 얼핏 보면 쓸데없는 짓인 인생 지도.

——하지만, 만약에 그게 쓸데없는 짓이 아니라.

오히려, 무엇보다 그 동기에 맞는 것이라면——.

——그때.

"……그래서, 뭔데."

익숙한 풍경에, 귀에 익은 감정을 읽을 수 없는 목소리
가 울렸다.

고개를 돌려보니 거기에는, 귀찮다는 표정으로 날 보고
있는 히나미가 있었다.

"안녕…… 늦었네."

히나미는 귀찮다는 것처럼 눈살을 찌푸리고는 톡톡, 발
끝으로 바닥을 두드렸다.

"송별회, 나도 학생회에서 이래저래 일이 있어. 와준 것
만 해도 고맙다고 생각해주지 그래?"

"하하하… 여전하네, 넌."

평소 같으면 그런 히나미를 보고 유쾌하다는 감정을 품
었을지도 모르겠지만, 지금의 나는 그럴 기분이 아니었다.

"——저기, 히나미."

감정을 담아서 부른 이름. 히나미는 역시 그런 기척에는

민감해서, 아주 조금 움직임을 멈춘 뒤에 고개를 돌리고, 질렸다는 것 같은, 그러면서도 아주 조금 경계하는 것 같은 시선으로 날 봤다.

"뭔데."

짧고 차가운 대답은, 내 각오를 거절하는 것처럼 곧장 날아왔고.

"계속, 의문이었는데 말이야."

하지만 나는 그게 나한테 꽂히더라도 계속 나아가겠다는 결의를, 키쿠치 양에게 받았다.

"의미 없는 일을 무엇보다 싫어하는 NO NAME이…… 모든 행동에 이유가 있는 네가, 왜 이렇게까지 나한테 관여하는 걸까."

내가 그 이야기를 했더니 히나미는 움찔하고 살짝, 눈썹을 움직였다.

"왜 이렇게 시간을 들여가면서까지, 인생 공략에 협력해주는 걸까."

"……그래. 그래서, 답은 나왔어?"

여유 있는 톤으로, 팔짱을 끼면서 말했다.

나는 그런 히나미를 가만히 보면서, 천천히 말을 토했다.

"처음에는 말이야, 어패 때문인가 싶었어. 네가 유일하게 본성을 드러내는 건 어패와 관련된 일뿐이니까, 그래서 거기에 뭔가가 숨겨져 있을지도 모른다고, 말이야."

"흐응……."

히나미는 여유 있는 표정으로, 팔짱을 끼고 있다. 그건 평소와 다를 게 없다.

"그런데 말이야, 키쿠치 양이랑 이야기하고⋯⋯ 너에 대해 많이 생각하고, 하나, 알게 된 게 있어."

나는 지금까지 히나미와 했던 대화를, 아르시아의 동기를, 하나하나 꼼꼼하게, 떠올렸다.

"저기 말이야. 네가 나를 네 방으로 데려가기 전에. 내가 뭐라고 했는지, 기억하지?"

그건, 내가 히나미와—— 정확히 말하자면 NO NAME 과 처음 만났던 그때.

"인생이라는 게임은, 캐릭터를 바꿀 수 없다고, 했었지."

"⋯⋯그랬지."

히나미는 고개를 끄덕였다.

거기서부터 모든 게 시작됐고, 지금까지 이어지고 있다.

"그 뒤로 너는 몇 번이나, 인생에서도 캐릭터를 바꿀 수 있다는 걸 증명하고 싶다고, 그렇게 말했었지. 그래서 난 너의 지기 싫어하는 성격이 인생은 망겜이고 캐릭터를 바꿀 수 없다고 말했던 나를 이기고 싶어하는 건 아닐까, 라는 생각도 했어. ⋯⋯하지만, 아니었어."

지기 싫어하는 게이머, 그래서 NO NAME으로서 nanashi 를 이기고 싶다. 그런 이유였다면, 그나마 납득할 수 있었다.

"네가 말하는 '캐릭터 변경'이라는 건 말이야⋯⋯."

나는 '순혼혈과 아이스크림'에서 묘사된 아르시아를 생
각하면서.
　피가 없는 자신이 이기기 위해서 많은 종족의 지혜를 받
아들이고.
　그 지혜를 그대로 리브라에게 전하는, 그 모습도── 바
로 '캐릭터 변경'이었다.

　"날 바꾼다는, 의미가 아니었지."

　그리고 나는, 히나미를 똑바로 바라봤다.
　"──너 자신이었어."
　내가 딱 잘라서 그렇게 말했더니 히나미는 눈이 휘둥그
레졌고, 다물고 있던 입술이 아주 조금 벌어졌다.
　그리고 나는, 내 두 손을 보면서.
　그 손끝에 스틱과 버튼이 있다고, 의식하면서.

　"네가 말하는 캐릭터 변경이라는 건,
　**플레이어 히나미 아오이가── 조작하는 캐릭터를 바꾼
다**는 의미였어."

　팔짱을 끼고 있는 팔이 움찔하고 떨리고, 살짝 벌어져
있던 입술이 이번에는 뭔가를 굳게 지키려는 것처럼 꼭 다
물어졌다.

"이 세상을 '플레이어'로서 지켜보고 있는 너는, 항상 컨트롤러를 들고서 그걸 자기 자신한테 연결하고는, 이 인생이라는 게임을 플레이해왔어."

한 걸음 물러난 존재. 감정도 즐거움도, 한 단계 위에 있는 플레이어 위치에 있는, 상위 존재의 시선.

그건 합숙 때, 또는 그 뒤에 있었던 결별에서도 확인했던, 히나미의 세계관이다.

"그래서 너는, 그 손에 쥔 **컨트롤러의 연결 단자를**── 즉, 네가 조작하는 '캐릭터'를── 히나미 아오이에서, 나한테로 옮겨 꽂았고."

그것은 순수한 게이머로서 살아가는, 히나미 아오이이기에 가능한 발상이고.

"다시 한번 '플레이어'로서, 같은 방법으로 레벨1 캐릭터로 인생을 다시 공략하고."

그것은 자신이 옳다는 것에 대해 누구보다 탐욕스럽게 살아가는 이 녀석이기에 가능한 방식이고.

틀림없이 그건, 무혈에 텅 빈 자신을, 옳다는 것으로 채우기 위한 의식이다.

"인생을 공략하는 **캐릭터를 바꿔도**── 토모자키 후미야라는 약캐를 사용해도, 같은 결과를 재현할 수 있다는 걸, 증명하고 싶었던 거지."

그렇기 때문에 거기에는, 피도 눈물도 없는, 잔혹함이 담겨 있었다.

"자기 방식이 '옳다'는 것을 증명한다── 오로지, 그것만을 위해서."

딱 잘라서 말했다.

그것은 이 녀석의 행동 이념이나 가치관을 바탕으로 하나하나 꼼꼼하게 연결해보면, 아주 단순한 이야기였다.

히나미 아오이는 옳은 것만을 믿고, 그것에 의지해서 살고 있다. 그래서 자기 방식으로 알기 쉬운 결과를 남기는 것을 통해서 그 옳음을 증명하고, 거기서 가치를 찾아내는 것을 거듭하면서, 매일매일 살아왔다.

공부, 동아리 활동, 인간관계, 연애.

모든 것을 분석해서 '공략'해 나가고, 1등이라고 부를 수 있는 곳까지 도달하는 것을 통해서, 그 가치에 대한 안녕을 느낀다.

옳으면 옳을수록 자신에게 가치가 생기고, 그것을 증명하는 데 열중하게 되고.

옳으면 옳을수록 안심할 수 있고, 또 새로운 옳은 것을 추구한다.

그걸 거듭하는 사이에, 이 녀석은 마침내 이런 발상에 도달했겠지.

이 '공략법'을── 나 말고 다른 사람이 사용해도 정말로, 옳은 걸까, 라는.

나는 이 녀석이 '재현성(再現性)'이라는 말을 계속 사용했던 것을 떠올렸다. 환경을 바꾸더라도 같은 방식으로 같은 결과를 낼 수 있다면 재현성이 높고, 그것은 더욱 옳다고 할 수 있다. 과학이건 수학이건, 논리적으로 올바름을 증명할 수 있는 것은 재현성의 유무밖에 없다. 그걸 인생에서도 사용하다니, 그야말로 히나미다운 옳음의 증명이겠지.

"네가 나한테 보이는 풍경이 달라지는 마법을 썼던 건 날 구하기 위해서도, 나한테 이기기 위해서도 아니고."

그리고 나는── 그야말로, 전제에서 결론을 증명하는 것처럼.

"네가 생각한 '인생'이라는 게임의 공략법이 옳다는 걸, 증명하고 싶었을 뿐이야."

아마도, 자신을 제외한 모두에게.
굳이 말하자면 아마도── 세상에게.

그랬더니 히나미는 팔짱을 끼고 있던 팔을, 포기했다는 것처럼 풀었다.

"……역시, nanashi네."

그리고, 히나미는 부정하지 않았다.

"역시…… 그랬구나."

당황을 감추려는 것 같은 톤으로 말하는 히나미의 말을 듣고, 나는 슬퍼졌다.

"겨우 반년 정도에 여기까지 왔으니까, 네 방식은 옳았어. 하지만, 이제 충분하잖아."

나는 지금까지 이 녀석과 지내온 모든 시간이 조금씩, 흑백으로 변해버리는 것 같은 기분을 맛보면서.

"그런, 남을 이용하는 것 같은—— 내 인생조차도 이용하는 것 같은 방식으로, 자신이 옳다는 걸 증명하려고 하는 건, 이제 됐잖아."

넘쳐나는 감정을 감추지 않고 말했더니, 히나미는 아무래도 켕기는 기분이 드는지 나한테서 시선을 돌렸고, 고개를 살짝 숙였다.

"역시, 화났지."

그때.

너무 길게 얘기한 탓인지, 예비 종이 울렸다. 시간 차이를 두고 교실로 돌아가야 하는 관계상, 슬슬 히나미가 돌아가지 않으면 곤란해지는 타이밍이다.

"미안해. ……그럼, 나 먼저."

"아……."

거의 들어본 적이 없는 히나미가 사과하는 말을 들으며,

나는 혼자서 덩그러니 제2 피복실에 남겨졌다.

익숙한 교실, 낡은 재봉틀. 먼지 냄새나는 공기.

칠판 구석에 적혀 있는, 뜬금없는 날짜.

나는 반년도 넘게 그 녀석과 같이 지내온 이 공간이, 어느샌가 좋아졌고. 여기가 내 장소라고 생각하게 될 만큼은, 나한테 너무나 소중한, 소중한 것으로 키워왔다.

그런데도, 거기에 담겨 있는 의미와 기억들이, 마치 구멍 뚫린 풍선에서 빠져나가는 공기처럼, 흩어져갔다.

삐걱, 체중을 살짝 싣기만 해도 크게 삐걱거리는 의자에, 내 체중을 전부 맡겼다. 삐걱삐걱, 쓸쓸하게 울리는 소리는, 이 공간의 고독을 메우기에는 너무 작았고.

"……화가 났으면, 차라리 다행이지."

나는 그렇게 중얼거리고, 마음을 질질 끄는 것처럼 걸음을 옮겼다.

* * *

히나미가 나가고 몇 분 뒤. 구 교사 복도.

나는 흙먼지와 물때 때문에 흐릿해진 창문에서 들어오는 햇살을 받으면서, 생각하고 있었다.

나는 아직, 진정한 의미에서 보면 외톨이인지도 모른다.

고독이란 한마디로, 자기 책임이고.

누군가와 이어지는 관계란 한마디로, 그 사람과 서로 책임을 맡고 맡긴다는 뜻이고.

하지만 아마도 난 아직, 지금까지 말을 거듭해온 키쿠치 양과 자신의 책임을 맡기지도, 상대의 책임을 맡지도 못하고 있다. 자신을 바꾸려고 했던 사실만으로 충분하다는 말에 간단히 넘어가서, 둘이서 특별한 이유를 만들어간다는 긍정적인 형태이기는 하지만, 어디까지나 개인으로서 어울리는 것을 연장해버린 상황이다. 물론 그게 나쁘다고 생각하는 건 아니다. 오히려 서로가 함부로 책임을 맡기고 거기에 의존하는 것 같은 관계가 돼버리는 것이, 아마도 가장 경박하고 어리석은 짓이다. 어쩌면 그거야말로, 무책임하다고 해야겠지.

하지만 정말로, 그걸로 되는 걸까.

예를 들자면 타마와 미미미. 아마도 타마는 개인을 존중하기 때문에, 나처럼 함부로 타인에게 파고들려고 하지 않는다. 그러면서도 미미미가 힘들어한다고 느끼면, 그게 진정한 의미에서는 자신이 책임질 수 없는 범위의 일이라고 해도, 자기가 그러고 싶다면 그렇게 하고, 책임도 억지로 져주겠다는 잘못된 논리를 믿는 강한 마음을 바탕으로, 그런 미미미를 구해주려고 하겠지.

미미미도 혼자서는 살아갈 수 없다는 약한 마음을 유연함으로 바꿔서 타인에게 책임을 맡겨버리고, 그렇기 때문에 다른 사람이 떠맡기는 원래는 불필요한 책임까지 받아들이고 말 것이다.

나카무라와 이즈미. 그 둘은 아마도 책임이나 자립이나 의존 같은 것들은 생각하지도 않고, 상대를 좋아하기 때문에 그렇게 하는 쪽이 좋은 결과로 이어질 거라는 소박한 이유를 바탕으로, 그야말로 감정만 가지고 내달려서 간단하게 마음이 연결되겠지. 타케이도 마찬가지로, 주변에 있는 모든 것에 감정을 이입하고, 상대도 감정을 이입하게 만드는 빈틈을 가지고 있다. 내가 금세 놀릴 수 있는 것만 봐도 알 수 있는 것처럼, 상대가 아무리 약한 사람이라도, 소중한 곳까지 간단히 침입하는 걸 허락해버린다.

미즈사와는 나처럼 다른 사람한테 함부로 파고들지도 않고, 쉽게 파고들게 두지도 않는다. 하지만 합숙 때 히나미한테 보여줬던 그 표정, 그리고 가면을 벗는 것 같은 말. 그건 자기 이외의 누군가에게 책임을 질 수 없는 범위까지 파고들려고 하는 각오였다. 그 뒤에 미즈사와는 다른 사람과 어울리고 맺는 방법을 조금씩 바꿔 나갔다. 그에겐 캐릭터의 관점을 동경하는 그 감정과 자신이 바라는 감정을 현실로 바꿔 가는 재주와 현명함이 있으니까, 언젠가는 그것을 현실로 만들겠지.

키쿠치 양도, 소극적인 사고방식 때문에 다른 사람과 어울리는 걸 잘하지는 못하지만, 마음속 깊은 곳에는 강한 구석이 있다. 고집스레 개인주의를 버리지 않는 나한테 몇 번이나 파고들려고 했었다. 아마도 내가 거부하지만 않았 다면 그 선을 조금씩 치워내고, 다른 사람과의 사이에는 없는 그런 관계가 돼 있었겠지.

그럼, 나랑 히나미는?

나는 다른 사람을 존중하거나 존경하고, 소중하게 여기기도 하고 호의를 품기도 한다. 아마 평범하게, 남들만큼은 하고 있을 것이다.

하지만, 내가 대전 모임에 가는 것 때문에 키쿠치 양이 저항하는 모습을 태도를 보였을 때. 나는 내 선택을 존중하고, 키쿠치 양의 길과 다른 길을 걸어가는 수밖에 없었다. 생각해보면 나는 바로 얼마 전까지만 해도 내가 다른 사람을 선택하는 것에 대한 책임에서도, 특기인 '말'이라는 마법을 이용해서 도망쳐왔다. 나는 나 자신이 내게 부여한 것 이외의 책임의 무게를, 또는 나한테 맡겨버릴지도 모른 다는 공포를, 견디지 못했던 거겠지.

난 틀림없이, 내 안에서 나 자신만을.

아니, 어쩌면 세상을── 나와 다른 우리 속에 가둬 넣는 걸 통해서, 인생을 살아왔다.

히나미는 옳은 것만을 믿고, 그것 이외의 모든 것을——
그야말로, 자기 자신조차도 믿지 않는다.

1등이나 우승이라는 알기 쉬운 형태의 정답에서만 의미
를 찾아내고, 거기에 자신이 하고 싶은 것이라는 기준이
존재하지 않는다. 옳다는 걸 증명하는 것 그 자체가 목적
이 돼서, 나라는 존재조차도 그 옳음을 표현하기 위한 '캐
릭터'로서 사용해왔다. 그래서 그 녀석은 옳다는 이유가
없는 행동은 하지 않았고, 잘못된 것에 대해선 고집스레
거절해왔다.

그것은 어떤 측면에서 보면 극단적인 자기 책임 사상이
며, 그렇기에 자신이 조작하는 것 이외의 모든 것에 기대
를 품지 않고, 타인을 자기 세계에 받아들이려고 하지도
않았다.

나와 그 녀석은 근거 없는 자신감의 유무라는 차이가 있기
는 하지만, **나는 나고 타인은 타인이라는 개인경기의 원리원
칙**에 따라, 자신의 노력에 의한 결과를 무엇보다도 절대적으
로 믿고, 어패, 또는 동아리 활동이나 공부—— 한마디로 인
생이라는 이름의 게임과 마주하며, 거기서 싸워왔다.

하지만, 그건 틀림없이 어디까지나 두 사람 모두, **개인
경기**로서 그래왔을 뿐이다.

내가 캐릭터고.

그 녀석이 플레이어였으며.

내가 감정에 따라 움직이는 인간이고.

그 녀석이 논리에 따라 움직이는 인간이었으며.

어쩌면 내가 강캐였고.

——어쩌면 그 녀석이 사실은, 약캐였으며.

같은 부류라고 생각했던 나와 그 녀석은.

사실 게이머라는 것 외에는 모든 것이 달랐다.

하지만 그 한 가지만으로, 모든 것이 이어졌다.

그런 나와 그 녀석은 틀림없이, 단 하나.

그래. 딱 하나 더, 공통점이 있다는 걸 알았다.

——나와, 그리고 히나미 아오이는.

——틀림없이 진정한 의미에서, 외톨이다.

작가 후기

오랜만에 뵙습니다. 사이타마현 공인 작가 야쿠 유우키입니다.

여러분이 이 9권을 읽고 계실 때면 TV 애니메이션도 방송을 시작했을 테고, 그 영향 덕분인지 모든 인구가 오오미야로 이사하기를 바라게 되면서, 오오미야가 실질적인 수도가 될 거라고 생각합니다. 얼마 전에는 사이타마현에서 주최한 '애니타마 축제(주 : 사이타마현 사이타마시에서 주최하는 만화, 애니메이션 축제)'에도 출전했으니까, 다음에는 세계입니다.

하지만 이렇게, 신인 시절부터 시작해서 독자가 늘어나고, 열렬한 팬이 늘어나고, 항상 오오미야네 스매시 브라더스네 인터넷에 자기 이름 검색하기네 같은 소리나 하고 있는 저를 따라와 주면서 작품을 널리 알려주시는 사람들이 늘어나고.

사실 처음 증쇄까지는 시간이 꽤 걸렸던 이 시리즈는, 여러분 모두가 크게 키워주신 것입니다.

그건 틀림없이, 아무리 감사해도 모자랄 정도의 일이고── 그렇기 때문에 이번에는, 그런 여러분께 다시 한번, 제가 전해 드려야만 할 일이 있습니다.

그것은, 표지 일러스트 속 키쿠치 양의 왼쪽 다리에 있는 '다리의 선 이외의 요소로 표현된 곡선'입니다.

먼저 두 개가 나란히 있는 다리 아래쪽, 키쿠치 양의 왼쪽 허벅지 중앙 부분을 주목해 주세요. 그 다리가 키쿠치 양을 보고 있는 이쪽, 우리들 쪽으로 강하게 부풀어 있는 모습을 보여주고 있다는 걸 알고 계셨나요.

그런데, 여기에 미스터리가 있습니다. 다리를 구성하는 선이 위쪽과 아래쪽에 있는데, 거기에 있는 것은 다리의 외형을 표현하는 부풀어 있는 모습뿐이고, 이쪽을 향해서 부풀어 있는 모습을 표현하는 기호는 사용되지 않았습니다.

그렇다면, 어째서 입체적으로 부풀어 있는 것처럼 보이는 걸까—— 거기에는 두 가지 페티시즘의 마법이 있습니다.

첫 번째는 마시멜로 같은 질감으로 명암을 준, 절묘한 피부색 채색.

그리고 또 한 가지는 다리 본체가 아니라, 그것을 꾸며주는 '치마의 곡선'입니다.

채색에 대해서는 굳이 말할 필요도 없겠죠. 부풀어 있는 부분을 하얗게, 밝게. 그렇지 않은 부분은 톤을 낮춰서 칠합니다. 그러면 평면에 불과한 그림에 부드러운 느낌이 깃들게 되죠. 즉, 그것은 사랑입니다.

여기서 보다 중요한 것은 치마의 곡선입니다. 입체적으로 이쪽을 향하고 있는 다리에 밀착해 있는 치마가 둥실, 밀어 올리는 것 같은 곡선을 보여주고 있는데, 우리는 거기에서 간접적으로 다리의 부드러움과 부풀어 있는 느낌을 알 수 있게 됩니다. 하지만, 그건 어디까지나 다리가 아니라, 치마를 표현하는 선. 즉 플라이 님의 그림은 현실이기 때문에, 몸 이외의 모든 것도 세계를 연결하면서 캐릭터를 표현하게 됩니다. 다리를 표현하는 요소가 아니라 '다리에 부속되는 무언가'를 사용해서, '다리 그 자체의' 페티시즘을 표현해버리는—— 즉, 역시 그것은 사람이었습니다.

그럼, 감사 인사입니다.

일러스트 담당 플라이 님. 드디어 애니메이션이 방영되는군요. 그때만은 일본주를 무한으로 마실 준비를 해두겠습니다. 플라이 님도 잘 부탁드리겠습니다. 팬입니다.

담당 편집자 이와아사 님. 이번에는 같이 쇼가쿠칸에서 살았군요. 다음에도 이렇게 될 겁니다.

그리고 독자 여러분. 애니메이션은 달성했지만, 당연히 목표는 2기, 3기. 앞으로도 계속 같이 달려주시면 고맙겠습니다. 항상 응원해주셔서 감사합니다.

그럼, 다음 권에서도 함께 해주시면 감사하겠습니다.

야쿠 유우키.

JAKU CHARA TOMOZAKI-KUN Lv.9
by Yuki YAKU
© 2016 Yuki YAKU Illustrated by FLY
All rights reserved.
Original Japanese edition published by SHOGAKUKAN.
Korean translation rights in Korea arranged with SHOGAKUKAN
through Shinwon Agency Co.

약캐 토모자키군 Lv.9

2021년 8월 14일 1판 1쇄 발행

저　　　자　야쿠 유우키
일 러 스 트　플라이
옮 긴 이　김정규
발 행 인　유재옥
본 부 장　조병권
담당편집　정영길
편 집 1 팀　이준환 박소연
편 집 2 팀　정영길 조찬희 박치우 조현진
편 집 3 팀　오준영 곽혜민
미　　　술　김보라 서정원
라이츠담당　한주원
디 지 털　박상섭 이성호 최서윤
발 행 처　㈜소미미디어
제 작 처　코리아피앤피
등　　　록　제2015-000008호
주　　　소　서울시 마포구 토정로 222, 403호 (신수동, 한국출판콘텐츠센터)
판　　　매　㈜소미미디어
마 케 팅　한민지
경영지원　최정연
전　　　화　편집부 (070)4164-3962, 3963 기획실 (02)567-3388
　　　　　　판매 및 마케팅 (070)4165-6888, Fax (02)322-7665

ISBN 979-11-384-0120-3 (04830)
　　　　979-11-5710-883-1 (세트)